우리 형은
열아홉 살

416 단원고 약전 짧은, 그리고 영원한 **8**권

# 우리 형은
# 열아홉 살

2학년 8반

경기도교육청 약전작가단 지음
경기도교육청 엮음

굿
플러스
북

발간사

# 《단원고 약전》으로 영원히 기리다

'기록하지 않은 기억은 망각되고, 기록은 역사가 된다.' 우리가 오늘 그날의 이야기를 기록하는 이유입니다. 단원고 학생과 교사 261명을 포함해 모두 304명의 목숨을 앗아간 4.16 세월호 참사. 그들의 못다 한 꿈을 영원히 기억하고 우리의 책임을 통감하며 후대에 교훈으로 남기기 위해 이 참사를 기록하게 되었습니다.

'세월호'의 기록은 우리 시대의 임무입니다. '세월호'를 하나의 사건으로만 기억하지 않고 역사의 기록으로 남겨야 하는 이유는 가장 소중한 가족을 잃은 사람들의 비통함 때문만은 아닙니다. 안전 불감증이라는 사회적 성찰과 국가의 부끄러운 안전 정책은 물론 역사의 진실을 제대로 알리고자 하는 마음이 모여 한 장 한 장 피맺힌 절규를 담게 되었습니다.

희생자 한 명 한 명의 삶과 꿈, 그 가족과 친구들의 기억을 기록하는 데 그치지 않고, 어떻게 기록해야 진실을 올곧게 담아내고 가장 많은 사람들과 이 기억을 공유할 수 있을까를 생각했습니다. 그래서 이번 참사의 아픔을 함께하고, 우리 시대의 사랑과 분노, 희망과 좌절을 문학 작품으로 기록해 온 작가들을 약전 필자로 모셨습니다. 아무리 훌륭한 작가가 있다 해도 아들딸, 형제자매를 떠나보낸 가족들이 이들을 만나서 이야기해 주지 않았다면 단 한 줄도 기록할 수 없었을 것입니다. 약전 발간에 대한 가족들의 관심과 참여가 1만 매가 넘는 원고를 만들어 낸 가장 소중한 밑거름이 되었습니다.

약전 작가와 발간위원들은 가족들이 있는 합동분향소, 광화문광장, 팽목항으로 찾아가 묵묵히 그 곁을 지키며 함께했습니다. 눈을 마주치고 짧은 인사를 나누고, 그렇게 시작해 몇 시간씩 마주 앉아 함께 울고 웃으며 '지금은 천 개의 바람이 되어 버린 그들'에 대한 이야기를 나눴습니다.

이렇게 12권의 책이 만들어졌습니다. 경기도는 물론 전국 방방곡곡에서 단원고 학생과 교사들의 삶을 약전을 통해 다시 만나고 그들과 함께할 것입니다. 그들의 꿈과 미래가 영원히 우리 곁에서 피어나길 기원하며, 이 시대를 살아가는 모든 분께 《단원고 약전》을 바칩니다.

2016년 1월

경기도교육청

《단원고 약전》으로 영원히 기리다

# 기록의 소중함

《삼국유사》가 전승되지 않았더라면 천년 이후에 우리는 신라의 향가를 비롯해 우리 고대의 역사, 문화, 풍속, 인물들을 어떻게 추론할 수 있었을까? 모두 알다시피 정사인 《삼국사기》와 달리 《삼국유사》는 최초로 단군신화를 수록하고 학승, 율사와 같은 위인의 전기뿐만 아니라 선남선녀들의 효행을 기록했다. 우리가 진정 문화 민족의 후예임을 밝혀 주는 보물 같은 기록이다.

사마천의 《사기》 역시 마찬가지로 문명사회의 시원과 중국 고대사를 비추는 찬란한 등불이다. 그리고 나아가 이제는 인류의 공동 자산이 되었다. 흥미로운 것은 방대한 《사기》에서 가장 많이 사랑받는 부분은 '제왕본기'가 아니라 당대의 문제적 인간들의 이야기를 엮은 '열전'이다. 지배 계층 인물보다 골계 열전에 엮인, 당시 민중의 살아 숨 쉬는 모습이 압권이다. 실로 이천여 년 전의 인간이라 믿기 어려울 정도로 사실적이다.

《삼국유사》와 《사기》 안에 부조된 인간사는 현대에도 부단히 여러 예술 장르로 부활, 변용되고 있다. 기록은 그토록 소중한 작업이다.

세월호 참사에 대한 보도, 영상물을 비롯한 기타 자료 등은 넘치고 또 넘친다. 해난 사고가 참사로 이어지는 과정에 대한 탐구, 분석, 평가 또한 앞으로 이어질 것이다.

'바다를 덮친 민영화의 위험성', '무분별한 규제 완화', '정부의 재난 대응 역량' 등의 문제는 정치의 영역일 터이다.

우리 139명 작가들과 6명의 발간위원들은 4.16 참사라는 역사적 대사건의 심층을 들여다보고 이를 기록하고자 했다. "잘 다녀올게요" 하고 환하게 웃으며 수학여행을 떠난 그들이 어떤 꿈과 희망을 부여안고 어떤 난관과 절망에 부딪치며 살았는지 있는 그대로 되살려 내고자 했다. 여기에는 결코 어떤 집단의 유불리나, 하물며 정치적 의도 같은 것이 있을 리 없다.

파릇한 나이에 서둘러 하늘로 떠나 버린 십대들의 삶과, 또한 이들과 동고동락한 선생님들의 생애를 고스란히 사실적으로 담았다.

로마의 폼페이 유적지에서 이천여 년의 시간을 뚫고 솟아난 한 장의 프레스코화는 실로 눈부시다. 머리 빗는 여성의 풍만한 몸매와 신라 여인을 연상시키는 의상, 그리고 이를 바라보는 어린 아들의 익살스런 포즈는 그 시대를 단번에 현대인에게 일러 준다.

프레스코화 기법의 핵심은 젖은 회반죽이 채 마르기 전에 그리는 것이라고 한다. 우리 역시 비극의 잔해가 상기 남아 있는 시기에 약전을 쓰려고 했다. 무척 고통스럽고 슬픈 작업이었다. 작가들은 떠나간 아이들과, 그리고 남아 있는 부모와 가족, 친지들과 함께 다시 비극의 한가운데 오래 머물러야 했다.

'왕조실록', '용비어천가', 《삼국사기》가 역사 기록이듯 '녹두장군', '갑오동학혁명', 무명의 여인들이 쓴 형식 파괴의 '사설시조' 등도 전통의 지평을 넓히는 우리 문화유산이다. 평가와 선택은 후세가 할 것이다. 우리는 다만 동시대인으로서 비극에 얽힌 인물들의 이야기를 기록한다.

함께 별이 된 아이들과 교사들이 하늘에서 편하시기를 기도하며, 고통스런 작업에 참여해 주신 가족, 친지분과 작가 여러분께 깊이 감사드린다.

2016년 1월
유시춘 (작가, 약전발간위원장)

기록의 소중함

발간사

별이 된 아이들 이야기

# 다시, 길 위에서

안산 단원고 2학년 8반 **고우재**

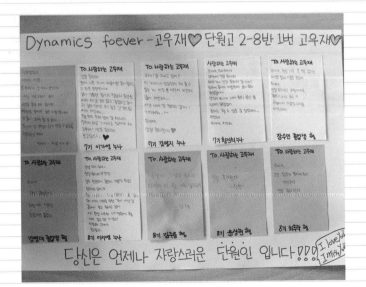

1. 우재가 동생을 잘 챙기던 어린 시절, 동생과 다정하게.
2. 이동수 화백이 그린 우재 캐리커처.
3. 친구들과 노래방에서 즐거운 시간을 보내던 한때(왼쪽에서 두 번째가 우재).

## 다시, 길 위에서

### 우재가

울보 우리 엄마, 요즘도 자꾸 울더라. 교복 입은 아이 보면 울고, 내 이야기 하다 울고, 내 친구들 얘기 듣다 울고, 멍하니 있다 괜히 울고. 엄마 닮아서 내가 울보인가 봐. 내가 갓난아기였을 때부터 엄청 울었다면서? 나 잘 때까지 엄마랑 아빠가 돌아가며 안고 달랬다는 얘기 들었어. 그때부터 눈물의 행진이 시작된 건가?

초등학교 때 있었던 물대포 시합 생각나? 다른 건 몰라도 만들고 조립하는 건 내 전문이었잖아. 진짜 열심히 만들었지. 당연히 상을 탈 줄 알았는데 뭐가 잘못되었는지 실패하고 말았어. 어린 마음에 얼마나 속상했는지 몰라. 떼굴떼굴 구르면서 울었지.

중학교 3학년 때는 필리핀에서 한바탕 눈물을 뿌렸어. 필리핀에 올 때는 은원이랑 엄마랑 셋이 함께 왔는데, 엄마 혼자만 비행기 타고 한국으로 돌아가는 게 걱정되었어. 게다가 엄마랑 떨어져서 이십 일을 살아야 한다고 생각하니 눈물이 멈추지 않더라. 예진 이모가 얼마나 놀렸는지 몰라. 다 큰 사내 녀석이 꼬맹이처럼 운다고 말이야. 눈물이 나오는 걸 어떡해. 정이 많으면 눈물이 많다고 하잖아. 나 고우재, 정 많은 남자라고.

울었던 이야기만 하다 보니, 내 인생이 눈물의 인생 같네. 하지만 슬픈 날보다 즐거운 날이 훨씬 더 많았어.

어렸을 때는 날다람쥐처럼 동네를 누비고 다녔지. 발길 닿는 곳은 어디든 내 놀이터였어. 그런데 내가 가는 곳마다 지뢰가 숨어 있더라고. 나는 그냥 스쳐 갔을 뿐인데 뭔가 부서지곤 했으니까. 조그맣고 별것 아닌 지뢰도 있었지만 엄청나게 큰 지뢰도 있었어. 내가 터뜨린 가장 큰 지뢰는 어항이었지. 어항 값 물게 해서 미안해. 그 어항 커서 꽤 비쌌을 텐데…… 그릇, 장난감, 장식품 같은 것은 셀 수 없이 깨뜨렸지. 걔들은 왜 내 앞에서 얼쩡거렸는지 몰라. 얌전히 있을 것이지 말이야.

상욱이, 관혁이, 재희, 준수랑 어울렸던 시간은 정말 즐거웠어. 스타크래프트도 같이 하고, 아파트 단지를 마냥 뛰어다니며 놀았지. 아파트 경비실로 달려가 소리 지르고 도망치기도 했어. 말장난으로 애들을 놀리는 것도 재미있었어. 유희왕 카드 가지고도 많이 놀았지. 비비탄 총 쏘면서 서바이벌 게임도 했고, 물총 쏘며 놀다 교실 바닥을 물바다로 만들어 선생님께 혼나기도 했어. 축구와 농구도 자주 했지. 엄마 카니발에 타고서 애들하고 좀비 영화 보러 다니던 그 시절이 그립다. 관혁이 집에서 끓여 먹던 라면, 정말 맛있었는데. 그 녀석들, 요즘 바빠 보이데. 대입 준비며 취직 준비한다고 열심히 사는 모습이 참 기특하고 대견해. 한편으로는 부럽기도 하고. 난 영원히 고2로 있는데 말이야.

초등학교와 중학교 때까지는 정말 온몸으로 놀았던 것 같아. 발목 인대가 파열될 정도로 뛰어다녔으니까. 발목을 다쳤던 때가 중학교 3학년이었나 그랬을 거야. 몇 주 동안 목발을 짚고 병원에 다녀야 했지.

신나게 놀면서도 중학교 3학년이 되자 진로를 고민했어. 고등학교를 어디로 갈지, 무엇을 하며 살아야 할지 슬슬 걱정이 되었어. 난 아빠처럼 엔지니어가 되고 싶었어. 어렸을 때부터 뭔가를 만들고 조립하는 것을 좋아했으니까. 레고 조립을 정말 좋아했잖아. 라디오를 분해해서 다시 조립하기도 했지. 적성검사 결과도 엔지니어와 관련 있는 분야 점수가 월등하게 높았어. 엔지니어 말고는 다른 일을 하고 싶다고 생각해 본 적이 없었어. 운동을 좋아하긴 했지만 운동 선수를 하기엔 몸도 작고 체력도 약하잖아. 운동 신경이 빼어나게 발달한 것도 아니고 말이야.

아빠는 엔지니어로 사는 게 쉽지 않다고 했지. 일은 힘들고 대우는 못 받는다면서. 그래도 난 엔지니어가 되고 싶었어. 무엇이든 뚝딱 만들어 내고 전기나 수도를 척척 고치는 아빠가 얼마나 멋지고 대단해 보였는지 몰라. 아빠 같은 만능 엔지니어가 되는 게 내 꿈이었어.

단원고에서 보낸 고등학교 생활은 즐거웠어. 내가 선생님 복도 많고 친구들 복도 많나 봐. 1학년과 2학년 담임 선생님 모두 좋으셨고, 친구들도 참 착했어. 1학년 때 담임 남윤철 선생님은 처음에 날 유심히 지켜보셨대. 내가 체구가 좀 작잖아. 혹시 내가 콤플렉스를 느끼거나 애들한테 시달릴까 봐 걱정하셨다는 거야. 선생님도 참, 우재를 어떻게 보신 건지. 내가 몸은 작아도 맘은 얼마나 다부진데. 뭐, 선생님도 내 진면목을 아시고는 걱정일랑 내려놓으셨지.

1학년 학교 생활 중에서는 로봇 동아리 활동이 기억에 많이 남아. 로봇 대회를 준비하느라 학교에 늦게까지 있어도 힘든 줄을 몰랐어. 로봇을 설계하고 만들면서 성취감과 자부심을 느낄 수 있었지. 역시, 나는 뭔가를 만들고 있을 때 가장 빛나는 것 같아. 타고난 엔지니어라고나 할까.

로봇 대회 준비한다고 밤늦게까지 학교에 있을 때 엄마가 데리러 온 적 있었잖아. 그때 싫은 내색해서 미안해. 애들이랑 얘기하면서 밤길을 걷고 싶었어. 엄마가 싫어서가 아니야. 내가 엄마 사랑하는 거 알지?

엄마는 내 친구이자 애인이야. 농담 아니고 정말이야. 근데 우리 엄마, 좀 칠칠치 못한 구석이 있어. 캐릭터 책받침에 火 자 뒤집어 그렸다고 나한테 뭐라 하는데, 엄마도 만만치 않아. 로봇 대회에 입고 갈 티셔츠에 무늬를 잘못 넣어 다림질했잖아. 내 티셔츠 보고 누나들이 엄청 놀렸다고. 내가 엄마였으니까 참은 거야. 난 너무 착한 아들인 것 같아. 엄마한테는 무조건 마음이 약해지니 말이야.

로봇 대회에 나가는 날, 새벽 첫차 탔던 것도 새록새록 생각나네. 새벽에 못 일어날까 봐 밤새 한숨도 안 자고 전철을 탔어. 열차에서 깜빡 졸다 하마터면 내릴 역을 지나칠 뻔했지 뭐야.

로봇 동아리 누나들과 형들이 내 생일 축하해 준 것 알아. 모두들 고마워. 내가 이렇게 인기 많은지 몰랐어. 있을 때 잘해 줄 것이지, 헤헤. 형님들, 누님들, 생일 잊지 않고 축하해 줘서 참말로 고맙습니다요.

2학년 담임 김응현 선생님은 꿈과 희망 그리고 자신감을 듬뿍 불어넣어 주셨어. 대학은 가도 되고 안 가도 된다며, 하고 싶은 일 하면서 소신껏 살라고 말씀하셨지. 난 선생님을 믿고 남자 대 남자로서 어떤 이야기도 털어놓을 수 있었어.

선생님 복도 많았지만 친구 복도 많았어. 창헌, 영만, 건계, 성복, 승혁, 민성, 성호. 이런 친구들이랑 어울리면서 성격이 많이 밝아졌지. 솔직히 중학교 때는 좀 가라앉아 있었어. 엄마와 아빠에 대한 불만도 있었고, 공부를 잘 못하는 내 자신이 싫기도 했고, 하고자 하는 일이 뜻대로 되지 않아 의기소침해 있었거든. 그런데 고등학생이 되고 많이 변했어. 나는 학교에 있는 게 좋았어. 야자도 밤늦게까지 하고 싶었지. 공부하려면 머리에 쥐가 났지만, 친구들이랑 같은 공간에 있다는 그 자체가 좋았어.

사실 내 주위에 범생이 친구들만 있는 건 아니었어. 친구들 돈을 빼앗는 놈, 술 담배를 하는 놈, 야동을 밝히는 놈, 학교에서 잘린 놈들과 어울리기도 했어. 그 녀석들, 겉으로는 좀 비뚤어 보일지 몰라도 속은 여린 애들이야. 다들 가슴에 상처 하나씩 안고 있어. 혼자 끙끙 앓으면서 자기 좀 봐 달라며 소리치고 있을 뿐이지. 겉으로만 엄청 강한 척, 못된 척하는 거야.

내 장례식에 와서 날 평생 잊지 않겠다고 목 놓아 울다 간 친구도 그래. 그 친구한테 돈을 좀 뜯기기도 했어. 그 친구, 학교에서 잘리고 거리를 헤매기도 했지. 다른 아이들이 그 친구와 가까이 지내지 말라고 할 때도 난 그 친구를 끝까지 믿어 주었어. 심성은 착한 녀석이니까.

그리고 내 장례식장에 찾아 온 또 한 명의 친구. 그 친구와 만난 지는 얼마 안 됐어. 그 친구를 만나면 마음이 편했어. 내가 갑자기 팔 굽혀 펴기도 하고 아령을 사서 운동한 것은, 사실 그 친구한테 잘 보이고 싶어서였어. 든든하고 멋진 남자로 다가가고 싶었거든.

내 노트북 정리하다 동영상을 보고 놀랐지? 아프리카 티브이 디제이 누나한테 생일 축하 선물로 주려고 만든 거야. 내가 예쁜 여자 좀 좋아하잖아. 남자들이 다 그렇지, 뭐. 그래서 내가 엄마도 좋아하잖아. 초등학교 때 좋아했던 애도 참 예뻤지. 그애한테는 좋아한다는 말도 못했네. 편지지만 사 놓고 편지도 못 썼어. 중학교 때부터는 '소녀시대' 윤아 누나 팬이었지. 아프리카 티브이 디제이 누나를 좋아한 지는 얼마 안 됐어.

이렇게 짝사랑만 하던 나한테 드디어 여자 친구가 생긴 거야. 이런저런 사정으로 학교를 그만두고 미용 기술을 배우는 친구야. 자기가 미용사 되면 내 머리를 멋지게 해 준다고 했는데…… 그 친구 얘기는 여기까지만 할게. 누구에게나 혼자 간직하고 싶은 비밀 하나쯤은 있는 법이니까.

내가 다른 여자 좋아한다고, 엄마 질투하는 건 아니지? 내가 세상에서 제일 사랑하는 여자는 엄마야. 돈 많이 벌어 엄마한테 맛있는 것 사 주려고 했는데. 예쁜 옷이랑 멋진 가방도 사 주고…… 좋은 곳으로 여행도 같이 가고 말이야.

어릴 때는 가족 여행을 자주 다녔지. 그땐 아빠 회사 일이 많이 바쁘지 않았으니까. 바닷가로 놀러 다닌 덕분에 어린 나이에 회 맛을 알았어. 네 살 무렵부터 회를 먹기 시작했으니. 회를 별로 안 좋아하는 은원이랑 메뉴 때문에 많이 싸웠지. 은원이는 회보다는 고기를 더 좋아하니까.

생전 처음 가 본 필리핀을 잊을 수 없네. 필리핀에서 예진 이모가 많이 챙겨 주셨어. 랍스터도 먹어 보고 열대과일도 실컷 먹었어. 수영도 맘껏 하고 볼링도 해 보았지. 그땐 예진 이모를 엄마처럼 따랐던 것 같아. 예진 이모 뒤를 졸졸 따라다니면서 조잘조잘댔으니까. 귀국할 때 예진 이모가 숨겨 주신 망고가 공항 검색대를 무사히 통과해서 좋아라 했어. 한국으로 돌아올 때는 은원이랑 둘이서 와야 했지. 필리핀 공항에서 영어로 길 물어 가며 비행기를 탔어. 은원이 데리고 한국으로 무사히 돌아온 내 자신이 스스로도 대견했어. 은원이도 이 오빠를 달리 봐 주더라.

엄마와는 참 많은 시간을 함께 보냈어. 영화 보고, 시장 가고, 여행 가고, 편지도 주고받고. 엄마와 보낸 시간은 아름다운 추억으로 내 가슴에 남아 있어.

아빠와는 추억이 많지 않아서 참 아쉬워. 아빠는 늘 바빴으니까. 그리고 솔직히 아빠가 좀 무서웠어. 작년에 아빠랑 가평에 놀러 갔을 때 즐거웠어. 바나나보트 타고, 고기 구워 먹고, 같이 온 애들이랑 축구와 족구도 했지. 그때 아빠와 좀 가까워지는 느낌이 들었어. 다음에 꼭 다시 오자고 했는데…… 2월에 아빠가 여행 가자고 했을 때 가지 못해서 미안해. 이럴 줄 알았으면 그때 함께 갔을 텐데……

아빠한테는 늘 부족한 아들이었던 것 같아. 간지럼을 태우면서 장난치던 사이였는데, 언제부터인가 아빠와 조금씩 멀어지기 시작했어. 아빠 기대에 미치지 못한다는 자격지심 때문이었는지 모르겠어. 아빠 같은 남자가 되고 싶으면서도 아빠처럼 되기 어렵다는 생각도 들었고. 고등학생이 되고 나서는 아빠와 조금씩 가까워지는 것 같았어. 이제 어린아이가 아닌 남자로, 어른으로 성장해야겠다고 생각하면서 아빠를 대하는 태도가 달라졌지. 아빠하고 나 사이에 더 많은 시간이 있었다면, 더 많은 추억을 쌓아 갈 수 있었겠지. 아빠한테 살갑게 대하지 못해서 미안해.

은원이랑은 늘 티격태격했네. 아빠는 우리 사이를 천적이라고 했지. 오빠라고 동생한테 만날 양보하는 게 좀 분하고 억울하기도 했어. 몸으로 싸울 수는 없고, 말로는 은원이를 이길 수 없으니 어린 마음에 속상했나 봐.

어렸을 때, 친구들이 은원이 놀리면 친구들과 한편이 되어 은원이를 놀렸어. 오빠면 동생 편을 들어줘야 했는데, 참 못된 오빠였지. 텔레비전 채널 때문에 싸우고, 누가 라면 끓일지를 두고 싸우기도 했지. 새벽에 월드컵 축구 보면서 소리 지르는 바람에 은원이를 깨운 일도 있었고. 돌아보니 은원이한테 미안한 게 참 많아. 은원이가 밥도 차려 주고 먹을 것도 잘 챙겨 주었는데 말이야.

강아지랑 산책한 것, 외할머니가 해 주신 인절미 먹은 것, 친구들이랑 노래방 간 것, 주번하는 날 늦을까 봐 택시 타고 학교 간 것, 서울 할머니 집에서 아빠랑 팔씨름한 것, 엄마랑 시장에 간 것, 친구들하고 벚나무 아래에서 사진 찍은 것, 책상에 앉아서 졸던 것, 은원이랑 밥 먹고 그릇 정리하기 싫어서 반찬을 다 먹어 치운 것…… 그때는 별일 아니었는데, 이제 와 돌아보니 모든 게 그립고 소중해.

## 엄마가

우리 우재, 여행 잘하고 있지? 운동도 계속하고 있어? 알통은 얼마나 커지고 근육은 얼마나 단단해졌을지 궁금해. 남 도와주기 좋아하는 우리 우재, 엔지니어 실력을 발휘하여 봉사 활동도 하고 있을 거야. 가난한 사람들 만나면 우재가 가진 것 탈탈 털어서 다 주고 있겠지? 우재야, 어려운 사람들을 도와주는 것은 좋은데, 만날 양보만 하지 않았으면 좋겠어. 때로는 우재가 하고 싶은 것 하면서 지내.

게임은 틈틈이 하겠지? 좋아하는 치킨, 피자는 많이 먹는지 모르겠다. 친구들과 노래방은 다니는지, 여전히 윤도현 노래를 즐겨 듣는지도 궁금해. 여자 친구는 새로 사귀었어? 우리 우재는 정이 많아서 여자 친구한테 잘해 줄 거야.

언제나 엄마를 이해해 주고 늘 엄마 편이었던 우리 아들. 사춘기 반항도 없던 착한 아들. 아니야, 엄마 속상하게 한 적이 있긴 있었지. 엄마한테 짜증 내고, 잘 삐치고, 엄마 지갑에서 돈을 슬쩍 가져가기도 했으니까. 그래도 우재는 친구 같고 애인 같은 아들이었어. 우재가 엄마 아들이어서 행복했어. 우리 사이가 너무 좋아 하늘이 질투한 걸까. 엄마 속 썩이고 사고 쳐도 좋으니 어서 돌아오면 좋겠다.

우리 아들 여행이 길어지네. 며칠 후에 돌아온다고 했는데…… 여행이 재미있나 봐. 얼굴이 새까맣게 탔겠다. 몸도 마음도 훌쩍 자랐겠지? 철부지 개구쟁이에서 의젓하고 멋진 남자로 성장하고 있을 거야. 우재야, 기다림이 너무 길구나. 이제 그만 돌아오렴. 하얀 이 드러내며 환한 표정으로 돌아오렴. 이시 와서 엄마 어깨 토닥이며 사랑한다고 말해 주면 좋겠어.

## 아빠가

우재가 자라는 모습을 곁에서 지켜보지 못해서 미안하다. 너보다 어리고 몸도 약한 동생한테 늘 양보하라고 했던 것도 미안하다. 게임을 하거나 텔레비전을 보거나 연예인에 빠져 있는 너를 보면 화를 냈지. 아빠가 힘들게 일해서 너 뒷바라지하는데, 너는 아빠 기대만큼 열심히 공부하지 않는 게 못마땅했어. 아들은 엔지니어로 힘들게 살기보다는 사무직으로 편하게 살기를 바랐거든. 아들이 중학생이었을 때는 이야기를 나눈 적이 거의 없지. 고등학생이 되어 성격도 밝아지고 말도 많아진 걸 보면서 마음이 놓였단다. 아빠한테 한마디씩 하고 때로는 대들기도 했지. 아빠와 맞먹을 정도로 힘도 세졌더구나. 이제 다 컸구나 싶었다. 몸 만들기에 열중하는 걸 보면서 여자 친구가 생겼나 보다고 생각했다. 남자 대 남자로 같이 소주잔 기울일 날이 곧 오겠구나 했는데, 아들을 다시 볼 수 없다니, 아빠는 이 현실을 아직도 믿을 수 없구나.

우리 아들 태우고 땅끝 마을에서부터 전국 일주를 하고 싶다. 아들이 그냥 아빠 곁에만 있어 주면 아빠는 행복하겠다. 짜증 내고 투덜대고 대들어도 아빠가 다 받아 줄 테니 그저 옆에만 있어 주면 좋겠다. 너희들 잘 키워 보겠다고 휴일도 없이 일만 한, 참 바보 같은 아빠였다.

우재야, 아빠는 너를 어떻게 가슴에 묻는지 모르겠다. 너를 가슴에 묻을 수가 없구나. 너 보내고 아빠는 세상에 대해 너무 많은 것을 알게 되었다. 딱 한 가지, 네가 왜 그렇게 가야 했는지, 그 이유만 빼고 말이다.

우재야, 아빠가 아무리 미워도 그렇지. 어쩜 그렇게 무심하냐. 꿈에라도 와 주라. 꿈속에서라도 같이 여행하고 공도 차고 팔씨름도 하자. 우리 아들 보고 싶어 견딜 수가 없구나. 공부해라, 게임 그만해라, 그런 말 안 할 테니, 우재 하고 싶은 것 다 하라고 할 테니, 그저 아빠 꿈에라도 와 다오.

## 다시 우재가

엄마 아빠 아들로 행복하게 살았어. 아프고 슬픈 순간도 있었지만 돌아보니 그 또한 다 소중한 추억이야. 이 넓은 세상에서 엄마 아빠 아들로 태어나 16년하고 11개월을 머물렀네. 은원이, 친구들, 선생님, 선후배, 어찌어찌 만나게 된 사람들…… 참 많은 인연이 있었네. 나쁜 사람보다는 좋은 사람이 훨씬 많았어. 하고 싶었던 것 다 하지 못했어도 사랑은 많이 받았잖아. 엄마랑 아빠랑 은원이랑 함께여서 행복했어.

엄마와 아빠 아들로 살아온 16년하고 11개월은 세월이 아무리 흘러도 그대로 있을 거야. 나랑 엄마랑 아빠 가슴속에. 내 나이는 열일곱에 머물러 있지만 엄마와 아빠, 은원이는 나이를 먹어가겠지. 다음에 우리 가족 다시 만나면 나만 열일곱 소년으로 남아있어 이상하려나? 그래도 내가 은원이 오빠라는 것 잊지 말길.

우리 가족 다시 만날 때까지 엄마, 아빠, 은원이 모두 행복하면 좋겠어. 엄마는 그만 울고. 아빠는 술 너무 많이 마시지 마. 은원이는 너무 상처받지 말고. 모두 잘 살아야 내가 편한 마음으로 여행할 수 있잖아. 나, 정도 많고 걱정도 많은 것 알지? 우리 다시 만나면 즐거운 이야기 많이 나눌 수 있게 모두 잘 지내면 좋겠어. 모두 건강하고 행복하게 살기야, 알았지. 엄마, 아빠, 은원아, 사랑해.

# 말 없는 바른 생활 사나이

안산 단원고 2학년 8반 **김대현**

## 2-8반 2번 이름 :김 대현

좌우명 :노력하면 불가능도 가능하게 한다

### 2014년 1학기 시간표

|   | 월 | 화 | 수 | 목 | 금 |
|---|---|---|---|---|---|
| 1 | 문학A 이지혜 | 문학B 백승창 | 물리Ⅰ 김지아 | 수Ⅰ 권영조 | 일본어Ⅰ 심현희 |
| 2 | 실영ⅡA 최혜정 | 일본어Ⅰ 심현희 | 실영ⅡA 최혜정 | 운동 고창석 | 문학A 이지혜 |
| 3 | 수Ⅰ 권영조 | 화학Ⅰ 김용현 | 문학B 백승창 | 수Ⅰ 권영조 | 실영ⅡA 최혜정 |
| 4 | 운동 고창석 | 물리Ⅰ 김지아 | 화학Ⅰ 김용현 | 실영ⅡA 최혜정 | 수Ⅰ 권영조 |
| 5 | 일본어Ⅰ 심현희 | 생명Ⅰ 조현선 | 수Ⅰ 권영조 | 문학A 이지혜 | 화학Ⅰ 김용현 |
| 6 | 생명Ⅰ 조현선 | 수Ⅰ 권영조 | 진로 심현희 | 물리Ⅰ 김지아 | 창체 |
| 7 |   | 실영ⅡB 최혜정 |   | 생명Ⅰ 조현선 | 창체 |

1. 안산식물원으로 가족 나들이하다. 엄마가 아빠와 함께한 대헌이를 카메라로 찍다.
2. 고교에 와서 학생증을 만들기 위해 사진을 찍다. 선부동 동네 사진관에 아빠와 함께 가다.
3. 중2 때 외할머니 생신을 맞아 부안에 갔다가 격포항에서 엄마가 핸드폰으로 찰칵.

# 말 없는 바른 생활 사나이

"정말 무지하게 맵다." 라면을 먹던 엄마 이경숙(李京淑)이 혀를 내두르며 손부채질을 해댔다. "아이고, 얼마나 매운지 속이 다 쓰리다 쓰려." "그렇게 속 쓰린 거 알면서 왜 먹어? 몸 생각해서 먹지 말라니까. 나한텐 라면 먹지 말라고 노래를 해대면서." 큰아들 대현이 대뜸 핀잔을 주었다. "엄마, 나중에 건강하게 살려면 진짜로 살 빼야 돼. 너무 쪘잖아." "왜 이러셔, 너 안 낳았으면 엄마 이렇게 안 됐어." "웃기시네!"

피식 웃는 큰아들이 엄마는 믿음직스러웠다. 겉으로는 쌀쌀맞게 굴어도, 엄마가 공장에서 회식이라도 하고 밤늦게 들어오는 날에는 잠을 안 자고 기다리는 아들이었다. 평소에 무뚝뚝하게 구는 녀석이 이따금 어린애처럼 장난을 쳤다. "엄마, 엄마, 우리 엄마! 나, 엄마 큰아들 김대현(金大鉉)이야." "다 큰 놈이 왜 이래. 징그러워, 저리가!" 엄마는 아양 떨면서 무릎을 파고드는 큰아들을 두 손으로 떠밀었다.

그러나 대현이는 엄마 손길은 아랑곳하지 않고 아예 무릎에 올라앉았나. "아휴, 엄마 힘들어. 살 빼라고 약 올릴 땐 언제고 이러다 쓰러지겠다." 힘에 부친 엄마는 돌덩이 같은 대현이를 떨쳐 내려고 비상수단을 썼다. 두 손으로 대현이 옆구리를 부리나케 간질였다. 하지만 대현이는 나가떨어지기는커녕 더욱 신이 나서 의기양양해 했다. "해 봐, 해 봐. 내가 꼼짝이나 하나. 난, 간지럼 안 탄다니까."

대현이는 달력에 빨간 동그라미를 해 둔 음력 2월 2일을 눈여겨보고 있었다. 엄마가 보름 전부터 표시해 둔 엄마 생일이었다. "엄마 생일 까먹으면 안 된다." 엄마는 잊을 만 하면 달력을 가리키며 싱글싱글 웃었다. "엄마, 생일 선물 뭐 갖고 싶은데?" 남동생과 상의한 대현은 엄마에게 물었다. "미역국 끓여 줄래? 할 수 있겠어?" 스타킹이나 속옷 같은 물건보다는 엄마는 아들이 끓여 준 미역국이 먹고 싶었다. 작년 아빠 생일에는 양말을 선물했던 대현이었다. 칠월 한여름인데, 대현이가 슬며시 양말을 아빠에게 내미는 게 어찌나 보기 좋던지.

"좋아, 큰아들이 선심 썼다. 엄마 소원 들어주지!" 대현은 엄마 생일 아침에 미역국을 끓이려고 팔을 걷어붙이고 나섰다. "먼저, 미역을 불려야지. 그다음엔 미역을 참기름, 간장에 살짝 볶아. 아니지, 그냥 맹물에 끓이면 안 되지. 소고기도 넣고 마늘도 넣어야지." 곁에서 엄마가 입으로 지시하는 대로 따라했을망정 대현이는 처음으로 미역국을 끓였다. 그것도 엄마 생일 선물로! 자신이 끓인 미역국을 먹고 출근하는 엄마를 보자 뿌듯했고, 스스로가 자랑스러웠다.


"빨리 나와라. 나 학교 늦어." 남동생이 채근해도 대현이는 머리 감고 몸 씻는 데 시간을 물 쓰듯 했다. 아빠가 여섯 시 이십 분에 출근하자 곧장 들어온 욕실이었다. 동생이 아무리 재촉해도 머리 말리고, 거울 앞에서 에센스 화장품 바르고, 얼굴을 다듬어야 했다. "아직 멀었어? 정말 미치겠네. 나, 학교 늦는다니까." 밖에서는 남동생이 발을 구르며 악을 써 댔다. 욕실에 들어온 지 이십여 분이 지났다. "알았어, 좀만 기다려. 다해 간다, 다해 가." 동생 사정을 모르지 않았다. 남동생은 버스를 타고 부곡중까지 가야했다. 선부동에서 부곡중 가는 버스는 자주 없었다. 아침마다 소동을 피우지만 몸 씻고 얼굴 매만지기를 소홀히 할 수는 없었다.

"남자애들이라서 냄새가 지독하다니까. 교실에서도 페브리즈 들고 다니면서 뿌렸으면 좋겠어. 그러면 악취도 없어지고 향긋해질 텐데." 흰 티셔츠와 바지에 항균제와 방향제를 뿌리면서 대현이는 엄마와 남동생에게 중얼거렸다. 진심이었다. 할 수만 있다면, 시큼한 땀 냄새를 풍기거나 먼지를 달고 사는 친구들을 방향제로 목욕시키고 싶었다. 거울 앞에 선 대현은 두 손으로 교복을 이리저리 들추며 꼼꼼히 살폈다. 이물질이나 실밥이 눈에 띄면 재빨리 손가락으로 집어냈다. 그것으로 성에 안 찼다. 어제 다린 교복이지만 물티슈로 한 번 더 닦아 냈다. 양말도 실밥이 묻었거나 흠집이 생겼나 앞뒤로 뜯어보았다. 학교 갔다 오면 교복을 옷걸이에 정성스레 걸어 놓는 것은 기본이다. 아, 여름에는 선풍기를 틀어 놓고 교복과 양말을 말려야 한다.

"네가 뭔데 내 양말 신어? 당장 벗어!" 대현이 고함을 질렀다. 남동생이 신을 게 없다면서 자신의 양말에 손을 댄 것이었다. 있을 수 없는 일이었다. "빨아 놓은 게 없어서 그래. 빌려 주면 안 돼?" 남동생은 투덜대면서도 양말을 벗어 주었다. 만약에 형의 명령을 거절했다가는, 형이 화를 낼 거고, 몸싸움이 벌어질 게 뻔했다. 형한테 얻어터지는 것은 물론 아빠한테도 다 튄다고 맞을 거였다. 남동생은 그 상황이 너무 싫었다.

눈꼴시지만 하는 수 없이 형에게 양말을 내주고 말았다. 대현은 집에서 입는 옷도 동생 것과 자신의 것을 철저히 구별했다. 초등학생 때 동생이 준비물로 자신의 피리를 가져가려고 한 적이 있었다. 아침 등교 시간이었지만 대현은 결코 남동생에게 자신의 피리를 빌려주지 않았다.

남동생이 양말을 벗어던지는 걸 보다 못한 엄마가 야단을 쳤다. "넌, 형이라는 게 너밖에 몰라? 동생이 그깟 양말 한 번 신겠다는데 그걸 못 해 줘?" "쟤가 내 물건에 손대는 거 정말 싫다니까!" 아무리 엄마지만 대현은 물러서지 않았다. 더럽게 양말을 신는 동생과 양말을 구분해 쓴 지는 중학생 때부터였다. 짜증을 내는 것도 하루 이틀이지 그다음부터 양말 수납장을 따로 써 왔다.


"너 친한 애들 있어?" 엄마가 묻기 무섭게 대현이 아이씨, 또 그런다고 인상을 찌푸렸다. "친한 친구 있음 이름 대 보라구. 친구들 얼굴 좀 보자." "그럼 내가 엄마 친구들에 대해 꼬치꼬치 캐물어 볼까? 그럼 좋겠어?" 이번엔 아빠 김항중(金恒中)이 웃으며 나섰다. "너, 친구 없지? 왕따지?" "아참, 아빤 날 뭘로 보고 그래. 핸드폰 보여 줄까? 애들하고 찍은 사진 보여 줘? 내가 친구들이 얼마나 많은데." 핸드폰을 들어 보였지만 대현이는 사진을 보여 주지 않았다. 평소에도 비밀번호를 걸어 놓은 대현이의 핸드폰

말 없는 바른 생활 사나이

은 열리는 법이 없었다. 그뿐만이 아니었다. 친구들에게 전화가 오면 자기 방으로 들어가 방문을 닫아걸고 통화하기 일쑤였다. 엄마와 아빠는 대현이 친구들을 본 적이 없었다. 대현이는 용돈을 주고 친구들을 만나라고 해도 여간해서 밖으로 나가지 않았다.

중학생이 되면서부터 말이 없어지고 성격이 까칠해졌다. 초등학생 때는 춤도 잘 추고 애들과 장난도 잘 치는 개구쟁이였다. 친구들을 건들며 좋아하는 표현을 서슴없이 했고, '어린이 독서왕'으로 뽑힐 만큼 책도 많이 읽었다. 엄마가 동화테이프를 들으며 태교를 한 탓인지, 그림 동화책부터 손에 잡은 대현이는 방문 판매원들에게 산 피카소 그림책과 각종 위인전집을 열심히 읽었다.

남동생이 아는 대현이는 학교에서 오면 여간해서 집 밖으로 나가지 않는 형이었다. 동생은 형 친구들이 집에 놀러 온 기억이 없었고, 얼굴을 본 적도 없었다. 동생이 기억하는 대현이의 외출은, 라면이나 온라인 게임에서 쓸 문화상품권을 사러 나갈 때뿐이었다. 심지어 목욕탕을 함께 간 적도 없었다.(나중에 교생 선생님을 통해 알아본 바에 따르면, 대현이 교실에서는 조용했지만 친구들은 많았다고 해서 놀랐다.)

엄마 아빠는, 대현이의 성격을 바꿔 보려고 태권도 학원도 보내며 이것저것 해 보았다. 아빠는 애들과 어울리려고 직장을 옮기기까지 했다. 맞벌이하느라 어려서부터 애들을 집에 두고 나간 건 사실이었다. 엄마는 그 생각만 하면 마음이 편치 않았다. 직장에 나가느라 집을 비우게 되면, 애들에게 집 비밀번호를 외우게 했고, 누가 초인종을 눌러도 절대 문을 열어 주지 말고, 친구들도 데려오지 말라고 신신당부했었다.


"아빠, 나 소방관 되고 싶어." 텔레비전을 보던 대현이 불쑥 말했다. 대현이 좋아하는 〈위기 탈출 넘버원〉이라는 프로그램을 보는 중이었다. 중학교 때도 엄마에게 소방관 얘기를 자주 했었다. "인문계 고교에 진학했으면 다른 직업을 생각해 봐야지, 왜 소방관이 되려고 하지? 너무 힘들지 않을까?" 아빠가 걱정스레 물었지만 대현이는 남들 목숨을 구해 주는 건 멋진 일이고, 꼭 하고 싶다고 말했다. 학교에서 실시한 진로 적성 테스트를 놓고 아빠 엄마는 대현이의 진로에 대해 고민을 했던 터였다. 아빠는 대현이의 장래 희망을 물었고, 그때도 소방관이라고 했기에 아들을 믿었다.

대현이는 자존심이 강했고, 무엇을 한다면 반드시 해내는 성격이었다. 남에게 피해를 입히는 행동은 삼갔고 책임감이 강했다. 그 한 예로 선생님 말씀이라면 초등학생 때부터 하늘처럼 떠받들었다. 선생님이 가져오라는 준비물은 빠짐없이 챙겨야 했고, 선생님이 피시방 가지 말라고 하면 절대 안 갔다.

꼼꼼한 성격도 소방관에 어울릴 법했다. 집안에서는 가스 밸브가 잠겼는지, 여름에 선풍기를 틀어 놓으면 창문을 열어 놔야 했고(그냥 자면 사고 난다고 엄중 경고한다), 외출할 때는 방과 부엌, 욕실에 전기를 껐는지 철저히 점검했다. 대현이는 자신이 옳다고 생각하는 일은 물러서는 법이 없었다.

컴퓨터 게임을 하느라 동생과 다투다 아빠에게 몽둥이로 맞은 적이 있었다. 동생은 잘못했다고 울면서 엄마에게 매달리는데 대현이는 입을 꽉 다물고 뻗댔다. 아빠가 "동생하고 싸운 게 잘한 거야, 잘못한 거야?"하고 물어도 대현이는 잘못했다는 소리를 안 했다. "쟤가 분명히 잘못했잖아." 대현이는 엎드린 상태에서도 자기주장을 굽히지 않았다. "게임하는 시간 지났는데도 안 일어나잖아. 약속을 어긴 건 내가 아니라고. 근데도 왜 나만 형이라고 꾸짖고, 나만 잘못했다고 그러냐고. 난, 잘못한 거 없다고. 잘못도 안 했는데, 왜 나만 때리냐고." 대현이는, 잘못을 빌기는커녕 주먹을 쥐고 엎드려 뻗쳤으면서도 꼿꼿하게 매를 맞았다. 대현이는 자기 눈에 아니다 싶으면 결코 인정하지 않았다. 몽둥이찜질을 해 대도, 네가 이기나 내가 이기나 해 보자는 식으로 버텼다.

중학교 때는 느닷없이 모래주머니를 꺼내보였다. "그거 뭐에다 쓰려고 그러냐?" 아빠가 묻자, 대현이는 씩씩하게 답했다. "소방관이 되려면 체력이 강해야 하거든. 학교 갈 때마다 종아리에 차고 갈 거야." 그날부터 대현이는 모래주머니를 차고 학교에 갔다. 그뿐만이 아니었다. 근력을 강화한다고 아령을 하고 손힘을 기른다고 악력기를 쥐고 땀을 흘렸디.

"네가 원하는 것을 해라." 아빠는 대현이에게 당부했다. "공부를 하고 싶으면 대학에 가라. 나중에 공부 안 했다고, 엄마 아빠 원망 말고. 대학까지 보내 줄 테니까, 걱

　　　　　　　　　　　　　　　말 없는 바른 생활 사나이

정 말고 공부해라." "아빠, 난 소방관이 될 거야. 인터넷에서도 찾아보고, 여기저기 다니면서 자료 수집도 많이 했어. 소방관에 대해서 알 건 다 알아. 내 꿈은 소방관이야!"

"아빠, 또 담배 피워?" 담배 연기가 피어오르자 대현이 방문을 열고 뛰쳐나왔다. 거실에서 담배 피우면 큰아들이 기겁한다는 걸 아빠는 알고 있었다. 베란다로 나가자니 날씨가 추웠다. 담배 물고 궁상떠는 꼴이 영 마뜩지 않았다. 내 집에서 담배도 맘대로 못 피우나 싶은 게 처량하지만 큰아들 잔소리는 당해 낼 재간이 없었다. 엄마가 피시방에 가라고 등을 떠밀어도 담배 냄새 싫어서 안 간다는 녀석이 대현이었다.

"거실에서 담배 피우면 안 되지. 아빠, 제발 담배 좀 끊어. 금연 머리띠 두르고 확 끊으라니까." 대현이는 아빠를 졸졸 따라다니며 퍼부어 댔다. 궁지에 몰린 아빠는 하는 수 없이 재떨이를 들고 베란다로 나갔다. 대현이 책 산다고 돈을 달라고 하면 언제라도 선뜻 주었다. 그만큼 큰놈을 믿었다. 하지만 깔끔쟁이가 담배 끊으라고 강요하는데는 도무지 대책이 안 섰다.

"소주 한잔 할래?" 아빠가 잔을 내밀자마자, "안 마셔"라며 대현이 고개를 가로저었다. 주말에 집에서 식구들끼리 삼겹살을 먹는 중이었다. 대현이는 언제나처럼 단박에 거절했다. 아빠는 술은 어른 앞에서 배워야 한다는 생각에서 권했던 거였다. "남자는 군대 가면 술 담배 하기 마련이다. 그리고 운동도 좋지만 나중에 사회생활 하려면 술 담배 다 하게 된다. 그러니 너도 술은 조금 배워 둬라." "아, 싫다니까." 대현이 들은 척도 안 했다.

아빠도 술은 못했다. 한 잔만 마셔도 얼굴이 벌게지는 게 체질에 맞지 않았다. 술을 입에 대는 날은 회사 송년회와 연초 시무식 날이 고작이었다. 회식 자리에서도 두어 잔만 홀짝일 뿐이었다. 그런 날 집에 오면 아빠는 술김에 호기를 부렸다. "야, 김대현! 아빠 왔다. 야, 이경숙! 서방님이 술 자시고 들어왔는데, 꿀물 타 와야 할 거 아냐!" 모처럼 기분을 낸다고 큰소리를 쳐도 대현이는 아예 상대를 해 주지 않았다. 원래 술을 못하는 아빠지만 대현이 눈치가 보여서도 술을 가까이할 수가 없었다. 발씨름이나 팔씨름도 하면서 장난도 치는 큰아들은 "아빠, 술 먹었네."라고 한마디만 내뱉을 뿐 알은 체도 안 했다. "나는 술 안 먹을 거야. 담배도 안 피울 거고!"

엄마 아빠가 2학년 담임 선생님 전화를 받고 학교에 간 것은 4월 초였다. "2학년에 올라와서 2~3주 동안 죽 지켜보니까, 대현이가 애들하고 잘 어울리지를 못하네요." 담임 선생님이 입을 열었다. "뭘 물어도 답을 안 해요. 목소리도 작고 말이지요." "집에서는 말도 잘하고 목소리도 크거든요. 활달하고. 제 할 일도 알아서 잘하거든요. 엄마한테 가끔 농담도 하고 장난도 치고." 엄마가 말했다. "이상하네요. 교실에서 애들과 섞이지를 못해요. 애들을 그룹으로 짜서 공부하는 과제를 내 줬는데, 대현이가 적응을 못해요." 그때 지나가던 1학년 때 담임 선생님이 대현이가 친구들과 어울리지 못했고, 겉돌았다고, 그런 애들이 몇몇 있었노라고 말 보탬을 해 주었다.

"애를 위해서라도 심리 상담을 받아 보는 게 좋겠습니다. 애들이 자라면서 누구나 한 번씩 겪는 거니까, 감기 같은 거라고 생각하시고, 꼭 전문가 상담을 받아 보시기 바랍니다." "대현이가 집에서는 밥도 잘하고 하는데요. 저희가 맞벌이를 하는 바람에 애들끼리 밥 먹을 때가 있어요. 밥이 없으면 지가 밥을 해서 동생하고 먹거든요." "그래요? 그런 면이 있는 줄 몰랐는데. 학교에서는 전혀 그렇지 않아요. 도무지 애들하고 뭘 함께하지를 않으니까. 혼자 조용히 있어요. 심각할 정도로. 그리고 애가 너무 깔끔해요, 지나칠 정도로 말이지요." "대현이가 내성적이긴 합니다. 자기하고 맘이 맞아야 어울리고 하니까요." 아빠가 말했다. "대현이가 학교 생활 잘하기 위해서라도 방법을 찾아봐야지요. 그렇다고 학급에서 애들한테 따돌림 당하거나 하지는 않습니다. 한꺼번에 모든 걸 해결할 생각하지 마시고 하나씩 원인을 들춰내 해결책을 찾아야지요. 육체적인 병이 아니니까 너무 걱정 마시고. 심리 치료를 받아 보는 게 좋겠습니다. 나중에 사회생활을 내비애서라도 관심을 기울이시기 바랍니다." "선생님 말씀 잘 들었습니다. 말씀대로 애한테 잘해 보겠습니다." 하고 물러났지만 엄마 아빠는 충격을 받았다. 대현이가 학교 생활을 잘하는 줄로만 알고 있었다. 말썽을 피운 적도 없고, 학교와 집을 착실히 왔다 갔다 했고, 개근상을 받지 않았던가. 엄마 아빠는 대현이에게 관심을 갖고 지켜봐 준 담임 선생님이 고마웠다. 한편, 대현이에게 앞으로 어떻게 해야 하나 고민 되었고, 겉으로 드러내지 못하고 속앓이만 했을 대현이가 학교에서 얼마나 힘들었을까를 생각하니 마음이 아팠다.

"선생님이 뭐라고 했어?" 담임 선생님 면담을 알게 된 대현이 엄마에게 불만스레 물었다. "선생님이 뭐라 하면 엄마들이 쉽게 넘어가. 큰일 난 것처럼. 선생님이 나한테 너무 관심을 보여." "그러게 선생님이 왜 그랬을까? 기분 나빠할 거 없어. 엄마는 언제나 우리 아들 편인 거 알지?" 엄마는 대현이를 이해하려고, 아들 처지에서 말하려고 애썼다.

4월 15일 수학여행 가는 날 아침. 거실에 대현이 옷이 잔뜩 널려 있었다. 엄마는 깔끔한 성격대로 많이도 챙겼다고 혀를 차며 안방으로 갔다. 대현이 평소 잠버릇대로 침대에서 엎드려 자고 있었다. 엄마는 잠든 큰아들을 안아 보았다. 평소에는 까탈을 부릴 텐데, 그날은 투정 안 부리고 가만히 잠든 얼굴이었다.

4월 16일은 대현이 생일이다. 하필 수학여행 중에 생일이어서 일주일 전 토요일에 생일 축하 모임을 가졌다. 대현이 보름, 열흘 전부터 생일 축하를 먼저 해 달라고 졸랐던 터였다. 동생 생일에 먹었던 아이스크림 케이크를 사 와서 피자, 치킨을 놓고 식구들이 다 모였다. 촛불을 밝히고 대현이 생일을 축하하는 노래를 불렀다. 맞벌이하느라 생일 모임은 언제나 주말에 해 왔다. 엄마는 큰아들 생일잔치를 미리 해 주어 무척 다행으로 여겼다.

대현이가 침대에서 일어나자 곧 한바탕 소동이 벌어졌다. 체크 남방들, 반팔 티셔츠, 양말, 검정 청바지, 반바지, 바지, 모자…… 옷가지만으로 여행 가방이 꽉 찼고, 학교에 늦을 판이었다. 갈수록 짐은 점점 많아졌고, 오전 수업을 하고 수학여행을 떠나기 때문에 책가방도 챙겨야 했다. 우산과 세면도구를 쇼핑백에 챙긴 대현이는 부랴부랴 집을 나섰다.

"큰아들, 아빠한테는 안 해도 좋으니까, 수학여행 가서도 잠들기 전에 엄마한테는 전화해라." 아빠가 당부했다. 평소에 문자를 보내도 전화를 걸어도 답을 안 하는 아들이었다. 아빠 뜻을 알았는지 대현이 씩 웃으며 말했다. "알았어, 아빠. 걱정 마."

# 달려라, 김동현!

안산 단원고 2학년 8반 **김동현**

1. 동생 수빈이와 찍은 어릴 적 사진
2. 중학교 때 찍은 사진
3. 어릴 적 사진

## 달려라, 김동현!

엄마는 동현이를 임신했을 때 태몽을 여러 번 꾸었다. 빨간 고추가 가득한 큰 밭을 보았다. 탐스럽고 커다란 고추만 골라 바구니에 가득 담았다. 큰 밤나무 밤송이들이 엄마를 향해 후두둑 떨어졌다. 밤송이들을 발로 까서 자루에 알밤을 가득 담았다. 큰 뱀이 나타났다. 시커멓고 커다란 구렁이가 달려들어 엄마 손목을 꽉 깨물었다. '아악' 비명을 지르며 꿈에서 깼다. 그때 뱀에게 물린 기억이 지금도 생생해 가끔 손목을 만져 본다.

동현이는 2월 6일 서울 궁동에서 4.1킬로그램의 건강한 아기로 태어났다. 외할머니는 동현이 얼굴을 보자마자 활짝 웃었다.

"야야, 동현이 참말로 잘 생겼다잉. 우리 강생이 누굴 닮어 요로코롬 곱상하게 생겼다냐잉. 내가 젤로 좋아허는 얼굴 생김샌디."

외할머니는 동현이와의 첫 만남에서 홀딱 반해 버렸다. 어느 날, 외할머니가 목욕을 시키는데 동현이가 욕조에 똥을 싸고 말았다.

"아이고, 동현이가 황금 똥을 싸 부렸는디. 우리 동현이는 똥도 이쁘네잉."

동현이에 대한 외할머니의 사랑은 각별했다. 동현이는 모유를 잘 먹어 키와 몸무게가 쑥쑥 자랐다. 삼기노 살 걸리지 않는 건강한 아이로 성장했다. 아기는 피부가 유난히 하얗고 투명했다. 키가 187센티미터인 아버지를 닮아 키가 컸고 얼굴 생김새가 준수했다.

동현이가 두 살 때 동생 수빈이가 태어났다. 동생이 신기한지 가끔 동생 얼굴을 쿡쿡 찔러 보다가 엄마에게 혼나기도 했다. 젊을 때 유도 선수였던 아빠와 육상 선수였던 엄마 사이에 태어난 동현이는 특히 운동신경이 발달했다. 몸으로 하는 것은 뭐든지 쉽고 빨랐다. 유치원 때부터 작은 두발자전거를 타기 시작했다. 아빠랑 공원에서 자전거 타기 시합을 자주 했다.

동현이네 집 가까운 곳에 작은 산이 있었다. 엄마와 할머니는 동현이를 데리고 산에 오르는 날이 많았다. 동현이는 몸이 가볍고 빨라 늘 어른들을 앞서갔다.

"동현아 어디 있니?"

하고 부르면

"나, 요기."

하고 톡 튀어나오는 것을 즐겼다.

단풍이 곱게 물든 가을 산을 동현이는 평소처럼 엄마와 할머니 앞을 가로질러 산길을 올라갔다.

"동현아, 김동현 어디 있니?"

엄마가 불렀다. 대답이 없다. 놀란 할머니와 엄마는 동현이를 부르며 여기저기 찾아다녔다.

그때 저 멀리 나무 사이로 작은 소리가 들렸다.

"쉿! 다람쥐 냠냠."

동현이는 바위에 배를 붙이고 다람쥐가 먹이 먹는 모습을 지켜보고 있었다. 할머니와 엄마는 안도의 숨을 몰아쉬었다. 그리고 동현이처럼 바위에 엎드렸다.

다람쥐가 훅 달아났다. 엄마는 동현이를 안고 뽀뽀했다.

"동현아, 엄마 옆에서 너무 멀리 가지 마. 엄마랑 헤어지면 어쩌려고. 깜짝 놀랐잖아. 너도 다람쥐 같다. 다람쥐 좋아? 다람쥐라고 부를까?"

"좋아, 나 다람쥐 할래."

동현이는 두 손을 모아 다람쥐처럼 과자를 먹었다. 다람쥐처럼 집 안팎을 통통통

뛰어다녔다.

"나는 다람쥐, 동현이는 다람쥐."

식구들은 동현이를 다람쥐라고 불렀다. 엄마는 휴대 전화기에 동현이를 '우리 집 다람쥐'라고 저장했다.

다람쥐처럼 가볍고 빠른 동현이는 일곱 살에 유치원에 입학했다. 동현이는 선생님과 친구들이 생겨 무척 좋았다. 늘 선생님 자랑을 했다. 체험 활동에서 무엇을 보았는지 손짓 발짓 섞어 가며 이야기해 가족들을 웃음바다로 만들었다.

어느 날 친구들이 인라인스케이트를 타는 것을 보고 몇 날 며칠 아빠를 졸랐다.

"아빠, 나도 스케이트, 인라인스케이트."

아빠는 동현이를 데리고 스포츠 판매장에 가서 인라인스케이트를 샀다. 바로 그날 집 앞 공터에서 인라인스케이트 타는 시범을 보였다. 그리고 동현이 손을 잡고 두 바퀴 정도 돌았다. 뒤뚱뒤뚱하더니 혼자 섰다. 한 발 한 발 내디뎠다.

"야, 선다. 천재다 천재."

아빠는 박수를 치며 동현이를 번쩍 들어올렸다.

아빠 직장을 따라 가족들은 안산으로 이사했다. 동현이는 단원구에 있는 석수초등학교에 입학했다. 말이 많은 아이는 아니었지만 그렇다고 얌전하지도 않은 개구쟁이였다. 동현이는 엄마를 닮아 달리기를 잘했다. 학교에서 운동회를 하면 달리기 시합에서 늘 우수한 성적을 거두었다. 엄마는 동현이가 달리기할 때 제일 빛나고 멋져 보였다.

2학년 겨울방학을 맞아 온 가족이 순창 외할머니 댁을 방문했다. 외할머니가 팥죽을 쑤었다. 맛이 궁금한 동현이가 혀끝으로 살짝 맛을 보았다.

"외할머니, 팥죽 맛있어요, 더 주세요."

"그냐? 그려그려 우리 손자 마이 먹어라잉."

외할머니는 팥죽을 듬뿍 담아 주었다. 그 후로 동현이는 팥죽맨이 되었다. 외할머니 댁에 가면 먼저 팥죽을 쑤어 달라고 졸랐다. 팥죽과 함께 나온 동치미도 쩝쩝 소리 내며 잘 먹었다.

어느 날부터 엄마는 몸이 아프기 시작했다. 여기저기 아픈 곳이 많아졌다. 가족들을 공원이며 가까운 산에 열심히 데리고 다니던 엄마였다. 동현이는 엄마가 힘든 것이 늘 마음 아프고 슬펐다.

"엄마는 연약해. 연약해."

엄마가 약 먹는 모습을 볼 때마다 동현이는 말했다.

"내가 의사 될게. 엄마 꼭 낫게 해 줄게."

어린 아들 말을 들을 때마다 엄마는 위로와 힘을 얻었다.

동생 수빈이는 간단한 요리를 잘했다. 중학생이 되어 식욕이 왕성해진 오빠를 위해 김치볶음밥, 스파게티, 주먹밥 등을 만들어 줬다. 수빈이가 만든 것들을 다 좋아했지만, 특히 스파게티를 좋아했다.

"수빈아, 맛있다. 진짜 맛있다. 또 만들어 줘잉."

동현이는 동생을 칭찬했다. 열심히 음식을 만들어 주는 동생이 고마웠다.

동현이의 꿈은 중학교 때 바뀌었다. 몸이 아픈 엄마가 먹는 약 성분이 뭘까 늘 궁금해했다. 그리고 약사가 되면 좋겠다고 결심했다. 약사가 되려고 열심히 공부하던 동현이에게 2학년이 되면서 사춘기가 찾아왔다. 엄마 말씀에 잔소리 그만하라고 버럭 소리를 질렀다. 자기 방에서 나오려고 하지 않았고 컴퓨터에 몰입했다. 동현이는 게임도 잘했지만 여러 가지를 응용하는 컴퓨터 실력도 뛰어났다. 주변 친구들이 컴퓨터에 관해 물어볼 정도였다. 친구들이 컴퓨터가 고장 나거나 궁금한 것이 있으면 동현에게 부탁했다.

친구들과 모이면 서로 어울려 축구도 했다. 동현이는 달리기를 잘해 수비수로서는 최고였다. 학교에서 동현이는 탁구 동아리에서 활동했다. 탁구 교실에서 친구들에게 몸개그를 보여 주며 모두를 웃겼다. 탁구를 치는 것보다 체력 단련실에 들어가 운동기구들로 놀이처럼 운동하는 것을 더 좋아했다.

학교에서 단체로 갔던 설악산 여행. 금강굴까지 가는 산길은 힘들었지만, 동굴에 이르니 무척 시원했다. 동굴이 왜 시원할까? 친구들과 별별 상상을 하며 이야기를 나누었다. 그날 밤 리조트에서 숙박했다. 선생님들은 밖에서 사 먹지 말라고 했지만, 동현이와 친구들은 몰래 내려가 과자와 아이스크림을 사 먹었다. 선생님께 들키지 않았다. 꿀맛이었다.

여행처럼 즐거운 3학년 체육 대회를 앞두고 축구 예선 경기가 시작되었다. 동현이와 친구 효태, 영준, 주현, 봉주는 3학년 2반 대표로 출전했다. 강력한 우승 후보인 5반과 첫 시합을 하게 되었다. 그런데 전심전력으로 경기에 임한 2반이 이겼다. 5반 아이들이 자만했다.

"야, 우리가 이겼다. 해냈다."

이길 수 없는 상대를 이긴 승리감은 한동안 반 친구들을 도취시켰다. 바로 그다음 경기에 져서 예선에서 탈락했지만, 체육 대회가 끝날 때까지 축제 분위기였다. 동현이와 친구들은 복도 계단에 앉아 축구 이야기를 이어갔다. 동현이는 벌떡 일어서서 특유의 계단 오르기 몸개그를 보여 주었다. 친구들이 허리 휘게 웃으며 따라 했다.

체육 대회 날, '태풍의 눈'이라는 경기를 하게 되었다. 긴 막대기의 봉을 잡고 중심을 향해 달려가는 것이다. 달리기를 잘하는 동현이가 봉 끝을 잡고 달렸다. 동현이는 있는 힘껏 달렸다. 태풍처럼 달렸다. 숨이 막혀 헉헉거렸지만, 새처럼 날고 있는 것 같았다. 가슴이 뻥 뚫리는 것만 같았다.

"동현아, 넌 달리기 선수 해라."

친구들이 너도나도 한마디씩 했다. 50미터 단거리 직선 달리기에서도 동현이 혼자 1등급을 받아 친구들 부러움을 샀다. 담임 선생님도 동현이가 달리는 모습을 보고 다람쥐라고 별명을 붙여 주었다. 때때로 동현이 달리기 실력은 친구들을 놀리고 잽싸게 도망가는 데도 사용되었다.

3학년이 끝나갈 무렵 동현이와 친구들은 고등학교 진학을 고민하게 되었다. 동현이는 집에서 가까운 단원고를 선택했고 영준, 주현, 봉주 등 친하게 지내던 친구들은 각자 다른 고등학교에 갔다. 효태만 단원고를 갔다. 친구들을 매일 볼 수 없어 섭섭했지만 주말이면 함께 모여 축구와 농구를 했다.

고등학교 교복을 입은 동현이 모습은 아침에 뜨는 태양처럼 싱그러웠다. 동현이의 결심도 단단해졌다. 약사가 되기 위해 열심히 공부해야겠다고 굳게 결심했다. 야간 자율 학습도 성실하게 임했다.

2학년 때는 요리 동아리에서 활동했다. 어느 날 동아리에서 빵을 만들었다. 동현이는 처음 만들어 보는 빵이기에 즐겁고 흥분되었다. 학원을 마치고 돌아오는 차 안에서 엄마에게 빵을 내밀었다.

"엄마, 내가 만들었어요. 빵이에요."

"동현아, 빵이 왜 신주머니에서 나오니?"

"에고, 어떻게 된 거지?"

"동현아, 그래도 맛있다."

엄마는 차 안에서 빵 한 개를 다 먹었다. 집으로 돌아와 다른 가족들에게도 나눠 주었다. 가족들을 생각하는 동현이 마음은 집에서도 잘 나타났다. 몸이 아파 힘들어 하는 엄마를 위해 청소기를 돌리고 정리정돈을 했다. 특히 재활용품 분리수거를 잘했다.

"동현아, 재활용품 버리는 날이야."

"잠깐만, 금방 가요."

컴퓨터를 하다가도 잽싸게 달려 나가 분리수거를 하고 들어왔다. 빛의 속도였다. 몸이 아픈 엄마를 돕는 것을 중요하게 여겼다.

수학여행 가기 전 동생 수빈이가 초콜릿 재료들을 사 왔다. 초콜릿, 생크림, 버터를 녹여 틀에 굳힌 후 코코아 파우더와 슈가 파우더를 묻혀 수제 초콜릿을 만드는 것이었다. 수빈이는 분주하게 움직였다.

"엄마 귀 파 주세용."

동현이는 엄마 무릎을 베고 누워 초콜릿 만드는 동생을 지켜보았다. 바쁘게 왔다 갔다 움직이는 수빈이를 보며 장난기가 발동했다.

"수빈이는 돼지. 수빈이는 돼지래요."

"오빠, 자꾸 놀리면 초콜릿 안 만들어 줄 거야."

수빈이가 휙 돌아서며 눈을 흘기고 쏘아붙였다. 엄마도 맛있는 것 만들어 주는 수빈이한테 왜 그러냐고 꿀밤을 주었다.

"수빈아, 사랑해서 그러는 거야. 오빠가 너 정말 사랑해. 알지?"

동현이는 동생을 향해 윙크를 날렸다. 수빈이는 오빠가 사랑한다는 말에 기분이 좋아졌다. 오빠한테 처음 듣는 말이었다. 초콜릿처럼 달콤했다.

"동생아, 아주 맛있다. 또 만들어 주라."

"오빠 수학여행 갔다 오면 그때 또 만들어 줄게."

"수빈아, 꼭 만들어 줘야 해. 약속."

"알았어. 오빠."

바쁘다는 수빈이를 졸라 초콜릿을 또 만들어 준다는 약속을 받아 냈다. 수행여행을 앞두고 동현이는 갑자기 먹고 싶은 게 너무 많아졌다. 이틀에 한 번꼴로 피자를 시켜 먹었다.

"엄마, 오늘은 치킨 먹고 싶어요."

"동현아 너무 먹는 것 아니니? 그러다 배탈 나면 수학여행 못 간다."

엄마가 걱정할 정도로 이것저것 많이 먹었다.

아빠도 아들이 배를 타고 수학여행을 간다고 해 걱정이 앞섰다. 아빠는 오래 전 배를 나 본 경험이 있기 때문이다. 아들에게 배는 위험하니 뛰어다니지 마라, 바다로 떨어질 수 있으니 배 안쪽으로 다녀라, 선생님 말씀 잘 들어야 한다 등등 몇 가지 조심할 것들을 당부했다. 그리고 과외 선생님과 공부하는 동현이를 방해할까 봐 수빈에게 여행에서 쓸 용돈을 맡기고 슬며시 밖으로 나갔다.


　엄마는 여행 떠나는 아들에게 꽃게탕을 끓여 주고 싶었다. 부엌 싱크대에서 꽃게를 손질하다 그만 꽃게에게 물리고 말았다. 피가 조금 나고 쓰리고 아팠다. 때마침 동현이가 현관문을 열고 들어오자 엄마는 동현이가 어떤 반응을 보일까 궁금해 엄살을 부렸다.

　"동현아. 꽃게가 손가락 꽉 물어 피났어."

　동현이는 가방을 내던지고 달려와 다친 엄마 손가락을 살폈다. 얼굴이 벌게졌다.

　"엄마 아프게 하는 것들은 내가 다 혼내 줄 거야."

　쩌렁쩌렁한 소리에 엄마가 더 놀랐다. 약 바르고 밴드 감아 주는 아들을 지켜보며 동현이가 기특하고 듬직하게 느껴졌다.

　다음 날 매운 음식을 잘 못 먹는 동현이가 육개장을 끓여 달라고 했다.

　"엄마, 육개장 끓여 줘요. 급식에서 나왔는데 맛있었어. 고사리 뭐 그런 거 넣은 거 있잖아요."

　엄마는 육개장을 큰 솥에 가득 끓였다. 동현이는 세 끼를 계속 육개장을 먹었다. 수학여행 가는 날도 평소와 달리 밥과 육개장 국물을 남김없이 싹싹 비웠다.

　"엄마, 지금까지 먹은 것 중에 제일 맛있어. 짱!"

　"우리 아들 웬일이야. 만날 조금씩 남기더니 오늘은 다 먹었네. 신기하네."

　엄마는 동현이를 칭찬했다.

　"동현아, 늦을라. 얼른 가."

　"알았어. 엄마 다녀올게요. 수빈아, 초콜릿 만들어 준다는 약속 잊지 마."

　동현이는 계단을 후다닥 내려갔다. 다람쥐처럼 재빠르게 골목 어귀를 빠져나갔다.


　안개가 끼어 못 가겠다던 수학여행 배는 서서히 출발했다. 불꽃놀이가 시작되었다. 동현이는 배 위에서 엄마한테 문자를 보냈다.


김동현　　　　　　　　　　　　　　　　　　　　　　　　　　　　54

「엄마, 불꽃놀이 엄청 재밌어.」

「그럼 출발했니?」

「진작 출발했어.」

「재밌니?」

「짱짱 재밌어.」

「엄마 독감 주사 맞고 왔어. 심심해.」

「동생이랑 노세요.」

「알았어. 동현아 소지품과 돈 조심해.」

「알았어요. 엄마.」

「동현아 사랑해. 엄마도 듣고 싶은데.」

「ㅋㅋ 나도 사랑혀요.」


'나도 사랑혀요' 문자를 몇 번 확인하며 엄마는 흐뭇한 미소를 지었다. 엄마는 휴대전화기를 옆에 놓고 텔레비전에서 방영하는 영화를 계속 보았다. 타이타닉……

# 먼 훗날의 옛날이야기

안산 단원고 2학년 8반 김선우

1. 광덕산에서 사진 안 찍겠다는 걸 몰래 찍은 사진. 나중에 선우는 바로 이 모습으로 돌아왔다.
2. 중3 때 처음으로 카디건을 사서 입고 멋진 자세로 찍은 사진
3. 목베개 사진 동생이 받은 목베개 선물을 자신이 하고 셀카로 찍은 사진

## 먼 훗날의 옛날이야기

옛날 옛날 한국의 안산이라는 도시에 김선우라는 소년이 살았어요. 그런데 사실 그 소년은 별에서 온 왕자였답니다. 어떻게 아냐고요? 증거가 있거든요! 바로 어린이집 생일잔치에서 왕관을 쓰고 찍은 사진이에요. 그런 사진은 누구나 다 있다고요? 맞아요. 그러니까 여러분들도 다 어딘가의 별에서 온 왕자와 공주들이지요. 이 이야기는 1997년 6월 11일에 지구에 왔다가 2014년 4월 16일 별나라로 돌아간 선우 왕자의 이야기랍니다.

선우 왕자네 왕궁은 동쪽 나라 빌라라는 작은 왕궁이었어요. 왕자가 사는 집은 어디든 왕궁이잖아요? 햇빛이 잘 들고, 아늑한 곳이어서 온 식구가 함께 지내기 좋았답니다. 선우 왕자는 아버지와 어머니, 동생 인우와 함께 행복하게 살았어요. (사실은 왕자의 부모님도 왕과 왕비고, 동생도 왕자지만 여기서는 지면상 식구들 호칭은 생략할게요.)

선우 왕자네 식구들은 모두들 깊이 사랑해서 모여 있기를 좋아했어요. 함께 밥을 먹고, 함께 티브이를 보고, 거실에 누워 함께 잠을 자기도 했지요. 선우 왕자는 떠날 날이 기꺼운 것을 안 것처럼 고등학교 첫 겨울부터 수학여행을 떠나기 전날 밤까지 거실에서 부모님과 함께 잤어요. "다 큰 녀석이! 네 방에 가서 자"라고 말해도 듣지 않았죠. 선우 왕자는 유독 손발이 차서 어머니는 손발에 닿을 때마다 "앗, 차가워!" 하며 소리를 지르기도 하고, 꼬집으며 웃기도 했어요. 발이 자그마치 280밀리미터나 되었는데 그 발이 찼으니 어머니가 그럴 만도 하지요?

아마도 선우 왕자는 얼음별에서 왔나 봐요. 거기선 손발이 찰수록 인기가 높거든요. 손발이 차면 마음이 따뜻하다는 옛말처럼 얼음별 사람들은 마음이 따뜻했어요. 그 나라의 왕자인 선우야 말할 것도 없지요.

선우 왕자네는 자가용을 폐차한 뒤로는 차를 사지 않아서 자전거도 함께 타고 다녔어요. 일요일이면 자전거를 타고 화랑유원지에도 놀러 갔고, 가까운 홈플러스에 쇼핑을 하러 가기도 했지요. 아버지와 두 아들 사이에 홍일점 어머니까지, 온 식구가 함께 자전거를 타고 달리는 모습은 참 보기 좋아서 누가 봐도 저절로 미소가 떠올랐답니다.

선우 아버지는 키가 훤칠하고 인물이 좋은 분이었어요. 선우 왕자는 외모도, 성격도 아버지를 많이 닮았지요. 아버지는 말이 별로 없어서 아들들과 장난치거나 신나게 떠드는 일은 별로 없었지만 식구들을 위해 쉬지 않고 일하고, 속정이 깊은 분이었어요. 아버지와 함께 광덕산이나 수암산에 등산을 다니는 일도 두 아들에게는 즐거운 일이었지요.

선우 왕자도 아버지가 가족을 얼마나 소중히 여기는지, 아들들을 얼마나 깊이 사랑하는지 잘 알았어요. 그래서 아버지가 교대 근무를 하느라 집에 머물 때면 아버지 식사를 차려 드리기도 했지요. 원래 선우 왕자는 어머니가 해 놓은 반찬에 먹는 집밥을 가장 좋아해서 놀다가도 밥때가 되면 꼬박꼬박 집에 들어가 밥을 먹고 나왔거든요. 그래서 친구들이 붙인 별명이 '삼식이'였어요! 삼식이 왕자님!

선우 어머니도 매력이 넘치는 분이었어요. 발랄한 외모에 성격도 소탈하고, 얘기하기도 좋아하는 소녀 같은 분이어서 아들과 친구처럼 지냈지요. 선우 왕자는 어머니의 보디가드 노릇도 잘해서 어머니가 퇴근할 때면 친구들이랑 놀다가도 "어, 잠깐만 엄마 모셔다드리고 올게" 하면서 훌쩍 달려가 어머니의 퇴근길을 동행하기도 했어요. 좋아하는 유부 초밥이나 갈비, 비빔국수를 해 주면 "우리 엄마 짱!" 하며 애교도 떨었지요.

어머니에게 선우 왕자는 믿음직한 아들이면서 다정한 딸이기도 했답니다.

동생 인우는 귀여운 외모에 성격도 활발했어요. 어릴 때는 형이랑 또래 친구처럼 마구 놀았죠. 그런데 형이 고등학생이 되고, 키도 훌쩍 커지더니 큰형님처럼 되어서 게임을 빨리 안 끝낸다고 쥐어박기도 하고, 귀찮은 일들 심부름을 시키기도 했어요. 더구나 형은 숫기가 없어서 낯선 사람들하고 말을 해야 하면 동생한테 슬쩍 미루기도 했고요. 하지만 속으로야 물론 동생을 누구보다 사랑했지요.

사실 두 형제는 너 나 할 것 없이 개구쟁이였는데, 어느 날부터 선우 왕자가 싹 달라진 거예요. 중3 여름에 갑자기 무릎이 아파 입원해서 수술을 받았는데, 그 일 이후로 선우 왕자가 철이 확 들어 버렸어요. 어릴 때 선우 왕자는 안산 올림픽기념관(이곳에선 추억이 정말 많아요. 영화도 많이 보고, 알뜰 시장 같은 행사에 참여도 하고, 심지어는 초등학교 졸업식도 여기서 했거든요)에서 수영도 배우고, 검도도 배우고 유치원 때는 '돼지 삼 형제'에서 늑대 옷을 입고 늑대 역할도 하고, 재롱 잔치에서 재롱도 부리고, 할머니 할아버지가 사시는 포항이나 외갓집이 있는 무안 바닷가에 온 가족이 놀러가 즐겁게 놀기도 하면서 세상 걱정 없는 철부지로 지냈지요. 그래서 6학년 때, 선우 형제를 깊이 사랑해 주던 이모가 갑자기 세상을 떠났을 때도 충격받고 슬펐지만 그에 대해 깊은 생각을 하지는 않았어요. 이모하고는 같이 놀러 간 데가 많아서 추억이 참 많았거든요. 정이 깊이 들어서 선우 왕자는 이모와 이모가 키우던 강아지까지 늘 그리워했지만 그뿐이었지요. 그런데 건강하게 놀기만 하다가 아파서 누워 보니 삶과 죽음을 비롯해서 새삼 많은 생각을 하게 되었겠지요? 마침 사춘기였으니까요.

어쨌든 결과적으로 안산 21세기병원은 선우 왕자의 인생을 갈라놓은 셈이 되었어요. 소년으로 입원했다 청년으로 퇴원했다고나 할까요? 거기다 축구 포지션까지 바뀌었어요. 날쌘돌이로 드리블도 잘해 주던 선우 왕자가 그 뒤로는 무릎이 걱정되어 골키퍼만 맡았으니까요.

얼음별에서만이 아니라 지구에서도 선우 왕자는 인기가 많았어요. 키도 180센티미터가 넘고, 눈웃음이 '짱'인 멋진 얼굴도 가지고 있었으니까요. 그러나 그런 외모보다는 아버지가 지어 준 이름처럼 '친구를 소중히 여기고 친구들에게 베푸는(宣友: 베풀 선에 벗 우자)' 자상한 마음으로 더 매력적이었지요. 학교에 늘 일찍 갔던 선우 왕자는 비가 올 거 같으면 '우산 챙겨 나와', 추우면 '따뜻하게 입고 나와'라고 친구들한테 일일이 문자를 보내 줬어요. 장난치기 좋아하고 틱틱거리며 놀리기도 잘했지만 이렇게 자상하고 친구들의 고민을 잘 들어 줬기 때문에 남자만이 아닌 여자들한테도 인기가 많았어요.

그러니까 선우 왕자는 진짜로 '행복한 왕자'였어요. 무엇보다도 여자 친구들이 많았으니까요! 바람둥이였냐고요? 아니요, 그건 전혀 아니었고요! 진짜 '여자 사람' 친구들이 많았다고요! 고잔초등학교 때부터 친해 온 정아, 가영, 단비, 세현이와는 특히 가까웠어요. 아, 물론 그 중에는 우정에서 사랑으로 잠시 흔들렸던 친구들도 있지만 그건 프라이버시니 쉿!

하지만 사귀든 안 사귀든, 아니, 사귀다 말았어도 우정은 변치 않는 정말 보기 드문 좋은 친구들이었어요. 학교도 다르고, 덩치도 커다래졌지만 '김선우 놀~자~~ 나와' 하고 카톡을 보내면 '읔 ㅋㅋ 기달기달 ㅋㅋㅋ' 하고 금방 쪼르르 나오는 선우 왕자였으니까요. 나중에 함께 나이 들어갔다면 '응답하라 고잔초등학교' 같은 드라마를 한 편 찍어도 좋았을 거예요. 실제로 세상 누가 들어도 부러운 너무나 멋진 사이였지요!

하지만 여자 친구들하고는 안 맞는 점도 있었어요. 얘기는 잘 들어 주었지만 말이 별로 없고, 표현을 잘 안 하니까 애인으로 사귈 때면 서운할 때도 있었어요. 집에 놀러가도 혼자 게임만 하질 않나, 생일이라고 파티를 준비해도 쑥스럽다고 안 나와서 집 앞에 케이크를 갖다 놓고 와야 하질 않나, 단 것도 잘 안 먹으니까 케이크 고르기도 나쁘질 않나, 등등으로요.

거기다 좀 보수적이기도 해서, '친구 여자'들이 조금만 노출이 심한 옷을 입어도 야하다면서, 자기 옷을 벗어 덧씌워 주기도 했다니까요. 아, 물론 추울 때도 냉큼 잘 벗어 주었지만요. 밤늦게 무서워서 바래다 달라면 겁이 많아 자기도 무서우면서도 꼭 데려다주기도 했고요.

　선우 왕자는 왕자답게 싸우는 건 싫어했지만 운동과 게임을 좋아했기 때문에 남자 친구들하고도 잘 어울렸어요. 병관이, 상민이, 중원이, 김호처럼 멋진 친구들이 많았지요. 그 중에서도 병관이는 특별한 사연으로 친해졌어요. 초등학교 때 장난감 총을 가지고 함께 놀다가 병관이가 다친 적이 있어서 서먹서먹하게 지냈는데, 나중에 중학교를 같이 다니면서 오히려 단짝 친구가 되었거든요.

　친구들은 대부분 어릴 때 친구고, 같은 동네 사니까 학교가 달라도 잘 모여 놀았어요. 고등학생이 되어서도 주말이면 자주 만나 축구랑 농구를 했지요. 남자 친구들과는 주로 몸을 부딪치며 놀았다면 여자 친구들하고는 서로 고민을 얘기하고 들어 주곤 했어요. 하지만 가영이처럼 여자 친구지만 함께 운동을 하고, 늘 티격태격하면서도 금방 풀리는 친구도 있었지요. 친구들은 여자 남자 가리지 않고 함께 놀이공원도 가고, 노래방도 가고, 영화를 보며 놀기도 했어요. 노래방에서 선우 왕자가 가장 잘 불렀던 노래는 휘성의 〈결혼까지 생각했어〉, 박완규의 〈바람결〉, 그리고 신용재, 윤민수 듀엣의 〈인연〉이었어요. 은근히 슬픈 노래들인데, 어떤 사연이 있는지는 오직 본인만이 알고 있겠죠?

　화랑유원지는 친구들하고도 자주 간 곳이에요. 놀러도 가고, 산책도 가고, 심지어는 공부하러도 갔지요. 겨울엔 눈싸움도 하고, 썰매도 탔고요. 그곳엔 커다란 종이 하나 있어서 매년 마지막 날에 제야의 종을 쳤어요. 1년의 마지막 날이면 친구들끼리 모여서 이 종소리를 들으며 한 해를 마무리 짓곤 했지요. 너무 추워 손을 호호 불어가며 있어야 했지만 참 행복한 순간이었어요. 2013년 제야의 종 행사 때는 선우 왕자가 직접 행사 일을 도와 돈을 벌어서 어머니한테 선물로 드리기도 했어요. 정말 뿌듯했겠죠?

　아, 그래도 친구들과 가장 좋았던 추억은 고1 때 낙산해수욕장에 갔던 일이예요. 정아 아빠가 데리고 가 준 여행이었는데, 선우 왕자랑 정아, 가영이, 김호, 이렇게 넷이 갔고요. 당일치기 여행이라 바빴지만 바다에서 튜브 타고 실컷 놀고, 모래성도 쌓고,

고기도 구워 먹고, 마무리로 목욕탕에 가서 몸도 씻고 올라왔답니다. 그때 얼마나 재미있었는지 선우 왕자는 친구들과 다음에는 서해 바다로 놀러 가자고 약속까지 했지요. 선우 왕자가 살던 시절의 대한민국은 청소년들에게 끔찍한 나라여서 모두들 죽을 둥 살 둥 공부만 하고 지옥처럼 살았는데 선우 왕자는 이렇게 친구들과 내내 즐겁고 신나게 놀 수 있었으니 얼마나 행운아예요? 별나라 왕자니까 그런 것까지 다 알아보고 골라서 태어났는지도 몰라요.

친구들이랑 마지막으로 함께 논 4월 13일에도 병관이, 가영이, 상민이랑 함께 늘 그랬듯이 축구도 하고 족구도 하고, 어두워져서 가영이를 데려다주기도 했어요. 가영이는 수학여행 잘 다녀오라고 했고, 갔다 온 뒤에 또 놀기로 서로 약속도 했지요.


선우 왕자는 큰돈이 없어도 행복할 수 있다고 믿었어요. 바로 선우 왕자네가 그랬으니까요. 그래서 직업도 '자기한테 재미있는 일을 하면서 돈을 버는 게 가장 좋다'고 여겨 인테리어 디자이너나 컴퓨터 관련 일을 하는 회사원이 되기를 원했어요. 가끔은 외삼촌처럼 사업을 해서 멋지게 성공하고 싶다는 생각도 했지만 그보다는 '단독 주택'에서 '가족들과 대화'를 하며 사는 소박한 생활을 꿈꿨지요. 아, 그렇지만 자동차는 꽤 좋아했고, 그중에서도 람보르기니와 포르쉐를 좋아했답니다.

선우 왕자는 공부는 재미없어 했어요. 왜 하는지 알 수 없었고, 영어는 특히 싫어하는 과목이었어요. 하지만 미술이나 음악 시간은 참 좋아했고, 그림은 뛰어나게 잘 그렸고, 만들기도 잘했어요. 나무젓가락으로 총을 만드는 재주도 있었다니까요! 공부 시간에 선생님 얘기가 귀에 들어오지 않을 때면 선우 왕자는 그림을 그렸어요.

창밖의 풍경도 그리고, 게임에 나오는 총도 그리고, 어머니가 사 줘서 소중히 아끼는 G-Shock 시계도 그렸는데, 얼마나 진짜같이 그렸는지 모두들 깜짝 놀랐답니다. 중3 때에는 학교에서 책갈피 디자인 대회가 열렸는데, 그 대회에서 우수상도 탔어요. 선우 왕자가 생각할 때 미술이나 음악은 행복하게 사는 데 도움이 되는 일이었지만 수학이나 영어 같은 공부는 도통 왜 해야 하는 건지 알 수가 없었지요. 물론 나중에 교생 선생님을 만나면서는 그런 생각도 바뀌게 되지만요.

　선우 왕자가 맨 처음에 지원했던 고등학교는 안산공고였어요. 만들기를 좋아하고, 컴퓨터에도 관심이 많았으니까요. 불행히도 합격하지 못해서 단원고에 가게 되었지만 선우 왕자는 다행으로 여겼어요. 광덕중학교는 학교가 멀어서 고생을 했는데, 단원고는 가까운 데다 교복도 근사했거든요. 라인이 잘 빠진 재킷에, 긴 다리를 강조해 주는 일자바지가 마음에 들었지요. 선우 왕자는 평소에 옷도 늘 후드 티만 걸치고 멋을 부리지 않았지만 이 교복을 입고는 모델처럼 사진도 찍었답니다.

　2학년이 되자 선우 왕자는 책상 위에 '내일은 없다고 생각하고 오늘을 살아라. 오늘이 내일이다'라는 말을 붙여 놓았어요. 그만큼 선우 왕자는 하루하루를 온 정성을 다해 보내고 싶어 했죠. 그래서 바른 생활 부원이 되어 교문 앞에서 선도 활동도 했어요. 선우 왕자는 규칙이나 질서를 지키는 걸 의외로 좋아해서 군인에 대한 동경까지 있었거든요.

　학교생활은 점점 더 재미있어졌어요. '나를 아빠라고 불러'라고 하며, 학생들을 '내 아들'이라고 말할 만큼 정을 쏟아붓는 담임 선생님에다 열성적이고 어여쁜 교생 선생님까지 만났으니까요. 특히 교생 선생님과의 만남은 선우 왕자에게 큰 변화를 주었어요. 생명 과학을 전공하는 교생 선생님은 단원고의 선배이기도 해서 온 열성을 다해 후배 겸 제자인 학생들을 정성껏 챙겼어요. 말도 툭툭 남자처럼 하고, 시원시원해서 남학생들을 아주 잘 다루었고, 학생들에게 희망을 갖고 노력하면 꿈을 이룰 수 있다고 늘 격려해 주었지요.

　선생님은 누구든 원하는 학생에겐 도움을 주었어요. 그래서 선우 왕자가 도와 달라고 하자 중학교 수학 문제집을 사다 주며 그걸로 먼저 시작해 보자고 했지요. 선우 왕자는 처음엔 좀 부끄러워했지만 새까맣게 모르던 수학이 하나씩 환하게 풀어지는 재미에 빠져서 점점 더 공부에 흥미를 느끼게 되었어요. 태어나서 처음으로 공부가 하고 싶어졌고, 자신감도 생겼지요. 그래서 교실 뒤의 희망 학교 게시판에 '성균관대 컴퓨터공학과'라고 써 넣기도 했어요. 선우 왕자는 교생 선생님을 볼 때마다 감사하고, 기뻤어요. 그래서 뭘 그리면 그렸지, 잘 쓰지 않는 선우 왕자가 연습장 한 귀퉁이에 이런 글도 써 놓았답니다.

'교생 쌤을 처음 본 순간 뭔가 조용해 보이고 조그만 것에도 잘 웃었다. 교생 쌤을 점점 알아 가니 조용한 것은 아니었고, 정말 활발한 친화력이 쩔었다(?). 선생님하고는 안 어울리는 캐릭터였지만 수업을 듣는 순간 선생님이 맞구나, 하고 생각했다. 교생 쌤 정말 잘 만난 것 같다. 내가 저 쌤을 만나지 않았다면 나는 지금처럼 공부를 하고 있을 것인가. 교생 쌤으로 인해 나는 공부에 흥미를 느꼈다. 꼭 오랫동안 연락하며 지내는 선생님이면 좋겠다! 앞으로 더 계속 쓸 것이다. 이 글은 영원하리~~~~'

교생 선생님도 선우 왕자가 노력을 보이자 기뻐하며 더 열심히 도와주었어요. 선우 왕자는 선생님한테 점점 더 정이 들었어요. 선생님이 교생을 끝나고 돌아가는 날인 4월 25일 달력에 '선생님이 떠나는 날. ㅠㅠ. 울자.'라고 써 놓기도 했어요. 수학여행 다녀오면 공부 더 열심히 할 테니 시내에서 맛있는 거 한 번 사 달라고 선생님을 졸라 20일에 만나기로 약속도 얻어 냈어요. 나중에 선우 왕자는 바로 그날 우리에게 돌아와요. 자신이 지킬 수 있는 최대한의 약속을 지켜 낸 것이지요. 어머니가 늘 '약속 안 지키는 사람이 나는 제일 싫다'고 말했고, 선우 왕자는 어머니 말을 잘 듣는 아들이었으니까요.

수학여행을 떠나던 날 아침, 선우 왕자는 집을 나서다 교생 선생님을 만났어요. 너무 좋아서 함께 학교로 걸어가다가 실내화를 두고 온 걸 깨달았지요. 선우 왕자는 "선생님, 먼저 가면 안 돼요. 잠깐만 기다리세요" 하고는 얼른 집으로 뛰어가 2층의 집을 향해 소리쳤지요. "엄마, 실내화!" 엄마는 얼른 실내화를 챙겨 던져 주며, "아들, 잘 다녀와!" 하고 인사를 했고, 선우 왕자는 씩씩하게 대답했지요. "응, 엄마. 잘 갔다 올게."

그날 점심 때에도 선우 왕자는 가져간 땅콩을 다 먹어 버려서 다시 가지러 집에 들러요. 선우 왕자는 견과류를 좋아했거든요. 덕분에 아버지도 한 번 더 보고 가게 되지요. 아버지는 늦을까 봐 후다닥 뛰쳐나가는 선우 왕자에게 "몸 조심히 잘 다녀와!"라고 말했어요. 그렇게 다른 날과 다르게 한 번씩 더 부모님 얼굴을 본 거예요. 떠날 걸 안 사람처럼.

실내화를 챙긴 선우 왕자는 교생 선생님한테 얼른 돌아가 함께 학교로 걸어갔어요. 길에는 벚꽃이 활짝 피어 있었어요. 4월이었으니까요. 그 아름다운 길 위를 좋아하는 선생님과 함께 걷는 선우 왕자의 마음은 얼마나 행복했을까요?

바람에 벚꽃 잎은 눈처럼 흩날리고, 아침 햇살은 음악처럼 선우 왕자를 감쌌지요. 선우 왕자는 어쩌면 시간이 그대로 멈추기를 바랐을 거예요. 2014년 4월 15일 아침, 그토록 눈부시게 아름다웠던 그 아침이 선우 왕자가 안산에서 보낸 마지막 아침이었어요.

그 길의 벚나무들은 행복했던 한 소년의 마지막 모습을 아직도 잊지 못하고 있답니다.

먼 훗날의 옛날이야기

# 가슴 시린 이야기

안산 단원고 2학년 8반 **김영창**

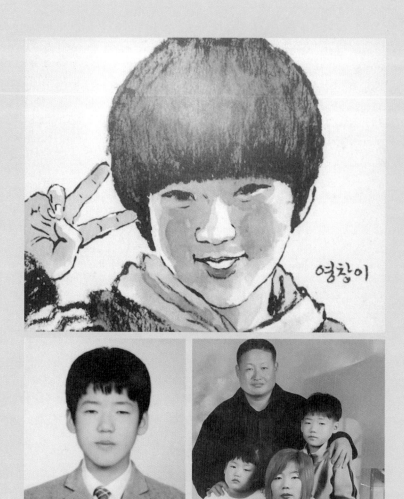

1. 박재동 화백이 그려준 영창이 캐리커처.
2. 단원중학교 학생증 사진.
3. 일곱 살 때 가족들과 함께.

# 가슴 시린 이야기

우리 영창이요? 순해요, 순하디 순해서 쑥맥 같은 아이예요. 그렇다고 그게 다는 아니에요. 한 번 하겠다고 마음먹으면 악착같은 데도 있어요. 끝까지 해내고 만다니까요.

만들기를 특히 좋아했어요. 발명하는 것도 좋아하고, 뭘 뜯어서 고치는 것도 좋아하고. 어릴 때부터 그랬어요. 로봇이나 자동차 같은 걸 사 주면 금방 맞췄어요. 다른 애들이 맞추다가 잘 안 되면 영창이한테 가지고 올 정도였어요.

따로 뭘 가르쳤냐고요? 그런 거 없어요. 그냥 한 번 보면 맞춰 내는 거예요. 손재주가 좋은 거죠? 타고난 거겠죠. 아빠도 손재주가 좋거든요.

여섯 살, 일곱 살 이럴 때 게임기 같은 거 사 주면 다들 그거 가지고 놀기 바쁘잖아요. 그런데 영창이는 분해부터 해요. 우선 분해를 한 다음에 그걸 다시 조립을 해요. 아무리 재주가 좋다고 해도 어린아이니까 어려운 것도 있을 거잖아요. 그럼 포기하기도 할 텐데, 절대로 포기하지 않고 끝까지 해내는 거예요. 그럴 때 보면 집중력이 대단했어요.

커서도 그랬어요. 중고등학생이 돼서도 만드는 건 좋아했어요. 라디오도 조립하고 오디오도 조립하고 못하는 게 없었어요. 잘 안 돼도 끙리끙리해 가면서 끝까지 해내고 말아요. 며칠이 걸리냐고요? 그런 게 아니고, 밤잠을 안 자고 밤을 꼬박 새서라도 그날 밤으로 해내야지, 안 그러면 못 자요. 나중에는 이런 것들을 사 줄 수가 없게 되니까 집에 있는 거 다 뜯어서 맞추고 그랬어요. 티브이나 라디오 같은 걸 뜯어도 저는 걱정 안 했어요. 영창이는 해내고 만다는 걸 알고 있으니까요.

그건 아마 저를 닮은 거 같아요. 저는 책을 읽기 시작하면 4권, 5권짜리 대하소설도 다 읽어야지 잠을 자요. 궁금하면 못 견디는 거예요. 영창이에게도 책을 많이 읽어줬어요. 전래동화나 위인전, 과학동화 같은 것들요. 공부도 제가 가르쳤죠. 9개월 때부터 학습지로 공부를 가르쳤어요. 스티커 같은 거 붙이는 유아용 학습지가 있거든요. 손으로 만지면서 하는 거니까 아주 흥미 있어 하더라구요.

우리 가족은 영창이 일곱 살 때 안산으로 이사를 왔어요. 그전에는 안양에 살았어요. 그곳에서 신혼살림을 시작했죠. 영창이랑 동생이랑 다 거기에서 태어났어요. 그때가, 그러니까 안양 살 때가 가장 행복했다고 영창이는 그렇게 말하더군요. 그때는 가족들이 다 같이 놀러도 많이 가고, 놀이공원도 가고 여름에 계곡도 가고 그랬는데, 안산으로 이사 온 후로는 가족 나들이를 거의 못 갔어요. 경제적으로 좀 어려워졌거든요.

그래도 목포에 영창이 외할머니가 살고 계셔서 방학 때면 거기 가는 게 낙이었어요. 외할머니도 저처럼 굉장히 정이 많아요. 영창이랑 동생 낳았을 때 친정에 가서 몸조리를 했거든요. 애기들이 외할머니를 얼마나 좋아하고 따르는지 몰라요. 그 짧은 사이에 벌써 할머니에게 정이 들어서 저한테 잘 안 오려고 할 정도였어요. 방학 때 잠깐씩 가는 거지만, 애들도 할머니도 다 좋아했어요.

아빠는 같이 다니지 못했어요. 안산으로 온 후로는 일이 잘 안 풀렸어요. 경제 사정이 어려워져서 뭘 사고 싶은 게 있어도 못 사고, 친구들이 다 갖고 있는 것도 가질 수가 없고, 그러니까 어린 나이에 불만이 생길 만도 한데, 불평 한마디를 하지 않았어요.

겨울에는 아버지가 일을 못 다닌다는 걸 뻔히 아니까 그런 걸 보면서 눈치를 챘나 봐요. 학교 다닐 때는, 학교에서 돈 들어가는 일이 있어도 집에 말도 하지 않고 혼자서 해결해 버리는 거예요.

나중에 제가 그걸 알고 너무나 속이 상했어요. 자기는 엄마 속상할까 봐 말하지 않는 거예요. 집에 말해 봐야 해결이 안 될 것 같은 일은 혼자서 속앓이하는 거예요. 어릴 때부터 철이 들어 버린 아이에요. 고등학교 때도 사춘기라는 걸 모르고 지나갔으니까요.

영창이의 꿈이요? 꿈 있었죠. 왜 없었겠어요. 영창이는 과학자나 발명가가 되고 싶어 했어요. 어릴 때부터 그쪽으로 소질이 있었으니까요. 학원 한 번 못 보내 주고, 학교에서 하는 방과 후 수업도 못 시켜 줬지만, 그런 셈 치고는 공부도 곧잘 했어요.

그런데 고등학교 2학년에 올라가더니, 아무래도 야자를 해야겠다고 조심스럽게 말하더군요. 대학을 가려면 야자라도 해야 된다고, 선생님이 그렇게 말했나 봐요. 그래서 자기도 야자는 하고 싶다고 신청서를 가지고 와서 사인을 좀 해 달라더군요. 당장은 좀 어려우니 2학기 때부터 하자고 했어요. 제가 부업을 해서라도 수업료를 내주겠다고 약속했어요.

과학 경시대회요? 그런 덴 나가 본 적이 없어요. 학교에서는 워낙 없는 듯 했다고, 뭘 하겠다고 나서는 법도 없고, 조용한 애라고, 1학년 때 담임이 그렇게 말하더군요. 숫기가 없어서 그럴 거예요.

워낙 순하고 착해서 여동생한테도 못 이기는 걸요. 집 냉장고에서 뭘 꺼내 먹을 때도 저한테 허락받고 냉장고를 열 정도니까, 어떤 앤지 알겠죠? 그러지 말라고 하죠. 그래도 그래요. 타고난 성정이 그런가 봐요. 그런데 동생은 오빠랑 정반대 성격이에요. 욕심도 많고 질투도 많아요. 그러다 보니까 남매가 톡탁거릴 때가 좀 있어요. 톡탁거리는 이유는 대게 동생 때문이에요. 동생이 떼쓰고 짜증 내는 거죠. 그러면 영창이는 동생한테 다 양보해 버려요.

제가 영창이 거라고 사 준 것도 동생이 탐내고 갖고 싶어 하면 동생 줘 버려요. 제가 야단을 치죠. 동생을 좀 잡으라고요. 네 살이나 차이가 나거든요. 그래도 그러지 않아요. 여동생인데 뭘, 이러면서 그냥 놔둬요. 그렇게 착했어요. 그래서 제가 어쩔 수 없이 간식을 줄 때도 둘의 것을 나눠 줘요. 그래야 싸움이 나지 않아요.

가슴 시린 이야기

저거요? 동생이 만든 거예요. 오빠가 없으니까, 뭐 고장 나면 고쳐 주고, 해 달라는 거 다 해 주고, 자기 말 다 들어주던 든든한 오빠가 없으니까, 그게 또 화가 나는가 봐요. 속이 상하고, 슬프고, 그립고, 오빠한테 미안하고 그러겠죠. 그러더니 어느 날 오빠 빈소라고 저렇게 만들어 놨어요. 오빠 사진이랑 가족사진이랑, 오빠가 좋아하던 과자들이랑 꽃을 저렇게 갖다 놨더라고요.

그런데 영창이, 친구들은 엄청 많았어요. 집에서 용돈을 많이 못 주니까 친구들한테 얻어먹기만 하는 게 마음에 걸린다고, 영창이가 고백하더라고요. 친구들이랑 어울리다 보면 돌아가면서 한턱씩 내기도 하고, 누가 뭘 사 주면 다음엔 또 자기가 사 주고, 이래야 되잖아요.

그래서 제가 여름방학 때는 꼭 용돈을 두둑이 주겠다고 약속했죠. 그런데 영창이 고민하고 상관없이 친구들은 다들 영창이를 좋아했나 봐요. 집 앞까지 영창이를 데리러 오는 친구들도 꽤 많았어요. 집이나 학교에서는 쑥맥처럼 굴어도 친구들 사이에서는 친구들을 몰고 다니는 스타일이더라고요.

애들하고 잘 어울리고 밖에서 뛰어노는 완전 사내아이 스타일이었어요. 주로 축구하러 많이 나가더라고요. 피시방도 가고요. 영창이가 용돈이 많지 않으니까 친구들이 잘 사 주는 것 같더라고요. 사실 친구들은 없으면 없는 대로 있으면 있는 대로 별 생각 없이 지내는데, 영창이 혼자 미안했나 봐요.

친구들하고 땀범벅이 돼서 놀다가도 해지면 늦지 않게 집으로 돌아와요. 집에 오면 저한테 얼마나 곰살궂게 구는지 몰라요. 저랑 장 보러 다니기도 하고, 물건도 들어 주고, "엄마는 무거운 거 들지 마" 이러면서 장남 노릇도 하고, 저녁 준비할 때는 옆에서 마늘도 까 주고 온갖 잔심부름 다 하면서 도와주고, 엄마 목욕하면 등에 로션도 발라 주고, 흰머리도 뽑아 주고, 뽀뽀도 잘해 주고……

네. 진짜로 그랬어요. 등에 로션도 발라 주고, 뽀뽀도 얼마나 잘해 줬는데요. 너무나 다정다감했어요. 어떨 때는 꼭 딸 같다니까요. 아무래도 여동생이랑 성격이 바뀐 거 같아요. 딸은 좀 무뚝뚝하고 다혈질이거든요.

그런데 영창이는 굉장히 다정다감하고 애교도 많아요. 저녁밥 먹고 천변으로 산책 나가서 걸어 다니다가 꽃을 보면 예쁘다고 감탄하면서 엄마한테 한 송이 꺾어 주는 건 딸이 아니고 영창이에요. 어릴 땐 밖에서 놀다가 친구들이 놀리면 울면서 돌아올 정도로 소심했어요. 그런데 크면서 소심함이 섬세함으로 바뀌더라고요.

사람 마음 상하지 않게 하려고 굉장히 조심하는 거예요. 말 한마디도 함부로 하지 않아요. 우리가 가족에게는 좀 함부로 하게 되잖아요. 영창이는 그러지 않아요. 어릴 때 자기가 그런 말 때문에 마음 상해 봤기 때문인지, 상대방의 마음을 잘 살피고 마음 다칠 것 같은 말은 하지 않아요. 동생을 야단치지 못하는 것도 그런 이유 때문인지 몰라요.


저는 우리 애들을 일일이 다 씻겨 주고 먹여 주고 챙겨 주고, 그런 스타일이거든요. 어렸을 때도 그랬지만 커서도 그랬어요. 여름에는 등목도 해 주고, 손톱 발톱도 깎아 주고 귀지도 파 주고 로션까지 다 발라 줬어요. 네, 진짜 그랬어요. 물론 영창이도요. 영창이 수염도 깎아 줬는 걸요. 아이들이 아무리 커도 엄마 눈에는 애기처럼 보이잖아요. 영창이가 아무리 수염이 거뭇거뭇하게 자라고 목소리가 변성이 돼도 제 눈에는 애기 같은 걸요, 뭐. 예쁘잖아요. 눈에 넣어도 안 아픈 애들인데 뭘 못 해 줘요. 돈으로는 풍족하게 뭘 못 해 줬지만 마음만은 넘칠 듯이 아끼고 보듬어 주고 쓰다듬어 주고 사랑해 줬어요.

딸은 크니까 제가 그러는 걸 귀찮아하더군요. 그런데 영창이는 그러지 않았어요. 엄마한테 해 주는 것도 좋아하고 제가 해 주는 것도 좋아하고 그랬어요. 영창이하고 저하고는 서로 통하는 면이 많았어요. 아빠는 영창이를 너무 끼고 산다고 좀 뭐라고 했어요. 그러면서 살짝 질투를 하기도 했어요. 영창이한테 생선을 발라 주고 그러면, 나는 왜 안 해 줘? 나도 해 줘, 이러더라고요.

저는 어떻게든 아이들하고 눈높이를 맞추려고 애썼어요. 시간 나면 애들이랑 노래 방도 가끔 갔어요. 노래방 가면 영창이는 못 부르는 노래가 없어요. 제가 음치라고 놀려도 씨익, 웃으면서 끝까지 다 불러요.

좋아하는 가수요? 에이핑크요. 에이핑크 중에서도 손나은을 좋아했어요. 제가 봐도 예쁘던데요! 저는 애들이랑 텔레비전도 같이 보고, 애들 쓰는 은어도 같이 쓰고 그래요. 그렇게 애들한테 부모가 먼저 눈높이를 맞춰 줘야 된다고 생각해요.

그런데 아빠는 그런 걸 잘 못해요. 그러니까 대화가 잘 안 되는 거예요. 아빠가 우리가 하는 말을 잘 못 알아들으니까요. 식구들이 다 같이 둘러앉아서 텔레비전 보잖아요. 그럴 때 우리가 무슨 얘기를 하면 아빠는 못 알아들으니까 자기만 따돌리는 줄로 오해하는 거예요. 너네 셋이서만 얘기하냐? 아빠는 따돌리는 거냐? 이래요. 그런데 특별한 은어도 아니에요. 그러면 제가 중간에서 설명을 해 줘야 돼요.

네, 맞아요. 한국말을 통역해야 되는 거예요. 아빠가 성격이 좀 급하고 다혈질이긴 해요. 그것도 그렇지만, 애들하고 같이 보내는 시간이 너무 부족한 게 문제예요. 아빠가 일 다녀오면 저녁 7시, 8시인데, 다음 날 새벽에 또 일 나가셔야 되니까, 씻고 밥 먹으면 자야 되는 거예요. 그럼 아빠는 저쪽 방으로 건너가서 누워 있다가 잠들고……

그래도 애들 어릴 때는 괜찮았는데 애들 중학생 되고 고등학생 되고 그러니까 서로 만날 시간이 더 없는 거죠. 아빠도 답답했을 거예요. 아빠가 우리 때문에 고생하고 힘들다는 거 다 알면서도 서로 화가 나는 거예요. 저도 영창이를 닮아서 정이 많은 편이거든요. 아니지, 영창이가 저를 닮았다고 해야겠군요.

어쨌든 아빠도 힘든 거 이해하고 그게 다 우리 가족을 위해서 저렇게 힘들어진 거라는 거 다 알면서도 저도 화가 나는 걸 어쩔 수 없는 거예요. 그런 일상이 자꾸 되풀이되니까요. 그럴 땐 영창이가 저에게 정말 큰 의지가 되었어요. 저는 영창이한테, 영, 이러기도 하고, 오빠, 이렇게 부르기도 했어요. 그러면 영창이는 짐짓 어른스럽고 의젓한 목소리로, 왜? 이러면서 받아 줘요. 그럴 땐 제가 영창이한테 아양을 떠는 거예요. 영창이는 그런 저를 다 이해하고 애인처럼 다정하게 저를 위로해 줬어요. 그러면서 이래요.

"엄마가 참아라. 우리를 봐서라도 참고 살아라."

그래도 제가 화를 내면 아빠를 두둔해요.

"아빠도 힘들 거야. 힘들어서 그러는 거야. 그거 다 우리 때문에 힘든 거잖아. 우리가 이해해 주지 않으면 누가 아빠를 이해해 줘? 아무리 미워도 아빠는 우리 아빠잖아."

이러면서 저를 다독거리는 거예요.

하여간 영창이랑 저랑은 좀 특별했던 것 같아요. 여느 집 모자간하고는 좀 달랐을 거예요. 저는 영창이랑 다닐 때 늘 깍지 손을 끼고 다녔어요. 어깨동무도 하고…… 영창이가 듬직하고 사랑스럽고 좋아서 그렇기도 했지만, 영창이가 너무 숫기가 없으니까 좀 가르쳐 주려고 일부러 그러기도 했어요.

공부도 중요하지만, 제가 살아 보니까 자기와 잘 맞는 배우자를 만나서 결혼을 잘하는 것도 정말 중요하겠더라고요. 그래서 영창이가 여자 친구들도 좀 스스럼없이 사귀고 그러길 바랐거든요. 남자 친구들은 많은데 여자 친구들은 좀처럼 못 사귀는 거 같아서 일부러 제가 여자에 대한 이야기도 많이 해 줬어요. 남자가 좀 터프하게 해야 여자들이 좋아해. 여자들은 남자들이 리드해 주는 걸 좋아해. 이런 얘기를 하면 굉장히 쑥스러워해요. 그런 거 엄마한테 하는 건 괜찮은데, 여자 친구들한테는 그게 잘 안 된다는 거예요.

그런데 알고 보니 여자 친구가 있더라구요. 영창이는 저한테 밖에서 있었던 얘기를 거의 다 해요. 제가 먼저 하루 동안 있었던 일이나 생각 같은 걸 다 얘기하니까 영창이도 학교생활이나 친구들 얘기를 다 털어놔요. 우리는 정말 대화를 많이 했어요.

그래서 저는 영창이가 제일 친한 친구가 누군지, 어떤 친구랑 어떤 문제가 있는지, 얘가 무슨 생각을 하는지 거의 다 알고 지냈어요. 그렇게 영창이 안 하는 얘기 없이 다

가슴 시린 이야기

한다고 생각했는데, 여자 친구 얘기는 쑥스러워서 못 했나 봐요.

어느 순간, 제가 눈치를 보니까 영창이가 어딘지 좀 다르더라구요. 숨기는 거 없이 대화하고 지내니까 금방 눈에 띄는 거죠. 그래서 제가 은근히 유도 심문을 했죠. 그랬더니 실토하는 거예요. 얘기를 들어 보니 그것도 결국 여자애가 먼저 적극적으로 나온 것 같더라구요. 여자애들한테 나름대로 인기가 있었나 봐요. 밸런타인데이나 빼빼로데이 때도 선물을 진짜 많이 받아 왔어요.

영창이 매력이요? 순진함? 순수함? 아마 그런 걸 거예요. 그리고 여성스럽고 다정다감하니까 여자애들이 좋아했나 봐요. 엄마가 보는 거랑은 다르겠지만요. 하여간 그 여자 친구랑 꽤 오래갔어요. 저는 그래도 걱정이 되니까 구체적으로 이것저것 코치도 했어요. 어디까지는 되지만 어디까지는 안 되는 거다. 너희들은 아직 어리다. 이건 한참 후에 영창이가 고백한 건데, 뽀뽀도 했대요.

그런데 어느 날인가, 한 가지 노래만 계속 듣더라구요. 그게 휘성의 〈가슴 시린 이야기〉였어요. 여자 친구랑 헤어졌더라구요. 그 노래를 1년 넘게 들었어요. 힘들다는 내색도 하지 않고 그렇게 조용히 삭이더라고요.

중2 때 사귀기 시작해서 고1 여름까지 사귀었으니까 꽤 오래 사귀었죠. 그만큼 마음의 상처도 컸겠죠. 글쎄요. 이유는 모르죠. 영창이가 적극성이 없어서 헤어졌을 수도 있지만, 돈이 없어서 그랬을 수도 있어요. 그걸 생각하면 제 가슴이 시리죠.

수학여행도 사실 보낼 형편이 못 됐어요. 그래서 고3 때 가면 안 되겠냐고 했더니 고3 때는 가지 않는다더군요. 중학교 때는 조류 독감인지 뭔지 때문에 수학여행을 못 갔거든요. 그래서 이게 마지막이다 싶어서 어떻게든 돈을 만들어서 냈어요. 큰 맘 먹고 용돈도 10만 원이나 줬어요. 그걸 보고 깜짝 놀라더군요.

"엄마, 돈도 없는데 이렇게 많이 줘도 돼?"

그렇게 큰돈을 준 건 처음이었어요. 많이 줘 봐야 2만 원, 3만 원이었어요. 마음 놓고 풍족하게 챙겨 준 적이 없어요. 그런데도 영창이는 그런 건 조금도 불평하지 않고, 이담에 내가 크면 꼭 엄마 집 지어 줄게, 이렇게 약속했던 아이에요. 어릴 때부터 철이 들어 버린 아이에요.

가슴 시린 이야기지요.

요즘은 제가 그 노래를 듣고 있네요.

# 엄마, 사랑해요

안산 단원고 2학년 8반 **김재영**

1. 보라매공원에서 가족들과 함께.
2. 어렸을 적 충남 태안 달산포 갯벌에서 조개 캐면서.
3. 중3 여름 방학 제주도 가족 여행에서 기념으로 찍은 스케치 사진

## 엄마, 사랑해요

당신은 지금 믹서기 안에 갇혀 있다. 믹서기의 날이 서서히 돌아가고 있다.
이 상황에서 당신은 살아남기 위해 무엇을 할 것인가?


엄마, 이거 생각나세요? 내가 중3 때 엄마에게 보여 준 건데. 내로라하는 천재들이
일한다는 구글의 입사 문제라면서 제가 보여 드렸잖아요.
이거 말고도 기상천외한 문제들이 있었죠.


당신의 8살 된 조카에게 데이터베이스에 관해 세 개의 문장으로 설명하시오.
스쿨 버스에는 골프공이 몇 개나 들어가나?? 등등……


이 문제들의 정답은 가장 창의적인 것이라고 했어요. 그리고 스탠포드, 하버드, MIT
같이 쟁쟁한 대학에 다니는 학생들의 재학 시절부터 인재를 키운다는 말을 들었을 때,
제 귀가 번쩍 뜨였어요. 참 이상한 느낌이었어요. 만화로 그린다면, 정말이지 제 머리
에 반짝하고 전구가 켜지는 그런 기분이었어요. 어떤 것들은 그렇잖아요. 다 같이 보
고 늘어노 누군가에게는 잊지 못할 사건으로 남는 그런 것들 말이에요. 그게 그랬어
요. 저에게는 그날 선생님이 하시던 말씀이 토씨 하나 안 빼고 다 기억이 나요. 우리 반
아이들 모두 그 자리에 있었지만, 마치 나에게만 들으라고 얘기하시는 것 같았어요.

그날 이후, 내 꿈이 바뀌었잖아요. 그 전에는 한의사가 되어서 아픈 사람들을 도와주고 싶었죠. 어머니도 찬성했고요. 내가 워낙 내성적이고 조용하고 침착한 성격이라 연구직 같은 게 어울릴 거라고 하셨죠. 그런데 그날 이후 나는 장차 컴퓨터 공학을 전공해서 구글에 입사하겠다고 결심했어요.

니가? 꿈 한 번 거창한 걸. 과연 실현될 수 있을까? 꿈은 꿈일 뿐이니까.

누군가는 이렇게 말할지도 몰라요. 하지만 나는 내 꿈이 허황되다고 생각하지 않아요. 내가 생각 없이 큰소리나 치는 아이가 아니란 건 누구보다 엄마가 잘 아실테죠. 그리고 난 무엇보다 나 자신을 믿어요. 나는 좀 늦되는 아이인가 봐요.

하지만 지금까지 차근차근 자긍심과 실력을 키워 왔고 그 과정 속에서 나도 모르는 무궁무진한 잠재력이 있다는 걸 확인해 왔어요. 그건 내가 잘나서 그런 게 아니란 걸 너무나 잘 알고 있어요. 달팽이처럼, 거북이처럼 더디기만 한 나를 믿고 기다려 주고 주저앉으려는 나를 격려해 준 엄마가 아니었다면, 나의 꿈은 싹을 틔우지도 못했을 거예요.


내가 초등학교 4학년 때였죠? 그때 우리는 그동안 살던 곳을 떠나 선부동으로 이사를 왔죠. 학교도 전학을 해야 했고요. 그때부터였어요. 나는 갑작스런 환경의 변화를 받아들이지 못했어요. 새 집, 새 학교, 새 친구들, 나는 완전히 낯선 행성에 떨어진 이방인 같았어요. 안 그래도 내성적이던 나는 더욱 소심하고 말 없는 아이가 되어 버렸어요. 학교 가는 발걸음은 천근만근 무거웠고 친구 하나 사귀지 못했죠. 학교에서 나는 신발장처럼 묵묵히 있다가 학교가 파하면 얼른 집으로 돌아왔어요.

한번 집에 들어오면 밖으로 나가지도 않았어요. 날개를 펼치고 훨훨 날기 시작해야 할 나이에 나는 다시 고치 속으로 기어들어 가려는 한 마리 애벌레 같았죠. 집은 나의 고치였어요. 엄마가 퇴근하실 때까지 동생 은비와 볶음밥도 해 먹고 라면도 끓여 먹으면서 컴퓨터 게임하는 게 가장 편했어요. 공부는 혼자 해도 되는 거니까, 학원 같은 델 다니지 않아도 성적은 늘 상위권이었어요. 그러면 됐다고 생각했어요.

그런데 엄마 생각은 달랐지요. 대학 졸업 후 줄곧 사회생활을 해 온 엄마는 성적보다 더 중요한 건 성격이라고 생각하셨죠. 엄마가 데려간 곳은 사회성과 적응력을 키우는 사회인지프로그램을 운영하는 곳이었어요. 세상에는 나 같은 아이들이 적지 않은지 그곳에 들어가기 위해서 6개월을 기다려야 했죠. 〈우리 아이가 달라졌어요〉라는 방송 프로그램에 나온 선생님이 가르치는 그곳이 수원이라서 집에서 가까운 거리도 아니었어요. 엄마는 매주 토요일마다 나들이 차량으로 복잡하게 붐비는 거리를 왕복 두 시간, 그리고 프로그램 진행 시간 동안 밖에서 기다리면서 나를 데리고 다녔죠.

엄마의 고생이 헛된 건 아니었어요. 모르는 사람은 두말할 필요도 없거니와 짝꿍이나 선생님과도 꼭 필요한 말 외에는 하지 않던 내가 조금씩 말문이 트이고 있었던 거예요. 내가 먼저 말을 걸어서 짝꿍이 깜짝 놀라기도 했어요. 친구들과 수다를 떨고 있는 나를 발견하면 내가 깜짝 놀랐죠. 하다못해 미장원 아주머니나 마트 아주머니조차 눈이 휘둥그레져서 엄마에게 알려 줬다죠? '재영이가 먼저 인사를 다 하더라구요.' '머리를 이렇게 저렇게 잘라 달라고 말을 잘하던데요?' 네, 나도 느끼고 있었어요. 내가 조금씩 달라지고 있다는 걸요. 지금 생각하면, 엄마는 다시 한 번 산고를 치르고 계셨던 거예요.

엄마는 그 생활을 2년이나 하셨어요. 직장 생활 때문에 피곤하신 중에도 한 주도 빼먹지 않았는데, 오히려 선생님이 사정이 생겨서 평일로 시간을 바꾸게 되었죠. 그때 저는 어쩔 수 없이 그만둬야 되나 보다 생각했어요. 그런데 엄마는 아예 6개월 동안 직장을 휴직하셨죠.

그 6개월을 뭐라고 표현할까요? 은비와 나는 엄마를 오롯하게 차지할 수 있었잖아요. 정말이지 꿀처럼 달콤했던 날들이었어요. 엄마도 직장 생활만 한 게 아니고 세무사 시험 준비까지 하느라고 늘 시간에 쫓기다가 모처럼 느긋하게 우리와 지내게 되어 아주 행복해 보였어요. 엄마가 우리에게 물었죠.

"너희들 어디 가고 싶니?"

85

나는, "제주도요" 하고 큰 소리로 대답했어요.

사실 우리는 그동안 여행다운 여행 한 번 못 가 봤잖아요. 우리는 비행기를 타고 제주도로 날아가서 자동차를 렌트해서 이곳저곳, 그야말로 마음 끌리는 데로 돌아다녔어요. 오, 얼마나 행복하고, 그리고 신기하던지요. 오, 야자수가 진짜로 있어요. 오, 돌이 정말로 많아요. 바닷물 색깔도 너무나 예뻐요. 티브이나 책을 통해서 늘 보던 거지만, 내 눈으로 직접 보는 건 전혀 다른 거였어요. 그 감동이 피부로 전해져서 소름이 돋았어요. 엄마도 은비도 나도, 짜릿한 행복감에 젖었어요.

"너무 바쁘게만 살았구나, 우리 이제 여행을 자주 다니자."

그래서 고1 여름에는 속초에 가서 태양이 떠오르는 동해 바다를 보았고, 고2를 앞두고는 태백산 눈꽃축제도 다녀왔죠. 그러자 머릿속에서는 미래의 내 모습이 그려졌어요. 대학생이 된 내가 배낭을 메고 유럽의 이곳저곳을 여행하는 그림 말이에요. 못할 것도 없지 뭐, 이러면서 유럽 여행 가이드북을 사고 창문에 세계지도를 붙여 놓았잖아요. 나는 마침내 고치에서 조금씩 벗어나 넓은 세상으로 나아가고 있었던 거예요. 사회인지프로그램은 더 이상 다닐 필요가 없었어요.


자연스럽게 친구들도 생겼죠. 거기다 단짝 친구들까지 생겼죠. 초등학교를 같이 다니던 주빈이는 중학교 때 같은 반이 되면서 더욱 가까워졌고 고등학교가 달라진 후에도 둘도 없는 친구였죠. 집이 가까워서 중학교 3년간 엄마가 우리 둘을 함께 통학시켜 주기도 했죠. 영만이는 중학교 때 같은 반이 되면서 친해졌고 고등학교까지 같이 가게 되었구요.

우리는 셋 다 여자 친구 한 번 못 사귄 숫기 없는 순둥이에다 비슷한 점이 많았어요. 성격도 비슷하고 혼자 집에서 공부하는 스타일도 비슷해서 우리는 주로 네트워크 게임을 하면서 대화를 했어요. 시험 끝나는 날이면 피시방 가는 게 고작이었지만, 진지하게 진로나 미래에 대한 고민도 털어놓는 사이였죠.

구글 입사 문제를 본 건 중3 때였어요. 나의 목표는 그때 이미 정해졌어요. 창의력을 높이 사는 그런 회사에서 자유롭게 일하고 싶다는 것 말이에요. 수학, 과학은 내가 자신 있는 과목이었죠. 적성검사 결과도 늘 그렇게 나왔고요. 중3 여름방학 때는 고려 대학교에서 하는 과학 실험 캠프에 다녀왔고 고1 때는 학교 추천으로 경희대 오픈 캠 퍼스에 초청받기도 했고요. 어쨌든 목표가 정해지고 나니, 공부가 재미있어졌어요. 공 부가 재미있으니 성적은 저절로 올라갔고요.

엄마는, 그럴 줄 알고 있었어, 이런 표정이었죠. 엄마는 뭘 억지로 시키는 법이 없었 어요. 무심한 듯, 이것저것 보여 주고 체험할 기회를 주고 자극을 주었을 뿐이죠. 그리 고 나 스스로 생각하고 결정하게 기다려 주었어요.

고1 때 학교에서 들은 강연 얘기를 엄마에게 해 준 적이 있었죠? 오토바이나 타고 공부랑은 담 쌓은 학생이 있었는데, 어느 날 친구가 죽는 사고를 겪은 후 그 충격으로 공부를 하기로 결심했다고요. 그 말을 들은 선생님이, '니가 서울대 가면 내 손에 장을 지지겠다'고 하자 오기가 생겨서 정말 열심히 공부를 했고, 진짜로 서울대에 갔다는 얘기 말이에요. 그걸 들은 엄마는 며칠 후, 나를 데리고 서울대에 가셨죠. 서울대가 얼 마나 넓은지 엄마 차로 30분이 넘게 돌아다녔죠.

황홀하게 두리번거리는 나를 보며 엄마가 말했죠. "니가 하기에 따라서 이 넓은 대 학 캠퍼스에서 수준 높은 교수들의 강의를 듣고 신명 나는 연구를 할 수 있다"고. "같 은 등록금을 내고, 아니 등록금도 훨씬 적게 내면서, 이왕이면 이런 대학에 다니면 좋 지 않겠냐"고요. 그 후에는 영만이랑 둘이서 연세대학교도 다녀왔어요. 뭔지 모르는 무언가가 나를 조금씩 미래의 어느 길로 이끌이 가는 기분이었어요.


고등학교에 오니 마음가짐도 달라지는 것 같았어요. 사립 학교를 다닌 엄마가 사립 보다는 공립이 좋겠다고 해서 단원고를 오게 된 거였죠. 단원고는 젊은 학교고 점점 좋아지고 있다고 했는데, 선생님들도 다 좋았어요. 담임 선생님은 우리 반 아이들의 성향을 일일이 다 꿰고 계셨죠. 부모님들이 목표 의식만 심어 주시면 선생님이 끌고 갈테니 걱정 말라고 하셨다죠? 그리고 제 칭찬도 많이 해 주셨다죠? 재영이는 집중력이 강하다, 야자 한다고 앉아 있으면 엉덩이 떼는 걸 못 봤다, 얘는 뭐라도 할 것이다, 반드시 뭔가 될 것이다.

그리고 1학년 말에 '으뜸 단원인' 표창장을 받았을 때 엄마는 너무나 기뻐하셨죠. 그 상은 1년을 통틀어 단 한 명에게 주는 것인데, 성적만 좋다고 해서 받을 수 있는 상이 아니니까요. 성품도 좋아야 하고, 학교 생활도 충실히 해야 되죠. 고등학생이 되면서 저는 야자를 하루도 빼먹지 않았어요. 그걸 보고 엄마도 좀 놀라셨죠. 2학기 때는 부반장이 되었고, 멘토 활동도 열심히 했어요. 우리 학교는 학생들끼리 일대일로 멘토 멘티를 맺어 공부가 모자라는 친구들을 이끌어 주도록 하고 있는데, 저는 누군가를 가르쳐 주고 도와주는 그 활동이 정말 보람 있었어요. 그리고 UCC 대회 때는 제가 팀장을 맡았죠. 우리 팀은 쓰레기를 버리지 말자는 광고를 찍었어요.

우리가 무심코 버리는 과자 봉지 같은 쓰레기들을 치우려면 비용이 들게 되니까 그 비용을 줄이기 위해서라도 쓰레기를 버리지 말자는 내용이었죠. 그런 것이 습관이 되면 학교뿐만이 아니라 나아가서 지구 전체에까지 영향을 미치는 것이니까요.

지구는 미래로부터 빌려 쓰는 것이니 깨끗한 환경을 후손들에게 물려줄 의무가 있다는, 나의 발표가 끝났을 때 정말 많은 박수가 터져 나왔어요. 소심하기만 하던 내가 많은 친구들 앞에서 이런 발표도 해낸 거예요. 발표뿐이 아니고 음성 녹음도 하고 음악도 깔고 편집도 했죠. 내가 컴퓨터를 좀 하잖아요. 그런 걸 잘하니까 친구들이 나를 더욱 믿고 따라 줬던 것 같아요. 이런 게 전부 억지로 한 게 아니었어요. 정말 재미있었고 정말 하고 싶어서 하다 보니 열심히 하게 되었고, 상까지 받게 되었나 봐요. 하지만 이 상을 받을 사람은 내가 아니고 엄마예요.

엄마가 늘 그러셨잖아요. "뭐든 적당히 해서 되는 일은 없다, 뭘 하기로 결심했다면 죽을 둥 살 둥 매달려야 된다"고. 죽을 둥 살 둥 매달린 건 아니지만 건성으로 대충하진 않았어요. 어디서 뭘 하든 엄마의 말이 늘 귀에 들리는 것 같았어요. 그래서 어떤 일을 하기로 마음먹으면 반드시 끝을 보는 사람이 되었나 봐요. 그렇게 성격이 바뀌니까

믿을 수 있는 진실한 친구들도 많이 생겼고, 학교 생활도 적극적으로 하게 되고 반 친구들을 도와주면서 나누는 기쁨도 배우게 된 거예요. 동아리 '창조반'에서 한 달에 한 번 봉사 활동을 하면서 느낀 것도 많아요. 특히 대학 탐방을 하면서 선배들을 만나 미래와 비전, 꿈 이런 것에 대해 대화를 나눌 때면 얼마나 흥분이 되던지요.

굳이 멀리 갈 것도 없이 나의 롤 모델은 사촌인 한철이 형이에요. 명절에 만나면 밤을 새면서 게임을 하고 끝없이 얘기를 나누던 형이 고려대학교에 갈 때부터 형은 부러움의 대상이었어요. 내가 쓰는 컴퓨터도 형이 조립해 준 거죠. 그런데 그게 너무 오래 돼서 새것이 필요했죠. 이번엔 내가 조립하자, 하고 용기를 냈죠. 인터넷으로 필요한 부속품들을 모두 장바구니에 넣고 퇴근해서 돌아오신 엄마에게 보여 줬죠. 엄마가 눈이 휘둥그레져서 물었죠. "이걸 어쩔 건데?" 나는 자신만만하게 말했죠. "일단 결제부터 하고 얘기하자고요." 엄마는 씽긋 웃으시며 흔쾌히 결제를 해 주셨죠. 정말 고마워요, 엄마. 내가 엄마에게 그렇게 자신만만하게 결제부터 해 달라고 말할 수 있는 건, 엄마가 나를 믿어 줄 거라는 믿음 때문이라는 거 아시죠? 그런데 그 컴퓨터, 거의 다 조립했는데, 마지막에 선 몇 개를 마무리하지 못하고 결국 형에게 SOS를 쳤죠. 아직은 2프로가 부족한가 봐요.


하지만 엄마, 내가 했던 말 잊지 않았죠?

우리 학교에 플래카드 한 번 걸어 보는 게 내 꿈이라고 했던 말이요.

그랬는데, 그날은 왜 그랬나 몰라요. 뭐라고 설명이 안 되는, 그냥 좀 그런 날이었어요. 2학년도 되었고 하니 4월 달부터는 정말 제대로 공부 좀 해 보자고 영만이랑 나랑 국·영·수를 다 하는 학원으로 옮기고 며칠 되지도 않았을 때였죠.

그런데 그날은 이상하게 학원에 가기 싫었어요. 영만이랑 내가 눈빛 한 번 교환하는 걸로 의기투합했으니, 그것도 드문 일이었어요. 우리는 둘 다 스마트폰도 없잖아요. 그게 있으면 둘 다 어떻게 될지 뻔하니까 엄마들이 안 사 준 거죠. 그렇다고 해도 2G폰 들고 다니는 애는 저밖에 없을걸요. 저는 창피해서 학교에서는 꺼내지도 않지만, 그날은 아예 폰을 집에 두고 갔죠. 그러니까 그날 우리가 학원을 땡땡이친 건 완전 계획적인 거였어요.

그날은 뭉게구름 같은 벚꽃이 안산을 온통 뒤덮은 날이었어요. 애들은 벚꽃 아래서 사진을 찍는다고 학교로 공원으로 무리를 지어서 몰려다니고 있었어요. 와, 정말 숨이 막힐 것 같은 봄날이었어요. 나같이 무덤덤한 애도 가슴이 좀 울렁거렸나 보죠?

그런 날까지 곧장 학원으로 가는 게 정말 재미없는 범생이 같고, 어쩐지 좀 억울한 것 같기도 하고 그랬으니까요. 그렇다고 우리가 뭐 근사한 공원이나 멋진 카페라도 갔냐 하면 그것도 아니에요. 고작 간다는 게 어두컴컴한 피시방이었어요. 당연히 학원에서는 우리가 안 왔다고 엄마들에게 전화를 했을 거고, 엄마들은 학원 간다던 애가 어떻게 된 건지 걱정하시면서 전화를 했을 거예요. 전화 벨소리가 내 방 책상에서 울렸을 때, 엄마, 너무 화나신 건 아니죠? 지금까지 한 번도 그런 적이 없으니, 땡땡이를 치면서도 맘 편히 놀지도 못한 것 같아요. 영만이랑 헤어져 집에 들어가면서 얼마나 걱정했는지 몰라요.

눈도 제대로 맞추지 못하는데 엄마가 노려보면서 말했죠.

"좋았냐?"

좋긴 뭐가 좋아요. 하지만 아무 말도 못하고 가만히 있었죠. 그랬더니 엄마는 빙그레 웃으며 말했죠.

"오늘만 봐준다. 앞으로는 그러지 마라."

역시, 우리 엄마! 사실 난 엄마가 그럴 줄 알았어요.

엄마, 내일이면 수학여행을 떠나요. 3일 밤이나 떨어져 있는 건 처음이죠? 이렇게 엄마에게 편지를 쓰는 것도 처음이고요. 그러고 보니 무뚝뚝한 사내 녀석이라 마음속 생각 한 번 제대로 표현해 본 적이 없었네요. 내가 엄마를 얼마나 사랑하고 존경하는지, 며칠 떨어져 있으면 좀 덜 쑥스러울 것 같아서 이 기회에 이렇게 감사의 편지를 쓰는 거예요.

엄마, 아니, 어머니. 제가 표현은 잘 못하지만 마음으로는 다 알고 있다는 거, 엄마도 눈치채셨죠? 엄마 혼자 힘으로 우리 남매를 교육시키고 키우시는 것도 힘든데, 장남인 내가 엄마를 더욱 고생시켰죠. 그런데 어느 순간, 엄마와 나란히 걷다가, 내 키가 엄마 키를 훌쩍 넘어선 걸 깨달았어요.

언젠가부터는 팔씨름을 해도 번번이 내가 이기기 시작했죠. 그 무렵부터였나 봐요. 엄마가 퇴근할 시간이면 주차장으로 나가 장바구니도 들고 오고, 회식이나 야근 때문에 늦어지는 날이면 엄마가 무사히 돌아오시는 걸 보기 전에는 잠이 오지 않았어요. 이제는 내가 엄마를 보호해야 한다는 생각이 들었거든요. 은비도 내가 챙겨 줄 거예요. 그동안은 동생인 은비가 오히려 나를 챙겨 줬잖아요. 내가 워낙 외모나 옷 같은 데 무신경하니까, 옷 사 달란 얘기도 해 본 적이 없고 실내화가 다 떨어져도 그냥 신었는데, 그런 걸 챙겨 준 건 은비였죠.

엄마, 이제는 더 이상 엄마를 힘들게 하는 아들이 아니란 거 아시죠? 이제는 우리 집안의 듬직한 장남이라는 거 아시죠? 엄마, 조금만 참으세요. 제가 꼭 꿈을 이루어 엄마를 멋지게 모실 때까지만요.

엄마, 마음 깊이 사랑해요.

# 형은 나의 우주입니다

안산 단원고 2학년 8반 **김제훈**

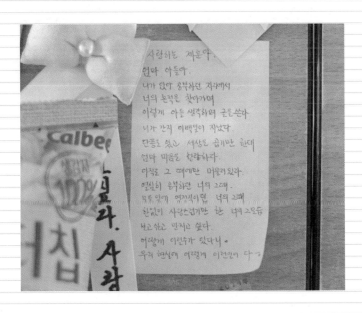

1. 제훈이가 고등학교 1학년 때 강원도로 가족 여행을 갔을 때 독사진
2. 수원화성열차를 탄 제훈 제영 형제.
3. 사고 일주일 전쯤, 공부 때문에 바쁜 제훈에게 엄마가 시간 좀 내 달라고 부탁해서 도시락까지 싸 들고
가족 나들이를 갔던 안산 쪽빛공원 벚꽃이 멋지게 흩날리는 날이었다.

# 형은 나의 우주입니다

형만 한 아우 없다는 말……

아무래도 나는 이 말이, 누군가 우리 형제를 관찰하고서 만들어낸 말인 것만 같다.

어릴 땐 형에게 곧잘 대들곤 했다. 삐치고, 어깃장 놓고, 어리광 부리고, 천방지축이었다. 형 나빠 하고 토라져서는 입을 꾹 다물고 냉전을 벌이기도 했다. 우리는 고작 두 살, 아니 1년 4개월밖에 차이가 나지 않으니까. 그런데 내가 아무리 말도 안 되는 어깃장을 부려도 싸움으로 번지지는 않았다. 나는 그게 다 내가 잘나서 그런 줄 알았다.

그런데 그게 아니었다.

그게 다 형이 너그럽게 받아 주고 포용해 주기 때문이란 걸 나중에야 알게 되었다. 내가 아무리 깐족거려도 형은 다 받아 준 것이다. 그런 형이 어느 날, 나를 소파에 내동댕이친 적이 있었다. 내가 형을 완전히 열 받게 했기 때문이다. 나는 깜짝 놀랐다. 깜짝 놀랐을 뿐 아프거나 하지는 않았다. 그런데도 나는 아파 죽는다고 비명을 질렀디. 순전히 엄살이었다. 그렇게 엄살을 부리면서도 속으로는 뜨끔했다. 형의 존재감을 비로소 느꼈다고 할까? 내가 함부로 구는 걸 형이 언제까지나 받아 주지 않는다는 걸 그때 어렴풋이 깨달았던 것 같다. 그건 형이 나를 사랑하고 안 하고는 별개의 문제란 것도.

형은 말이 많은 사람이 아니다. 말이 앞서는 사람도 아니다. 그 문제에 대해 이렇다 저렇다 말을 하지는 않았지만, 이후로 형은 내게 그 비슷한 시늉조차 하지 않았다. 나도 형에게 함부로 하지 않고, 조심하게 되었다. 형은 누구와 싸우는 사람도 아니었다.

싸우는 건 고사하고 말다툼도 하지 않는다. 형에 대해 조금씩 알아 가면서 형이 큰 바위 얼굴처럼 느껴졌다. 고작 두 살 차이라고 생각했는데, 그게 얼마나 큰 차이인지 알게 된 것이다. 나는 뭘 해도 형을 이길 수 없을 것 같았다. 그런 깨달음이 나의 질투심을 자극하거나 경쟁심을 자극하지는 않았다. 조금도, 전혀……

나는 형이 자랑스러웠다. 사실 자기 친형을 나처럼 좋아하고, 좋아할 뿐만 아니라 자랑스러워하고, 심지어는 멀리서 보기만 해도 저절로 얼굴에 미소를 띠는 애는 별로 없다. 적어도 내 주위에는 그렇다. 초등학교 4학년 때, 쉬는 시간이면 나는 친구들이랑 노는 것보다 6학년 형 교실에 더 자주 찾아갔다. 준비물을 깜빡 잊었을 때도 형에게 달려가고, 필기도구가 필요할 때도 형에게 빌리러 갔다.

어느 날은 이도 저도 핑곗거리가 없었다. 그래서 그냥 올라갔다. 그냥 올라가서 형이랑 친구들을 물끄러미 바라보았다. 핑곗거리가 있어도 올라가고 핑곗거리가 없어도 올라가다 보니 형 친구들이랑도 친하게 되었다.


제영이 왔구나.
제훈아, 제영이 왔다.


그냥 올라가 그냥 물끄러미 지켜보고 있으려니 형이랑 친구들이 어떻게 노는지가 보였다. 민기 형 수찬이 형, 다 좋은 형들이었다. 형이 좋으니까 형 친구들도 좋았다. 형이 친구들을 잘 사귀는 것 같았다. 그런데 가만히 지켜보다 보니 형이 친구들을 잘 사귀는 게 아니란 걸 깨달았다. 형이 친구들을 잘 사귀는 게 아니고, 형에게 좋은 친구들이 다가오는 거였다. 그게 보였다.

하긴 뭐, 그럴 만했다. 어느 모로 봐도 형은 빠지는 게 없으니까. 키는 180을 훌쩍 넘지, 공부 잘하지, 부드럽고 친절하지. 내가 지켜본 형은, 친절과 배려의 아이콘이었다. 약한 친구들의 힘이 되어 주고 보호해 주고 누구 하나 서운하게 하지 않으려고 마음 쓰는 게 보였다. 그러니 누군들 좋아하지 않을까. 그러니 내가 이상한 게 아니다.

단원고 동아리 중에서 봉사 활동 동아리 티오피는 경쟁률이 센 걸로 유명하다. 2학년 때 들어가려면 더 어렵다. 결원이 생긴 자리만 보충하기 때문이다. 그런데 형은 두세 명밖에 뽑지 않는 티오피를 2학년 때 가입했다. 내가 형을 너무 과대평가하는 거 아니냐고? 팔은 안으로 굽는데, 동생 말을 어떻게 다 믿냐고? 이렇게 항의하고 싶은 사람들에게 이것이 조금은 객관적인 증거가 되기를 바라마지 않는다.

내가 이렇게 형 자랑을 늘어놓고 있는 걸 알면 형은, 중저음의 목소리로 야야, 제영아! 이러면서 이맛살을 찌푸릴 것이다. 형은 자기 자랑하는 걸 결벽증적으로 꺼린다. 언젠가 어머니가 외할머니랑 전화 통화를 하던 중에 형이 성적을 아주 잘 받아왔다고 얘기한 적이 있었다. 어머니도 큰 소리로 뭘 자랑하는 성격이 아니라서, 그냥 얘기한 정도였다. 그걸 들은 형이 어머니에게 한마디 했다.

"어머니, 뭐 그런 얘길 하세요. 그렇게 자랑하는 말은 하지 마세요."

평소에 형은 어머니에게 그런 식으로 말하는 사람이 아니기 때문에, 어머니는 좀 놀라셨다고 한다. 그 후로 형에 대해 얘기할 때 어머니는 아무래도 말조심을 하게 되더라고 했다. 어머니가 또 잘 모르는 게 있었다. 어머니는 형이 운동신경이 그닥 좋지 않다고 생각하고 있었지만 실은 그 반대였다. 형은 농구를 특히 잘했다. 농구할 때 형 친구들은 형이 거대한 벽처럼 느껴진다고 털어놓았다. 이유는 형의 큰 키 때문이 아니라, 형의 기술력 때문이었다. 사실 키만 크다고 농구를 잘하는 건 아니다. 아무리 사소한 것도 노력하지 않고 얻어지는 건 없다. 형은 농구 기술을 익히려고 삼촌에게까지 찾아가서 하나씩 배웠던 것이다. 하지만 이미니 아버지에게조자도 자기가 농구를 잘한다는 말 한마디 꺼내지 않았다.

이렇듯 그 밑바탕에는 남들은 모르는 인내와 끈기가 거름처럼 깔려 있었던 것이다. 윗몸일으키기를 20번도 못하던 형이, 이를 악물고 연습해서 30개, 40개 늘려 가더니 마침내 백 개를 넘기는 걸 보면서, 형의 정신력에 놀라기도 했지만 형이 매사에 얼마나 노력하는 사람인지도 알게 되었다. 인내와 끈기로 매사에 노력하는 사람은 자기자랑이나 하는 가벼운 사람이 아닌 것이다.

형은 나의 우주입니다

형의 수많은 친구들 중에서도 형제처럼 똘똘 뭉쳐서 다니는 친구들이 있었다. 그야말로 친구 오브(of) 친구다. 다들 개성이 얼마나 강한지, 톡톡, 개성 튀는 소리가 들릴 것 같은 친구들이었다. 성격도 다르고 좋아하는 것도 다르고 꿈도 달랐다. 형의 개성이라면, 있는 듯 없는 듯하다는 것? 바로 그런 형의 개성이, 개성 넘치는 친구들의 중심 역할을 하고 있는 것 같았다.

　그 형들이 고1 여름 방학 내내 몰려다녔다. UCC를 찍는다고 했다. 몇 날 며칠 머리를 맞대고 제작 회의를 했다. 엄청나게 진지했다. 그것만 보면 무슨 영화사 제작 회의 같았다. 제작 회의 결과에 따라 역할 분담을 하고 촬영을 개시했다. 준우 형은 총감독과 편집 담당, 건우 형은 카메라맨, 성적이 나빠서 자살하려다가 극적으로 다시 살아난 위대한 기타리스트 역은 제훈 형이 맡았다. 이 사람이 나의 형이다. 훤칠한 키, 바람머리, 주인공으로 손색없는 외모가 아닌가. 의심스럽다면 유튜브에서 확인해 보시라. 재욱 형은 친구를 죽음에서 구해내는 우정의 사나이로 출연한다. 엄청난 열연이다. 두 사람은 푹푹 찌는 한여름에 겨울 패딩을 입고 땀을 뻘뻘 흘렸다. 왜 겨울 패딩을 입었느냐고?

　들어 보시라! 한 학생이 있다. 고3이고, 수능성적표를 들고 있다. 이미 감 잡으셨을 것이다. 대한민국 사람이라면 말이다. 맞다. 성적 비관 자살 예방, 이것이 UCC의 주제다. 성적과 밀접한 연관어가 자살이라는 게 별로 놀랍지도 않은, 이 나라 청소년들의 현실인 것이다. 좋은 성적을 받을 확률은 몹시 낮고, 나쁜 성적을 받을 확률은 몹시 높다. 이런 수식의 결론은 뭐람? 예상대로 학생은 죽을 결심을 하고 약을 먹으려고 한다. 그때 짜잔, 방문을 걷어차면서 친구가 나타난다. 그리고 죽으려는 친구를 설득한다. 공부가 아니어도 네가 좋아하고 잘하는 게 있지 않냐고. 물론 있다. 기타! 우정 어린 친구의 설득에 마음을 돌린 학생은 주먹을 불끈 쥐며 결심한다. 그리고 자막이 떠오른다.

　자막은 모두 영어로 처리되어 있다. 형들은 포부도 원대하게, 유튜브를 통해서 세계의 모든 청소년들에게 보여 주려고 했던 것이다. 참고로, 영어 자막은 형의 실력이

다. 꽤 고급 회화를 구사하고 있다는 것, 역시 유튜브를 통해 확인해 주시기를 간곡히 부탁드리는 바이다.

참, 주먹을 불끈 쥐고 결심할 때 떠오르는 학생의 자막은 꼭 소개하고 싶다.

"I'll definitely achieve my dream. Thank you for saving my life."

그리고 몇 년 후, 그는 멋진 기타리스트가 되었다. 그리고 올라가는 영어 자막.

"Happy Ending."

해피엔딩이라니…… 욕이 튀어나올 것 같다. 하지만 이제는 욕을 하지 않으려고 한다. 그동안 밖에서 친구들이랑은 욕을 좀 한 적도 있다. 하지만 아무리 막돼먹은 녀석도 어머니 아버지에게 욕을 하지 않듯이, 형이랑 아무리 친하게 지냈어도 단 한 마디도 형에게 욕을 한 적은 없다. 참은 게 아니다. 욕할 일이 없었다. 형도 욕을 입에 올리는 사람이 아니다. 친구들이랑 있을 때도 형이 욕하는 건 본 적이 없다. 그래서 나도 이제 욕을 하지 않으려고 결심했다. 이미 눈치채셨겠지만, 형은 나도 모르는 새 아버지와 비슷한 존재로 내 속에 자리 잡고 있었다. 아버지보다는 조금 더 편하고 가깝고, 그래서 더 닮고 싶은 나의 롤 모델, 그게 형이다.

그런데 아무리 흉내를 내도 형처럼은 안 될 거라는 생각이 든다. 몇 년 전, 할아버지 생신 잔치 때였다. 손주들이 할아버지께 편지 쓰기를 했다. 그때 형의 편지 낭송을 들으면서 내 머리를 스친 생각은, 아무리 노력해도 형보다 잘하기는 어려울 거라는 야릇한 예감이었다. 사자성어를 능숙하게 섞어 가면서 쓴 형의 편지는 뭐라고 꼭 집어서 말할 수 없지만, 감동과 울림이 있었다. 글은 곧 그 사람을 나타낸다더니, 짧은 글 속에 형의 깊은 속내가 우러나는 것 같았다.

내면의 모습은 이렇게 밖으로 드러나게 돼 있다. 초등학생 때 형의 꿈은 태권도 사

형은 나의 우주입니다

범이었다. 태권도를 아주 좋아하고 잘했다. 6학년 학예회 때 단체로 태권도 시범을 한 적이 있었다. 아쉽게도 학생 수에 비해 무대가 좀 좁았다. 그것 때문에 학생들의 동작이 어딘지 위축되어 보였다. 그런데 형은 그런 것에 아랑곳없이 긴 팔다리를 죽죽 뻗었다. 동작은 정확하고, 그리고 아름다웠다. 큰 키로 긴 팔다리를 죽죽 뻗는 형의 모습은 멀리서도 눈에 확 들어왔다. 그런 걸 아우라라고 하나?

그때 나는 보았다. 형을 바라보는 어머니 눈망울이 글썽거리던 것을. 내가 형을 이렇게 좋아하는데, 어머니야 두말할 필요도 없을 것이다. 고1 때 형은 리더십훈련을 받으러 수련회를 간 적이 있었다. 그때 형이 보낸 문자를 보고도 엄마는 눈물을 글썽거렸다. "어머니, 기체후 일향만강하옵시고", 로 시작한 문자는, "경기도에서 온 쟁쟁한 애들 사이에서 내가 너무 작게 느껴지지만 앞으로 더 잘하겠다"고 다짐하고 있었다. 앞으로 더? 형은 친구들 사이에서만 중심을 잡아 주는 게 아니고, 우리 집안에서도 책임감 있고 듬직한 장남이었다. 어머니는 내색하지 않아도 형을 마음 깊이 믿고 의지하고 있었다.

우리 가족이 다니는 성당에서 형은 복사 일을 했다. 신부님 곁에서 미사 집전을 도와드리는 일이다. 그걸 하려면 새벽 5시에 일어나서 성당에 가야 한다. 형의 약점이라면 아침잠이 많다는 거다. 그런데도 일요일 새벽, 어머니가 제훈아, 하고 나지막하게 부르면 벌떡 일어났다. 하얀 복사 옷을 입고 제대 위에서 신부님에게 포도주를 따르는 형의 모습은, 예수님의 어린양 안토니오였다.

주말이면 우리 가족은 늘 야외로 나갔다. 시골에서 자란 아버지는 아파트와 아스팔트로 숨 막히는 동네에서 일주일에 한 번이라도 벗어나고 싶어 하셨다. 주말농장은 아주 어릴 때부터 했다. 땅을 갈고 씨앗을 뿌리고 감자를 심고 풀을 뽑았다. 아버지는 심고 가꾸는 것에 욕심이 많았다. 아니, 그보다는 일 욕심이 많았던 건지도 모르겠다. 우리가 먹는 건 그 중에서 10분의 1도 안 되었으니까. 하루 종일 뙤약볕에서 일한 적도 많았다. 좀 투덜거릴 때도 있었지만 막상 밭에 나가서 흙을 만지면 언제 투덜거렸나 싶게 기분이 좋아졌다. 풍성하게 수확한 걸 여기저기 나눌 때는 우리 기분도 풍성해졌다. 형과 나는 흙을 가지고 노는 게 자연스러웠다. 지렁이나 굼벵이 같은 게 나오면 손으로 만지면서 관찰했다. 시골에서 자랐다는 아버지가 오히려 기겁을 하는 걸 보고 우리는 웃음을 터뜨렸다.

여름 방학이면 유랑 가족처럼 차에다 캠핑 도구를 싣고 이 계곡 저 계곡으로 떠돌아다니며 지냈다. 밤에는 조명을 켜고 물에 들어가 물고기를 잡았다. 아버지가 어릴 땐 조명 기구 대신 횃불을 들고 다녔다고 했다. 아버지와 형과 내가 신이 나서 첨벙거리고 있으면 어머니는 조마조마한 얼굴로, 위험하다고 빨리 나오라고 손짓을 했다.

물가에 텐트를 치게 되면 주차해 둔 곳에서부터 텐트 치는 곳까지 짐을 들고 꽤 걸어야 하는 경우가 많았다. 우리가 어릴 땐 아버지 어머니가 그걸 다 했다. 짐을 이고 지고 들고, 우리 손까지 잡아 줘야 했다.

그런데 형이 고등학생이 되고 내가 중학생이 되자, 트렁크에 잔뜩 쌓여 있는 짐들은 아버지가 운전석에서 내리기도 전에 형과 내가 다 들고 사라졌다. 운전석에서 내린 아버지는 어, 하고 입을 벌린 채 빈 트렁크와 우리를 번갈아 바라보았다. 우리 뒤를 따라 터덜터덜 따라오는 아버지 입에서는, 허허, 참, 허허, 참, 이런 소리가 들렸다. 빈손이 돼 버린 아버지는 아이구, 편하다, 이런 기분보다는 갑자기 뭔가를 뺏긴 것처럼 허전하더라고 했다. 어린 줄만 알았던 녀석들이 어느새 훌쩍 커서 아버지 품을 떠나가나 싶더란다. 양손에 짐을 번쩍 들고 성큼성큼 걷는 우리 뒷모습이 어찌나 든든하고 대견하고 신기하던지, 가슴 벅차고 뿌듯했다고 한다.

지난겨울에는 정동진으로 해돋이를 보러 갔다. 대관령 고개를 넘어서 갔는데 대관령에 눈이 엄청나게 많이 와 있었다. 온 세상이 하얬다. 그렇게 눈이 많이 온 건, 형이나 나나 처음 보았다. 형이 무척 들뜬 표정으로 말했다.

"우리 내년 겨울에도 여기 와요."

아버지는 이런 형과 나를 목욕탕에 데리고 다녔다. 하지만 우리가 큰 뒤로는 집에서 샤워를 하거나 각자 목욕탕을 다니게 되었다. 어느 날엔가, 형이 샤워를 하다가 아버지에게 등을 밀어 달라고 했단다. 그때 형은 키 186에 체중 80킬로의, 누가 봐도 듬

직한 사내였다. 사내, 그랬다. 아버지가 그 이야기를 내게 해 줄 때 아버지는 사내라고 표현했다. 부드러운 곡선을 그리면서 늘씬하게 죽 뻗은 형의 곧은 등은 아주 멋진 사내의 등이었다고. 그 말을 할 때의 아버지는 뭔지 모르게 감동한 표정을 짓고 있었다. 그건 아마 애벌레의 시절을 벗어나, 탈피를 하고 눈부신 날개를 펼치는 한 마리 나비를 본 것 같은 그런 느낌이었을 것이다. 그러니까 이제 누군가에게 속한 자식이라기보다는 하나의 단독자로서 어엿한 성인으로 막 피어나는, 그 순간을 목격했을 때의 벅찬 감동이었을 것이다.

"아버지는 다시는 이 녀석을 어린아이처럼 야단치지 않겠다고 결심했다."

그러고 나서 은근한 소망 하나를 품었노라고, 아버지는 꿈꾸는 듯한 얼굴로 내게 말했다. 은근한 소망이 뭘까? 나는 귀를 쫑긋 세웠는데, 아버지의 말을 듣고는 너무나 당황했다. 소망이란 게 뭐 좀 대단한 건 줄 알았는데, 알고 보니 정말 별것 아니었기 때문이다.

"언젠가 말이다, 이 녀석이랑 사나이 대 사나이로 포장마차에서 술 한잔 하고 싶었다."

그런 그림을 머릿속으로 그리는데 가슴이 다 뻐근하더란 것이다.

내가 형을 너무 좋아하는 형바라기였던 게 문제일까? 형이랑 맨날 다투고 싫어했다면 조금 더 편했을까? 이제 난, 정말 큰일이다. 형 자리가 너무 큰데, 그 자리를 내가 메워야 한다. 공부 잘하고 예절 바르고 듬직한 장남도 되어야 하고, 어깨가 축 쳐진 아버지의 술친구도 해 줘야 한다. 먹성 좋은 형이 없으니 집 안에 음식이 줄지 않는 것조차도 고민이다.

가장 큰 고민은 더 이상 거울삼을 사람이 없다는 것이다. 나는 형을 통해서 모든 걸 배웠다. 게임도 사회생활도 친구 관계도 그리고 어머니, 아버지라고 부르는 것조차도. 친구들이 엄마 아빠하는 걸 보고 내가 얼마나 작은 것조차도 형을 거울처럼 생각하는지 깨달았던 그때부터, 형은 나에게 우주였다. 무엇과도 바꿀 수 없는 우주였다.

형은 나의 우주입니다

# 애인 같은, 철든 아들

안산 단원고 2학년 8반 **김창헌**

1. 일곱 살 때 엄마 아빠 결혼 7주년에 떠난 가족 여행 중 한림공원에서.
2. 중학교 졸업 기념 UCC 동영상 속 창헌이.
3. 중3 졸업 때 창헌이 모습. 박재동 화백이 그림.

## 애인 같은, 철든 아들

네가 고등학교 2학년이 되던 해 2월, 미용실에서 만난 너를 보고 엄마는 떼를 썼더랬지.

"창헌아, 엄마 오다 보니까 머리핀 예쁜 거 있더라. 그거 엄마 사 줘."

"아, 나 돈 없어."

"엄마 머리핀 보석도 다 빠졌는데? 알았어, 그냥 보석 빠진 채로 살지 뭐."

"돈 없다니까!"

"엄마 돈으로 먼저 사고 나중에 집에 가서 네 용돈 나 주면 되잖아. 그냥 가기야?"

미용실에서 머리를 하는 동안 문자가 왔지.

직감대로 너의 문자였고.

"엄마, 예쁜 걸로 머리핀 사. 집에 오면 나중에 돈 줄게."

"정말?"

그렇게 내 머리에 꽂힌 너의 마음. 네가 남긴 마지막 선물을 쓸며 어루만지면서 창헌아, 엄마는 반짝이던 너를 살려 내고 있다, 살려 내고 싶다.

고등학교를 졸업하고 얻은 첫 직장에서 엄마 아빠는 첫눈에 반했어. 첫사랑이었단다. 어린 나이라 근심 많으신 부모님들의 허락을 얻기가 쉽지 않아서, 우리는 첫사랑을 끝사랑으로 완성하기로 마음먹었단다, 너를 통해서. 그렇게 너는 엄마 아빠에게 왔다. 태명은 똑똑이. 그래서였을까? 나고 자라면서 늘 똑똑해서 유치원 생활기록부엔 칭찬이 넘쳐흘렀고, 그런 너를 보며 엄마 아빠는 그저 감사했지.

자기 생각이 또렷했던 너를 지금도 생생하게 기억해. 유치원 선생님이 '언어' 라는 단어로 2행시를 지어 오라고 했을 때 일곱 살이었던 너는,

언: 언자로 시작하는 2행시는 너무
어: 어려워요.

라고 적어 갔잖아. 솔직 담백한 너의 표현에 선생님은 "미안해~^^"라고 댓글을 달아주셨고 '생각을 잘 표현했어요' 도장이 얌전히 찍혀 있었지.

하루는 너를 떠보려고 "사촌 형 현준 형아는 학교에서 1등 했대"라고 했더니 너는 너무도 당당히 "엄마는, 형아는 학교에서 공부 일등이지만, 나는 유치원에서 밥 먹는 거 일등 했어"라며 한 방에 상황을 정리해 버렸잖아.

초등학교 때는 받아쓰기, 수학 과학은 늘 백 점을 도맡았고 아이큐도 제일 좋아서 수학 경시대회를 싹쓸이했지. 맞벌이하는 엄마 아빠를 위해서 공부도 열심히 하던 너는 엄마 아빠의 자랑이었단다.

네가 얼마나 순수하고 맑았는지 기억나니?

일곱 살 때였을 거야. 학습지 선생님과 문제를 풀고 있었지.

'화장실에 큰 볼일을 보고 난 뒤 해야 할 일은 뭘까요?'라는 질문이 적혀 있었어.

답은 당연히 '손을 씻는다' 였는데 너는 대뜸 선생님께 따졌지.

"엄마가 닦아 주는데 내가 왜 손을 씻어요? '엄마가 손을 씻는다'라고 해야죠."

순간 주위는 어처구니없는 웃음바다!

한번은 갯벌 체험을 다녀온 뒤 조그만 꽃게 두 마리 들고 왔잖아.

"엄마, 이걸로 꽃게탕 끓여 줘."

"응? 두 마리나 잡아 왔어?"

"응, 내가 두 마리나 잡았어!"

어찌나 자랑스럽게 말하던지 얼른 시장에 가서 꽃게를 더 사다가 꽃게탕을 대령했지.

"엄마, 끓이니까 내가 잡은 꽃게가 이렇게 커졌어?"

"응? 응, 엄마가 몇 마리 사고 네가 잡은 것도 같이 넣었지. 그랬더니 이렇게 커졌네."

"우와!"

심지어 너는 초등학교 2, 3학년 때까지도 산타할아버지가 진짜로 오시는 줄 알았잖아. 순수의 결정체 김창헌!

반면 너는 꽤 꼼꼼하고 욕심도 많은 아이였어. 색칠 공부 책도 한 권을 다 끝내야만 일어섰고, 계획표를 짜 놓고 꼭 그대로 실천해서 동그라미를 쳐야 직성이 풀렸지. 볼펜을 필통 속에 잘 정리해 놓아야만 잠을 자던 아이, 게임 노트까지 빼곡히 채워 가며 게임을 즐기던 너는 방과 후 활동도 봉사 점수를 딸 수 있는 것들로 신청해서 한 번도 엄마로 하여금 그런 일로 신경 쓰게 하는 일이 없었지.

용돈도 허투루 안 썼잖아. 한 달에 5천 원 이상을 안 쓰던 아이. 그렇게 모은 돈으로 엄마 아빠의 기념일을 챙기던 티 안 나게 애교 많던 너. 우리가 퇴근 후 농담 삼아 "창헌아, 오늘 뭐 없어?" 하면 "뭘 또 바라?" 하면서 시치미를 뗐지. 엄마 아빠가 씻고 나오면 "짜잔!" 하고 침대 밑에서 보쌈과 케이크를 꺼내던 너, 어쩌면 너무 웃자라 스스로는 힘들었을지도 모르는 너의 어른스러움이 고맙고도 미안했지.

동생 문환이가 너를 보내고 나서야 알려 줬어. 일곱 명의 친한 친구들이 학교 마치고 나면 우리 집을 아지트로 삼아 즐겁게 모여서 놀았다는 사실을. 흔적 하나 안 남기고 말끔히 치워 놔서 엄마는 전혀 몰랐지만 친구들과 우리 집에서, 또는 노래방에서 우정을 쌓아 갔더구나. 늘 함께였는데 이제는 모두 하늘의 일곱 별이 되다니, 부디 하늘에서도 외롭지 않기를.

피곤한 엄마 아빠가 잠든 밤마다 동생과 깨어 게임도 하고 뒹굴며 놀았다는 사실도 둘만의 비밀이었다면서! 동생을 너무 예뻐해서 다 자란 뒤에도 끌어안고 뽀뽀를 해대던 네 모습이 선명해. 내 아들 창헌이는 친구들과 동생과 부모님을 늘 생각하는 사랑을 아는 아이였던 것 같아.

그런 너도 동생이 태어나면서부터는 남모르는 힘든 시간을 보냈었지. 주위 사람들로부터 사랑을 듬뿍 받아 모든 것이 자기 것인 줄 알았는데, 네 살 터울의 동생 문환이가 태어난 거야. 그리고 동생이 아파서 엄마 아빠가 너에게 신경을 쓰지 못하는 사이 어린 네 마음속에는 상처가 생겼고.

그래서 초등학교 5학년 때 "다섯 살 때부터 내 인생은 없었어. 동생 생기면서 엄마가 나한테 언제 신경 썼어?"라고 했을 때 하늘이 꺼지고 땅이 무너지는 느낌이었단다.

어려서 엄마 아빠를 일찍 잃어서 내 아이에게만큼은 사랑을 듬뿍 주고 키우려고 했는데, 나도 모르게 그렇게 살아왔던 거지. 네 마음을 헤아리지 못한 것이 안타깝고 미안했어. 그 뒤부터는 너의 어리광과 사춘기의 방황을 다 받아 주려고 애를 썼어. 너는 중3이 되어서도 엄마가 아침에 머리를 감겨 주는 걸 좋아했지. 네가 힘겨울 때마다 엄마에게 의지하고 껌딱지처럼 붙어 있으려고 한 거였는데, 그 어리광을 있는 그대로 인정하고 받아 주지 못하고 엄마는 때로 힘겨운 속내를 아빠에게 털어놓곤 했어. 그러다 보니 아빠와 네 사이가 멀어지기도 했었지. 그래도 고등학생이 된 후에는 네가 조금씩 아빠에게 마음을 열어 줬잖아.

수학여행을 떠나기 하루 전날을 잊을 수가 없다.

아빠가 출출해져서 배가 고프다고 했지.

"라면 드세요."

"라면 없어."

"라면 없어요? 그럼 사 오면 되죠."

너는 슈퍼로 부리나케 달려가 라면을 사 왔고 직접 끓여 줬잖아. 평소에 안 하던 행동이라 아빠는 속으로 감격했었단다. 이제 정말 서로 잘하는 것만 남았다고 생각했는데, 그런 너를 잃고 아빠는 이제 말이 없어졌다.

수학여행을 떠나던 아침, 평소처럼 근검절약이 몸에 밴 너는 2만 원을 가져가겠다고 했지. 2박 3일인데 급한 일 생기면 어쩌냐고 설득해서 지갑에 5만 원을 넣어 주고,

비상금으로 가방에도 5만 원을 챙겨 보냈는데 그날 아침이 마지막이었다니!

카톡도 문자도 없이 너는 4월 15일에 떠나 5월 1일에야 돌아왔다. 배 속에 열 달을 품고 17년을 엄마 손으로 먹이고 입히고 함께한 너였다. 어쩌면 그렇게 허무하게 가느냐고 울부짖던 엄마의 꿈에 나타나 바다를 가리키며 "나 여기 있으니까 살려 달라"고 말한 다음 날이었다.

차마 너를 볼 수가 없어서 엄마는 네 마지막 모습을 보지 못했구나. 자존심 강하고 멋졌던 우리 아들, 좋은 모습만 기억하려고 그리했지만, 마지막도 함께하지 못한 것 같아 너무 후회가 돼. 예쁜 모습도, 아픈 모습도 엄마가 끝까지 보고 안아 주고 보냈어야 했는데 잘못 생각한 것 같아.

가슴을 치며 눈물로 나날을 보내는 그런 엄마를 위로 하려고 넌 꿈속으로 찾아와 주었지. 너의 사십구재가 있던 날은 엄마 생일이었다. 너는 그 전날 꿈속에 찾아와 세탁기에 속옷까지 다 벗어 던졌어. 다음 날 네 가방이 올라왔다는 연락이 경찰서에서 왔고, 네 가방 속에 챙겨 넣어 준 비상금만이 고스란히 엄마 품으로 돌아왔더구나. 그날 네 비상금으로 생일 밥을 보쌈으로 먹었다. 우리 창현이가 하늘에서 챙겨 준 엄마의 생일상, 눈물 밥을 꼭꼭 씹었다.

한번은 네가 애기 때 모습으로 꿈속에 왔었지. 친구들과 놀이동산 버스를 타고 왔어. 버스에서 내려서 엄마랑 비석치기도 하고 재미나게 놀았잖아. 나중에 "엄마, 나 이제 가야 돼"라고 했을 때 꿈속이었지만 네가 마지막 인사를 하러 온 느낌이 딱 들더라. 보내고 싶지 않았지만 이번엔 제대로 보내야 할 것 같았지.

"창현아, 엄마가 너 보내고 싶지 않지만, 이런 힘든 세상에서 살지 말고 지금처럼 친구들하고 웃으며 재미나게 놀고 잘 살고 있어. 잘 지내야 돼."

"응, 나 잘 지낼 테니 걱정하지 마. 엄마도 아프지 마."

"잘 가, 창헌이, 다음에 만나자."

"응, 엄마. 안녕!"

마지막을 못 지킨 엄마를 위해 꿈속에 다녀간 속 깊은 아들, 고맙다.

네가 끔찍이도 생각하던 문환이는 이제 중2가 되었구나.

1시, 2시까지 형이랑 게임하고 놀곤 했는데, 비밀을 지킬 사람이 없어져서 이제 누구랑 그런 이야기를 하냐며 울던 문환이를 데리고, 우리는 14년을 살던 곳을 떠나 다른 곳으로 이사를 왔단다. 이사를 와서 처음으로 문환이랑 같이 포장마차를 갔었어. 튀김을 먹자고 했는데 포장마차 아저씨가 묻더구나.

"아들인가 봐요?"

"네."

"하나인가 봐요?"

심장이 떨려 왔단다.

문환이는 말없이 그 자리를 떠나 버렸지.

그날 문환이가 말했어.

"나는 형이 있다고 해야 하는지 없다고 해야 하는지, 형이 없다고 하면 형한테 미안하고, 있다고 하면 어디 갔냐고 물을 테고, 어떻게 대답해야 할지 모르겠어."

무섭더라. 엄마가 정신을 차려야겠구나 싶었어. 엄마는 엄마 힘든 것만 생각했던 거야. 그렇게 친하던 형이 순식간에 사라져 버렸는데 문환이에게 방법을 가르쳐 줬어야 했던 거지. 혼란을 겪고 있는 걸 생각도 못하고, 엄마가 되어서 너무 미안했어. 내가 정신을 차리지 않으면 쟤마저 큰일 나겠구나, 내가 아니면 누가 챙기겠는가, 아빠 또한 마찬가지고. 엄마가 정신을 차려야지 하며 마음을 다잡았어.

"너 마음이 시키는 대로 해. 너는 형이 있는 게 좋겠어? 어떻게 하면 좋겠어?"

"모르겠어."

"네 잘못이 아니야. 당당하게 말해도 돼. 우리 형은 있었고 나는 막내다, 우리 형은 이번에 세월호 사고로 숨졌어요, 형은 몸만 사라지고 내 마음속에 있다 당당하게 말해. 그러면 형한테 미안하지도 않고 너도 당당하잖아, 절대 네 잘못이 아니야."

눈물을 뚝뚝 떨구던 문환이는 이제 네 이야기를 자주 한단다. 분신 같던 형이 갑자기 사라져 너무도 힘들었을 문환이가 이제 형처럼 되겠다고 해. 네가 갑자기 사 달라고 해서 사 줬던 기타. 얼마 쳐 보지도 못하고 너는 가 버렸지만 너 대신, 형 대신 문환이가 기타를 배우기 시작했어. 형이 하고 싶었던 것 자기가 대신 할 거라고 기타를 형 보듯 한다. 그리고 "형 대신 치과 의사, 그거 내가 할게"라고도 해.

요즘은 몸도 마음도 부쩍 자라 네 사진을 볼 때면

"엄마, 나 지금 보니까 형 너무 닮았네."

"형은 이랬었지. 맞아, 형이 그랬어."

라며 네 얘기를 해. 너를 차곡차곡 가슴에 새기고 사는 연습을 하는 거지.

평소에 너희 둘은 모아 둔 돈으로 엄마한테 용돈도 많이 줬잖아. 네가 나한테 4만 원 주면서 "엄마 용돈 써" 하면 문환이는 "내가 질 수 없지" 하면서 만 원 더 얹어서 5만 원을 주곤 했고. 너를 보내고 처음 맞은 설날엔 문환이가 "형 몫까지!"라면서 엄마에게 7만 원을 건네주더라. 문환이가 언제 이렇게 컸나. 문환이를 위해서도 씩씩해져야겠구나 또 한 번 다짐을 했지.

세상은 그대로인데 아무리 둘러봐도 내 사랑하는 너만 없는 현실, 이것이 꿈이라고 누군가 말해 준다면 엄마는 더 이상 가슴을 치지 않을 수 있을까. 숨 쉴 때마다 심장이 끊어질 듯한 아픔을 끝낼 수 있을까. 너를 이제 편히 보내 줘야 하는데 아직도 쉽지가 않구나.


무뚝뚝해 보여도 정이 많고 사랑이 넘쳤던 큰아들 창헌아!

잊지 마. 우리 가족은 늘 네 식구야. 너는 배 속에서부터 지금까지 엄마한테 웃을 수 있는 행복한 기억만 주고 갔다. 네가 내 아들이라 감사했고, 널 키우면서 언제나 뿌듯했다. 지금까지 살면서 너는 효도 다 했다.

엄마가 너한테 당장이라도 가고 싶지만, 엄마가 해야 할 일이 있으니까, 너는 아들이니까 통하는 사이니까 알 거야. 그리고 늘 그랬던 것처럼 너는 동생을 걱정할 거야. 동생을 훌륭하게 잘 키우고 지켜 주고 아빠도 도와주고, 할 거 다 한 다음에 우리 다시 만나자. 엄마가 갈 때까지 잘 지내고 있으렴.

기특하고 대견한 문환아!

형 몫까지 하겠다고 하고, 힘든 시간을 잘 버텨 주는 우리 막내. 내 곁에 있어 줘서 고마워. 엄마 아빠는 네가 큰사람이 되기를 바라지는 않아. 평범하게 상처받지 않고 올바르게 행복하게 언제까지나 우리 곁에 있기를 바라. 형 대신 꿈꾸는 치과 의사, 꼭 안 돼도 좋아. 사람들한테 해 끼치지 않고 무탈하게 평범하게 마음에 상처받지 말고 살았으면 좋겠구나. 엄마 아빠가 널 꼭 지켜 줄게.

누구보다 힘든 시간을 보내고 있는 창헌 아빠!

아빠라는 이유로 울지도 못하고 내색도 못하는 사람.

말은 안 해도 창헌이를 누구보다도 사랑한 거 다 알아요. 너무 힘들어하는 것도 알고 죄책감 있다는 것도. 큰아들에 대한 기대만큼 서툴렀던 부모 역할, 나 때문에 아들과의 사이가 멀어진 것 같아 많이 미안해요. 지금은 너무 힘이 들겠지만 이 고통과 상처를 이겨 내고 우리 가족을 위해 든든한 울타리가 돼 줘요. 당신 판박이이고 우리 사랑의 증표였던 창헌이가 하늘에서 기쁘게 지켜볼 수 있도록요.

\*\*\*\*

오늘도 엄마는 창헌이가 남긴 머리핀을 머리에 꽂아 보며, 어린 시절 (고잔초등학교 3학년 시절) 창헌이가 남긴 시귀들 속으로, 거기에 살아 숨 쉬는 창헌이를 만나러 갑니다.

그림 그리기

학교에서 우리나라 걸 그렸다
나는 소고, 태극기를 그렸다
나는 내 그림이니까 잘 그린 것 같다

선생님께

선생님 방학 때 뭐해요?
선생님도 나처럼 방학 숙제해요?


내가 만약

내가 투명인간이 된다면
놀이공원 가서
줄도 안 서고
이것저것
실컷 탈 거야
동전도 안 내고
하루 종일 탈 거야


나의 소원

나의 세 가지 소원 중 하나는
가족과 행복하게 사는 것
요리를 하기 위해 부자가 되는 것
부모님을 기쁘게 하는
착한 아이가 되는 것

# 로봇을 사랑한 소년

안산 단원고 2학년 8반 **박선균**

우리 2학년 8반 11번 박선균~♡
카톡 상태가 열심히 살자인 성실한 박선균~♡
조림을 순식간에 뚝딱 해버리는 우리 Dynamics 회장 박선균~♡
선배한테 너무 따듯한 사랑스런 나의 박선균~♡
보고싶은데 오늘 밤에 꿈에 한번만 나와 주라..
누나 매일 너 그리워해 박념!!
거기선 맛있는 것도 많이 먹고 잘 놀고 있지?
누나가 매일 찾지 않는다고 미워하고 그러는 건 아니지?
책상에서 아직도 네 냄새 나는 것 같아. 좋다.
  이렇게 내가 너와 함께 할 수 있어 행복해.
  아참.. 너는 내생애 best of best야!
  정말 좋은 후배고 앞으로도 너같이 좋은 후배 없을 것 같다.
  사랑해 아주 많이. 내일 다시와서 쓸게.
  2014. 11. 2
  4.16일 로부터 179일째 되는 날.

1. 고1 때 로봇 대회 도중, 액션가면팀으로 출전해
시연 중인 로봇을 보고 있는 모습. 친구 우재랑 함께(오른쪽이 선균이).
2. 중학교 때 할아버지 칠순 잔치 때 형이랑 함께.
3. 엄마가 십자수로 새긴 선균이 얼굴.

# 로봇을 사랑한 소년

초등학교 시절, 나는 왕이 되고 싶었다. 나라를 다스리는 군왕? 천만에. 그건 재미도 없고, 남 앞에 서는 거라 딱 질색이다. 내가 되고 싶었던 건 낚시 왕이다. 어릴 때부터 휴가철이면 아빠는 고향인 전라도 바닷가로 형과 나를 데려가곤 했다. 바닷가에선 문저리(망둥어)를 잡고 개천에선 붕어를 낚으며 하루 이틀 정도를 보냈다. 만화 〈낚시왕 강바다〉를 본 뒤라 낚시의 재미에 흠뻑 빠질 수 있었던 건지도 모르겠다.

손으로 잡든 낚싯대로 잡든 벌떡이는 그 녀석들을 끌어 올릴 때면, 나는 마치 '봉헌된 루어를 레전드로 진화시키려 했던 강바다'가 된 듯 흥분했다. 형보다 더 많이 잡겠다고 기를 썼고 기어코 나는 형보다 몇 마리를 더 잡아야 만족했다. 여름 방학이 되면 친구들이랑 낚시하러 가겠다는 원대한 꿈을 꾸곤 했는데, 그 꿈은 고등학생이 되면서 서서히 추억이란 이름에게 자리를 내주고 말았다.

손끝에서 무언가가 완성된다는 점에서는 낚시 왕과도 일면 닮았지만, 이제 내 꿈은 공학도다. 고등학생이 되면서 안갯속에 숨었던 무언가가 이윽고 모습을 드러낼 때처럼 선명해지고 있는 것 중 하나다. 시간을 뛰어넘어 집중하고 싶은 것, 설렘, 갈증, 성취감. 로봇 동아리 나이나빅스가 있어 가능했다.

띠리릭! 동아리 방 컴퓨터 앞에 앉아 있던 나는 급한 마음에 엄마에게 전화를 걸었다.

"응, 선균아, 왜?"

"엄마, 학교 컴퓨터실 프린터기가 고장 났어요. 제가 메일로 인원 모집 포스터 한 장 보낼 테니까 프린트 좀 해 주세요."

"알았어. 뽑아 놓을게."

"고마워요."

홍보물이 완성되면 동아리 신입 회원 모집이 시작된다. 무슨 수를 써서라도 인원을 채워서 동아리가 유지될 수 있도록 해야 했다. 작년에 같이 동아리 활동을 했던 우재는 올해는 다른 동아리를 선택했다. 속상했지만 어쩔 수 없었다. 대신 다른 녀석들을 포섭해 놨다. 그 녀석들도 먼저 찜한 동아리들이 있었지만 인원수가 안 차면 이쪽으로 오기로 했다. 나는 선배들이 만들어 둔 동아리 홍보 용지의 문구를 컴퓨터 화면에서 재빠르게 훑어 내렸다.

"Do you know DYNAMICS? 9년의 역사를 가진 로봇 동아리. 로봇 14대 완비!
선후배 간의 친목이 이뤄지는 곳. 여러 대회 참가로 스펙이 쌓이는 곳, 대학 가기도 유리해요. 작년 기준 면접 99% 합격! 부담 가지지 말고 연락 주세요. 박선균 010-4705-○○○○"

파일을 첨부하여 보내기 버튼을 꾹 눌렀다. 동아리 활동과 함께 내 삶에 많은 변화가 있었던 2013년이 어제 일처럼 선명하게 떠올랐다.

고1이 되면서 처음으로 내가 어떤 사람인가 고민했다. 학교에서 하는 MBTI 테스트니 성격 유형 검사니, 다중 지능 검사 등을 통한 적성과 진로에 대한 평가들도 한몫을 했다. 나는 내향적인 편이고 사고하고 탐구하는 데서 기쁨을 느끼는 사람이다. 대체로 내 생각을 내 안에 간직하는 편이고, 몇 시간이고 내가 좋아하는 로봇 만들기나 퍼즐 맞추기, 프로그램 만들기를 하면서 충분히 행복한 사람이다.

눈치챘겠지만 그러다 보니 다른 사람들과의 관계에 집중하지는 못하는 편이다. 그렇다고 친구가 없거나 친구들을 무시하거나 하진 않는다. 아직도 나는 중요한 결정을 할 때는 친한 친구들을 먼저 찾아가 조언을 구한다. 그리고 행동할 때는 누구를 통솔하거나 리드하기보다 알아서 좋아하는 일을 꾸준히 책임지고 하는 편이다. 꽤 성실하

로봇을 사랑한 소년

고 독립적이라고나 할까! 음악이나 춤 따위는 나랑 잘 맞지도 않고 재주도 없다. 그러다 보니 손으로 무언가를 만들어 내는 창조적인 것이 나에게 잘 맞는 걸 알게 되었다. 여자 친구나 외모보다는 (이만하면 나는 꽤 괜찮은 외모라고 생각하면서 산다) 앞으로 내가 커서 무엇을 할지에 관심이 더 많다. 나는 안정적인 수입과 편안한 삶을 원한다. 다소 현실적인 편인데, 물질적 기반이 어느 정도 전제되어야 편안한 삶을 살 수 있다고 생각한다. 자본주의 사회에서 태어나고 자란 내가 동물적 감각으로 터득한 진리라면 진리다. 내가 잘하는 것으로 직업을 가지고 싶었고 동아리를 통해 기계나 컴퓨터 쪽으로 꽤 소질이 있다는 것을 알게 되었다. 구체적으로 공학도가 되기 위해 어떤 공부를 보충해야 할지 어떤 경험들을 쌓아야 할지가 정리되기 시작했다.

1학년 여름 방학 땐 서울 코엑스에 가서 선배들과 로봇 동아리 홍보도 하였다. 준비는 서툴렀지만 많은 사람들이 와서 관심을 가져 줘서 매우 기뻤다. 그렇게 1학기를 보내고 나니 뿌듯함과 함께 부담도 있었다. 학과 공부를 소홀히 해서 방학 동안 나와서 열심히 공부한 아이들이랑 차이가 나지 않을까 내심 걱정도 되었기 때문이었다. 1학기를 동아리에 적응하고 삶의 방향과 목표를 가늠하는 데 썼으므로 2학기는 구체적인 실천이 필요했다.

아빠랑 엄마는 성실한 분이다. 맞벌이하면서 두 살 터울의 형과 나를 돌보고 있었다. 관계도 나쁘지 않은 편이라 특별히 부모님께 불만이 없었다. 다만 엄마는 우리가 학습적인 부분을 소홀히 하지 않기를 바라셨고 아빠는 중학교 때부터 용돈으로 은근 우리들의 학습 욕구를 자극시키고 있었다.

"선균아, 너 반 등수 올라가면 용돈 올려 주마. 반에서 10등 안에 들면 지금 주는 용돈의 두 배를 주지. 그리고 성적이 더 오르면 오를 때마다 두 배씩 올려 줄게."

나쁘지 않았다. 성적도 오르고 용돈도 생기고 일석이조 아닌가?

우선 1학기부터 해 오던 자기 주도 학습에 빠지지 않고 참여했다. 따로 학원을 다니는 게 싫어서 EBS를 보거나 혼자서 공부를 했는데, 학교에서 하는 자기 주도 학습은 꽤 도움이 되었다. 귀찮은 영어를 제외하고는 꾸준히 성적이 향상되었다.

1학년 2학기에 접어들어서는 선행상, 자기 소개서 쓰기상, 독서상, 봉사상을 타는 등 학교 생활 전반에 성과가 있었다. 무엇보다 과학의 달 고무줄 카 경주상을 받은 것과 과학 경시대회에 나가 2위를 한 것은 지금 생각해도 찌릿찌릿한 일이었다.

기세를 몰아 친구들과 9월에는 교내 UCC 대회 참가를 결정했다. 스마트폰 사용에 대한 영상물을 제작하는 것이었는데 김민석, 홍종영, 최승현 그리고 나 이렇게 넷이 뭉쳤다. 5분 이내 분량으로 창의성, 작품성, 완성도 면에서 채점하여 상을 준다고 했다. 대상작은 경기도 대회에도 출품할 수 있었다.

우리는 먼저 집에서 더 이상 쓰지 않는 핸드폰을 모았다. 영상물 내용은 크게 네 가지를 추렸다. 경쾌하고 밝은 음악을 깔면서 스마트폰의 장점을 먼저 알려 준 다음, 빠르고 긴장감 있는 음악과 함께 스마트폰의 문제점을 짚어 주고, 다음엔 우리 생활과 건강에 미치는 영향을 전문적으로 따져 보고, 마지막으로 잔잔한 음악과 함께 스마트폰을 잘 사용하기 위한 방법들을 정리하는 걸로 잡았다.

네이버에서 자료들을 찾고 놀이터와 학교에서 틈틈이 촬영을 했다. 스마트폰 중독을 예방하는 방법으로 친구들과 엉켜 농구하는 모습을 야외에서 촬영했는데, 그 장면은 정말 현장감 넘치고 적절했다. 카메라에 노출되는 게 질색인 나는 미다스의 손답게 편집을 도맡았다. 영상 끝머리에는 전체 참여자가 "스마트폰은 사용자에 따라 독이 될 수도 약이 될 수도 있습니다"라고 한마디씩 하면서 비장하게 마무리했다.

그 결과 우리들의 야심찬 영상물은, 두구두구두구두구! 스마트폰 UCC 부문 영예의 금상을 차지하게 되었다. 언제 떠올려도 훈훈한 장면이다.

뿐만 아니라 나는 과학 교과 성적 또한 몰라보게 좋아져 교과 우수상까지 받았다.

"초등학교 중학교 때 받은 상을 통틀어 봐도 고1 때 받은 게 더 많네."

내가 건넨 상장들을 받아 들고 흐뭇해하던 엄마의 들뜬 목소리도 되살아난다. 공학도의 꿈을 향한 나의 순비는 조금씩 결실을 맺고 있었다. 겨울 방학 동안 '월드 로봇 올림피아드'에 참가해서 경험을 쌓은 것도 잊지 못할 추억이었다. 그즈음 반 석차도 차츰 올라 5등 안에 들었으므로 내 용돈은 기하급수적으로 늘었다.

나는 아빠에게 제안했다.

"계속 용돈 주는 거 힘드시니까 한 번에 노트북으로 퉁쳐요."

아빠는 흔쾌히 노트북을 사 주셨다. 주로 시험이 끝나면 나는 내 방에 콕 틀어박혀 노트북에서 인쇄한 종이 로봇을 만들거나 1000 피스 퍼즐을 맞추며 지내곤 했다. 때때로 고단했지만 보람 있는 시간들이었다.

그렇게 1학년을 마무리하고 2학년을 준비하던 2014년 2월. 맞벌이 부모님을 대신해 밥을 챙겨 먹는 건 내게 일상이었다. 그날도 기름으로 요리를 하고 있었는데 그만 화상을 입고 말았다. 얼굴만 빼고 오른손, 허벅지, 발등 등으로 기름이 튀어 고대병원을 오가며 20여 일을 치료를 받아야만 했다. 얼굴을 안 다쳐 성형은 하지 않아도 되었고 성형외과에서 치료만 받으면 회복이 가능하다고 했다. 엄마는 "액땜했다고 생각하자"면서 놀란 가슴을 쓸어내렸다.

그렇게 액땜을 단단히 하고 맞은 2학년. 이제 막 나는 로봇 동아리 방에서 포스터를 수정하여 엄마에게 이메일로 보내고 동아리 방을 나서는 참이다. 친구 녀석들에게 다시 한 번 다짐을 받기 위해 전화기 버튼을 꾹 눌러 주었다.


광고지의 위력 덕분인지 나의 발 빠른 포섭 능력 덕분인지 로봇 동아리 다이나믹스는 다행히 명맥을 유지할 수 있게 되었다. 인원이 적어 폐지될까 봐 전전긍긍했는데 얼마나 기뻤는지 모른다. 그뿐만이 아니라 내가 덜커덕 회장이 되었다. 작년에 이어 2년째 로봇 동아리 활동을 하는 2학년은 나밖에 없었다. 3학년 선배들은 입시 준비에 여념이 없어 슬쩍 발을 빼는 상태고 1학년들은 아직 코흘리개니 뭐, 나 말고 딱히 할 사람이 없긴 했다.

하지만 책임지는 자리, 통솔하는 자리, 특히나 사람을 챙기는 자리는 정말 불편했다. 그나마 좋아하는 로봇과 관계된 자리여서 망정이지 안 그랬으면 슬그머니 내빼고 말았을 거다. 어쨌거나 손으로 하는 거, 이것저것 고치고 만들어 내는 건 나한테는 식은 죽 먹기였다. 그래서 일명 '똑딱이 아빠'로 통하게 되었다. 뭐든 척척 고치니 주위에서 붙여 준 별명이다. 기분이 나쁘진 않았다.

동아리에 들어 내가 좋아하는 일을 하는 거랑 회장을 맡는 것은 분명 달랐다. 요즘 동아리에서는 대회나 이런저런 행사를 위해 준비해야 할 것들이 있다. 회장으로서 아이들에게 준비할 걸 일러 줘도 다들 내 맘 같지가 않았다. 이런저런 이유를 들어 또는 관심이 없어 준비를 전혀 하지 않기 일쑤였다. 속이 상하고 화도 났다. 그러면 나는 엄마에게 속내를 털어놓으며 스트레스를 풀었다. 그러면서 문득 회장이라는 자리에 대해, 우리를 이끌었던 선배들의 마음에 대해 생각해 보곤 했다. 대회 준비를 위해 참가비를 마련하는 것도 문제였다. 작년에는 회장이었던 선배가 전체 참가비를 대신 내 주었다. 나도 회장으로서 내 용돈으로 참가비를 내야겠다고 생각했다.

이런 내 생각을 들은 엄마는 "엄마가 반 보태 줄 테니까 나머지는 네 용돈에서 내"라고 했다. 덕분에 회장으로서 체면도 세우고 대회 준비도 할 수 있게 되었다.

한번은 로봇이나 기계에 관심이 많은 나를 눈여겨보시던 아빠가 농담처럼 한마디 했다.

"선균아, 여름 방학 때 아빠 사무실 와서 아르바이트 해."

"왜요?

"왜는, 아빠가 중고 기계 상사 쪽에서 일하잖아. 로봇이나 기계에 대해 더 잘 알게 되고 결국 네가 전공하려는 것과도 관계있으니 도움도 되고 좋지. 뭐니 뭐니 해도 머니도 벌고, 일당 술게. 와서 기계 청소부터 해 봐."

"진짜요? 재미있겠는데요. 한번 해 볼래요."

엄마 아빠가 은근히 내 꿈을 지지해 주고 있다는 생각에 든든했고, 새로운 경험에 대한 기대감으로 가슴이 간질거렸다.

여기저기서 꽃이 다투어 피고 드디어 수학여행 일정이 하루 앞으로 다가왔다. 그래서 그런지 우리 반 아이늘은 살짝 흥분된 느낌이다. 여행지는 제주도였다. 4월 15일부터 18일까지 3박 4일 일정이었다. 인천으로 가서 배를 타고 제주도에 도착해 섭지코지, 산굼부리, 주상절리 등을 돌아보고 비행기로 해서 김포로 돌아오는 코스.

로봇을 사랑한 소년

나도 속으로 기대가 컸다. 딱히 여행을 많이 다녀 본 적이 없어서이기도 하겠지만 이번 수학여행은 내 인생에서의 첫 수학여행이기 때문이다. 앞에서도 밝혔듯 나는 꽤 진지한 성실맨이다. 초등 6년, 중등 3년을 개근을 하면서 학교를 다녔다. 좀 아파도 갔고 많이 아파도 갔다. 그렇게 열심히 다녔는데 학교 생활의 꽃인 수학여행은 아직 한 번도 못 갔다는 사실! 초등학교 때는 수학여행 중 단체로 교통사고 났다는 소식 때문에 취소, 중학교 때는 그 이름도 유명한 전염병 사스가 돌아 취소. 그러니 이번 여행이야 말로 그 모든 것을 만회할 절호의 기회였던 것이다.

수업을 마치고 집에 돌아온 나는 만들기에 푹 빠졌다가 늦은 저녁이 되어서야 슬슬 여행 가방을 싸기 시작했다. 옷이랑 치약 칫솔 외에 챙길 게 딱히 없었다.

티브이를 보던 아빠는 "가서 맛난 거 좀 사 와"라며 5만 원을 건네주셨다.

"됐어요. 아빠, 2만 원이면 돼요."

"이것저것 좀 사 와. 급할 때도 쓰고."

"알았어요. 감귤 초콜릿이랑 맛있는 거 사 올게요."

"좋냐?"

"그럼요."

가방을 챙기고 내 방으로 들어가 누웠다. 불을 껐다. 엄마가 뜨개실로 뜬 레이스 커튼 사이로 가로등 불빛이 아련히 스며들고 있었다. 피식 웃음이 났다.

어느 날 학교에서 돌아오니 레이스 커튼이 내 방에 떡 하니 걸려 있었다. 일곱 개의 커다란 꽃잎 모양은 가히 압도적이었고 나는 몸서리를 쳤다. 하지만 엄마는 끝까지 걸어 두겠다고 고집을 부렸고 결국 "엄마가 이겼어, 알았어. 달아 놔"라고 해 버렸다. 엄마가 한 땀 한 땀 날 위해 뜬 것이니 두 눈 질끈 감고 참기로 했다. 손으로 하는 그 작업이 얼마나 많은 시간과 에너지를 필요로 하는지 누구보다도 잘 알지 않는가!

그러고 보면 내가 손으로 하는 걸 좋아하고 잘하는 건 엄마 아빠 피를 골고루 물려받았다는 증거이기도 하다. 아빠는 기계 만지는 일을 직업으로 삼고 있으니 두말하면 잔소리고, 지금은 부동산 중개업을 하고 있지만 엄마의 손재주도 남달랐다. 십자

수니, 종이접기니, 바느질이니, 뜨개질이니 엄마 손을 거치면 모든 게 근사한 작품으로 살아났으니까.

만들다 만 로봇이랑 로켓이 떠오른다. 여행에서 돌아오면 과학의 날 행사 준비도 서둘러야 할 거다. 그래도 오늘은 이쯤에서 자 둬야겠지. 다녀와서 후딱 해치우면 되지 뭐. 이틀 후면 아빠 생일이기도 하다. 기왕이면 생일 선물이 될 만한 것을 사 와야겠다는 생각이 든다. 아, 이제는 정말 자야겠다. 내일은 즐겁지만 피곤한 여행이 될 테니까. 나는 버릇처럼 내 인생의 좌우명을 웅얼거리며 잠을 청했다.

'단 한 번뿐인 인생 잘 살자, 재미있게 살자, 좌절하지 말자, 열심히 살자! 아자!'


드디어 수학여행 날. 설렘과 뒤척임 뒤에 맞은 아침은 여느 날처럼 분주했다. 학교 수업을 마치고 오후에 인천항으로 출발해야 했기 때문에 서둘러 학교에 왔다. 아뿔사! 휴대폰 충전기를 깜빡 잊고 학교에 왔다. 일체형이라 충전기가 없으면 배터리가 금방 바닥이 난다. 할 수 없이 엄마에게 전화를 걸어 갖다 달라고 했다. 엄마는 1교시가 끝나고 쉬는 시간에 학교에 들렀다.

"정신 좀 차리셔."

"알았어요, 고마워요 엄마."

돌아서 학교 교문을 내려가던 엄마가 돌아보았다.

"왜요?"

"이뻐서!"

"……"

"오늘따라 너무 이쁘네, 우리 아들! 잘 갔다 와."

뜬금없는 엄마의 말에 어깨를 으쓱했다.

"일있어요. 엄마, 살 다녀올게요."

전보다 더 작아진 엄마의 뒷모습에 대고 나는 힘차게 손을 흔들었다.

# 수찬의 나날

안산 단원고 2학년 8반 **박수찬**

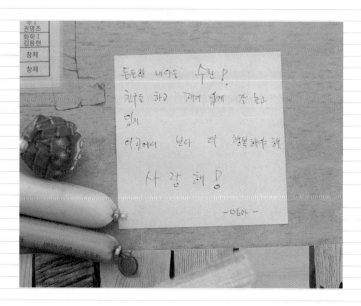

1. 태권도를 함께 배우던 수찬과 동생 의찬(오른쪽이 수찬이).
2. 이동수 화백이 그린 수찬 캐리커처.
3. 어린 시절 나란히 앉은 누나 수빈, 수찬, 의찬

## 열한 살 수찬의 어느 토요일

엄마가 아이들을 불렀다. 서둘러야 했다. 조개 캐기에 여념이 없던 수빈, 수찬, 의찬이 엄마 옆으로 왔다. 엄마가 왜 부르는지 아이들은 익히 알고 있다. 엄마와 아이들은 샤워장에서 개흙을 씻어 내고 버스를 탔다.

오이도역 정류장에서 내린 네 사람은 전철역 안으로 후다닥 뛰어갔다. 열차를 놓치지 않고 탈 수 있었다. 네 사람은 고잔역에서 내렸다. 엄마가 택시를 세웠다. 네 사람의 버스비를 합치면 택시비와 크게 차이가 나지 않았다. 택시에서 내리자마자 아이들은 다시 뛰기 시작했다.

수찬이 제일 먼저 집에 도착했다. 수찬은 거실에 들어가자마자 텔레비전을 틀었다. 〈무한도전〉은 아직 시작하지 않았다. 엄마가 아이들을 화장실로 들여보냈다. 아이들이 손을 씻고 텔레비전 앞에 쪼르르 앉았다.

엄마가 전화를 걸어 양념치킨 한 마리를 주문했다. 넷이 배부르게 먹으려면 적어도 두 마리는 있어야 했지만 빠듯한 살림이라 치킨은 늘 한 마리만 시켰다. 엄마는 아이들 웃음소리를 들으며 갯벌에서 캔 바지락을 씻었다.

수찬은 〈무한도전〉 멤버 중에서 정형돈을 제일 좋아했다. 정형돈은 다른 멤버들 사이에서 꿔다 놓은 보릿자루같이 서 있는, 잘 웃기지 못하는 멤버였다. 뚱뚱하고 못생기고 구박받는 정형돈. 그런 정형돈을 수찬뿐만 아니라 식구들 모두 좋아했다. 어쩌다 정형돈이 웃기면 다들 다른 멤버들이 웃길 때보다 더 크게 웃었다.

엄마가 저녁상을 들고 거실로 갔다. 아이들의 뒷모습이 도토리 삼 형제처럼 올망졸망했다. 첫째 수빈, 둘째 수찬, 셋째 의찬, 꼭 이 차례로 나란히 앉았다. 의찬은 늘 수찬 옆에 앉았다. 의찬은 커갈수록 누나 수빈보다는 형 수찬을 따랐다. 아이들 웃음소리가 점점 커졌다. 수찬과 의찬은 숟가락을 내려놓고 배를 잡고 웃었다.

수빈이와 엄마는 수찬과 의찬의 모습을 보고 웃었다. 치킨이 왔다. 의찬이 다리를 집었다. 수빈도 다리 한 조각을 집었다. 수찬은 날개를 집었다. 수찬은 누나와 동생에게 늘 양보했다. 아이들은 접시에 묻은 양념까지 싹싹 핥아 먹었다.

## 열두 살 수찬의 여름 방학

수평선 너머 먼바다는 잔잔하고 고요했다. 아이들이 바닷가를 뛰어다녔다. 아이들 웃음소리가 파도 소리에 섞여 흩어졌다. 아이들이 물속으로 들어갔다. 엄마가 아이들 노는 모습을 흐뭇하게 지켜보고 있는데, 수찬이 달려왔다. 물안경이 없어졌다고 했다. 엄마와 아이들이 수찬을 따라가 물안경을 찾았다. 물안경은 보이지 않았다. 새로 산 물안경이었다. 수찬의 표정이 일그러졌다. 엄마는 괜찮다며 수찬을 꼭 안아 주었다. 엄마와 아이들은 물놀이를 한 뒤에 모래찜질을 했다.

점심을 먹고 경포호 근처로 갔다. 아이들이 자전거를 타고 싶어 했다. 엄마는 세 아이를 4인용 자전거에 태울 엄두가 나지 않았다. 그때 수찬이 엄마를 거들겠다고 나섰다. 엄마와 수찬이 힘을 모아 페달을 돌렸다.

한참 가고 있는데 수찬이 갑자기 엉덩이가 아프다고 했다. 자전거에서 내린 수찬은 바지 속에 손을 넣어 엉덩이에 묻은 모래를 털어 냈다. 그러고는 폴짝폴짝 뛰어서 바지 아래로 모래를 흘렸다. 수찬을 보며 엄마와 수빈, 의찬은 웃어 댔다. 모래를 다 털어 낸 수찬이 다시 페달을 힘차게 밟았다.

물비늘이 햇빛에 반사되어 은빛으로 반짝였다. 호수에 비친 나무들은 고요하고 평화로웠다. 산들바람이 불었다. 푸른 잎새들이 녹음이 그려 낸 풍경을 흔들었다. 호수와 바다가 가까이 있어서인지 한여름인데 그리 덥지 않았다. 그러나 4킬로미터에 달하는 호수 둘레를 자전거로 돌자니 힘에 부쳤다. 수찬 가족은 자전거를 세워 놓고 잠시 쉬었다.

하늘에 하얀 뭉게구름이 떠 있었다. 엄마는 아이들 얼굴에 맺힌 땀을 닦아 주었다. 아이들을 보는 엄마 얼굴에 미소가 피어났다. 세 아이와 이렇게 알콩달콩 산다는 것이 고맙고 행복했다. 경제적으로 풍족하진 않지만, 이대로 아이들만 건강하게 자라 준다면 엄마는 얼마든지 열심히 살아갈 자신이 있었다.

엄마는 직장에 다니면서도 주말이나 방학이면 아이들을 데리고 집을 나섰다. 아이들에게 넓은 세상을 보여 주고 싶었다. 아이들이 어렸을 때는 유모차에 태우거나, 등에 업고서 돌아다녔다.

아이들이 스스로 걷고, 자기 짐을 들게 되자 나들이가 훨씬 수월해졌다. 하지만 아이 셋을 데리고 버스, 전철, 기차를 갈아타면서 다니는 게 쉬운 일은 아니었다. 그래도 공원으로, 박물관으로, 계곡으로, 바닷가로 방방곡곡 다녔다. 이번 여름에는 강릉에서 며칠을 보내기로 했다.

엄마는 남편의 빈자리를 수찬이 채우고 있음을 느꼈다. 수찬이 페달을 밟는 모습이 듬직했다. 남편은 2001년에 집을 나갔다. 막내 의찬이 세 살 때였다. 그 후로 남편과 연락이 끊겼다. 시집에서도 남편의 소식을 몰랐다. 엄마는 아이들을 친정에 맡기고 직장에 다니면서 혼자 힘으로 세 아이를 키웠다.

엄마는 아이들 학교 일에도 열심히 참여했다. 수찬은 친구들에게 인기가 많아 학교에서 임원을 자주 맡았다. 엄마는 아이들 기를 살려 주고 싶어서 급식 배급이나 청소를 도우러 학교에 자주 갔다. 수찬은 엄마가 학교에 오는 것을 좋아했다. 선생님은 수찬을 예뻐했다. 수찬이 백 점을 맞았다는 둥, 친구들을 잘 챙긴다는 둥, 그림을 잘 그렸다는 둥 엄마에게 수찬 칭찬을 늘어놓았다. 수찬이 그린 그림은 수찬이 졸업한 뒤에도 선부초등학교 복도에 걸려 있었다. 엄마는 선생님에게 아들 칭찬을 듣는 재미로 힘든 줄도 모르고 학교에 갔다.

어느 날, 엄마가 퇴근해서 돌아와 보니 못 보던 쇼핑백이 있었다. 쇼핑백 안에는 커튼이 들어 있었다. 수찬이 가져온 쇼핑백이었다. 학교에서 대청소를 했는데, 커튼이 너무 더러워 가져왔다고 했다. 엄마는 그날 밤새 커튼을 빨았다.

나무에서 매미 소리가 들려왔다. 엄마가 수찬을 보았다.

수찬은 내년에 중학생이 된다. 아이들은 엄마 품을 벗어나려 하겠지. 교육비는 점점 늘어날 테고. 엄마는 야간 근무를 해야겠다고 생각했다. 이렇게 넷이서 가족 여행을 다시 올 수 있을까. 다 함께 있는 이 순간이 소중했다. 엄마는 아이들의 모습을 카메라에 담았다.

## 열여섯 살 수찬의 어느 저녁

"수찬아, 엄마 슈퍼에 있는데 짐 좀 들어 줄래?"

"그래, 알았어. 좀만 기다려."

엄마가 휴대 전화기를 접었다. 아이들이 좋아하는 아이스크림과 과자 몇 봉지를 샀다. 그리고 김밥 재료를 샀다. 엄마는 주말에 일하러 가야 했다. 주말 근무가 있는 날이면 엄마는 새벽 네 시 반에 일어나 김밥을 쌌다. 아이들이 초등학교에 다닐 때는 주간 근무만 해도 살아갈 수 있었다. 아이들이 중고등학교에 진학하자 생활비와 교육비를 감당하기 어려웠다. 엄마는 연장 근무, 야간 근무, 주말 근무도 마다하지 않았고 아르바이트도 했다. 그렇게 해도 세 아이와 살아가기 빠듯했고, 수빈의 학원비를 대기에도 벅찼다.

수찬은 애니메이션을 배우고 싶어 했다. 그러나 수찬 형편에 미술 학원은 언감생심이었다. 수찬이 미술 학원에 다니고 싶다고 말했을 때, 엄마는 좀 더 생각해 보자고 했다. 수찬의 꿈을 밀어주고 싶은 마음은 굴뚝 같으나 아무리 생각해도 미술 학원비를 마련할 길이 없었다. 수찬도 알았다. 엄마가 어떻게 돈을 버는지, 집 형편이 어떠한지.

하루 뒤에 수찬이 말했다. 미술 학원에 다니지 않겠다고. 수찬은 속이 깊은 아이였다. 속만 멀쩡한 게 아니라 겉으로도 잘난 아들이었다. 키가 크고 다리가 늘씬한 데다 이목구비가 번듯했다. 엄마는 아들을 자랑하고 싶어서, 별로 무겁지도 않은 짐을 들어 달라며 아들을 부르곤 했다.

"뭐 많이 샀어?"

수찬이 슈퍼 안으로 들어왔다.

"응, 너희들 먹을 거랑 김밥 재료."

엄마가 계산대로 가며 말했다.

"아드님이 잘생겼네. 이렇게 착하고 든든한 아들 있으니 좋으시겠어요."

슈퍼 아주머니가 수찬을 보며 말했다.

엄마 입꼬리가 올라가고 얼굴에 미소가 번졌다. 수찬은 얼굴을 붉히며 머리를 긁적였다. 엄마가 비닐봉지 하나를 수찬에게 건넸다.

"고등학교 어디 쓸 거야?"

"글쎄……"

"엄마는 단원고가 좋더라. 강서고는 대로변에 건물만 달랑 있어서 무슨 병원 같아 보여. 단원고에 갔더니 풀 냄새, 나무 냄새가 확 끼쳐 오는 게 참 좋더라. 주변도 조용하고. 누나 선생님들 보니 선생님들도 참 좋으시고."

"단원고에 가려는 애들이 많아."

"그래. 수찬이도 단원고에 가면 좋을 텐데……"

가로등이 하나둘 켜지기 시작했다. 엄마와 수찬의 그림자가 골목길에 나란히 드리웠다.

수찬의 나날

## 열일곱 살 수찬의 어느 오후

태연은 귀엽고 예뻤다. 목소리도 예쁘고 노래도 잘 불렀다. 당당하게 자기 생각을 말할 줄도 알았다. 수찬은 소녀시대 멤버 중에서 태연을 제일 좋아했다. 수찬의 카카오톡 프로필 사진에는 늘 태연이 있었다. 태연이 텔레비전에 나오면 텔레비전과 수찬의 거리는 단숨에 줄어들었다. 수찬의 시선은 태연을 좇아 움직였다. 태연 같은 여자 친구가 있으면 얼마나 좋을까. 분홍 머리띠로 더벅머리를 올린 수찬이 입을 벌린 채 텔레비전을 보고 있었다.

"너 머리가 왜 그래?"

수빈이 화장실에서 나오며 수찬에게 물었다.

"머리카락이 덮으면 여드름이 도진다고 해서."

"야, 그 머리띠 좀 치워."

"집인데, 뭐 어때."

"얼굴은 아저씬데 머리띠는 유딩이야."

"여드름 때문에 그렇지. 여드름 없앨 방법이 없을까?"

"의사 선생님이 치킨, 피자 먹으면 치료해도 소용없다고 했다며?"

수빈이 젖은 머리카락을 수건으로 털면서 자기 방으로 들어갔다.

"여드름 때문에 치느님을 포기할 순 없지."

의찬이 한마디 했다.

"그럼, 치느님 없인 못 살지."

수찬이 맞장구쳤다.

잠시 후, 수빈이 외출 준비를 하고 나왔다.

"아침에 김밥 다 먹었어. 누나, 약속 있으니까 점심은 너희끼리 알아서 먹어."

수빈이 나갔다.

슬슬 배가 고파진 의찬이 수찬을 보며 말했다.

"점심 뭐 먹지?"

수찬이 일어나며 말했다.

"이 형의 요리 실력 좀 볼래?"

수찬이 주방으로 갔다. 의찬이 수찬을 따라갔다. 수찬이 계란 프라이를 했다. 참치 캔을 따서 국물을 덜어 내었다. 양푼에 밥과 참치를 넣고 계란 프라이를 얹었다. 고추장 한 숟가락과 참기름 몇 방울을 넣은 뒤 쓱쓱 비벼 의찬에게 건넸다.

"우아, 맛있다. 형 최고! 이런 건 어디서 배웠어?"

의찬이 엄지손가락을 높이 치켜들었다. 수찬이 씩 웃었다. 수찬이 다정한 형은 아니었다. 형 노릇한다고 의찬을 때리기도 했다. 그래도 의찬은 형을 따르고 의지했다. 나이 차는 한 살밖에 나지 않지만, 수찬은 의찬에게 아버지 같은 존재였다.

"근데, 그 머리띠 좀 어떻게 해라. 꼴불견이다, 진짜."

"밥이나 먹어, 인마."

의찬과 수찬이 게눈 감추듯 참치 비빔밥을 먹었다. 나른한 토요일 오후가 달그락거렸다.

## 열여덟 살 수찬의 어느 봄날

수찬은 공부를 썩 잘하지 못했다. 학원에 다니지 않고 혼자 공부하는 게 쉽지 않았다. 초등학교 때에는 공부를 제법 했으나 중학교 때부터 공부와 밀어지기 시작했다. 특히 수학에 약했다. 기초가 안 잡혀 있으니 수업을 따라갈 수 없었다. 5교시만 되면 졸음이 쏟아지는데, 오늘은 하필 5교시가 수학 시간이다. 수찬은 졸음과 한바탕 전쟁을 치렀다. 숫자와 기호들이 올챙이 꼬리같이 가물가물 흔들렸다. 따뜻한 봄볕은 자장가가 되어 수찬의 어깨 위에 내려앉았다. 수찬의 머리가 아래로 점점 내려갔다.

방과 후에 담임 선생님과 진로 상담을 했다. 수찬은 미술을 하고 싶다는 이야기를 조심스럽게 꺼냈다. 어렸을 때부터 그림 그리기를 좋아했다는 이야기, 가정 형편 때문에 미술 학원을 다닐 수 없었다는 이야기, 성적이 별로 좋지 않아서 대학에 갈 수 있을지 모르겠다는 이야기를 했다.

수찬은 자신이 집안을 책임져야 한다는 생각이 강했다. 그러나 성적은 상위권이 아니었고, 미술 공부를 하기에는 집안 형편이 넉넉하지 않았다. 수찬은 선생님과 진솔하게 이야기를 나누었다. 1학년 때에는 담임 선생님에게 엄마 이야기를 하다 눈물을 보이기도 했다. 수찬은 강해 보이지만 여린 아이였다.

수찬은 담임 선생님을 좋아했다. 선생님 말씀을 진지하게 받아들였다. 담임 선생님은 하고 싶은 일이 있으면 포기하지 말고 도전해 보라고 했다. 그리고 대학을 갈 생각이라면 일단 성적을 올리라고 했다. 수찬은 접었던 미술에 대한 꿈을 다시 키우기로 했다.

며칠 전에 만난 친구 말이 생각났다. 친구는 고등학교를 그만두고 아르바이트를 하며 살았다. 가방끈이 짧으면 고생이라며 수찬에게 열심히 공부하라고 했다. 수찬은 이제 공부를 해야겠다고 생각했다. 그날 저녁, 수찬은 엄마에게 말했다. 공부할 테니 책을 사 달라고.

수찬 말을 듣고 엄마는 기뻤다. 수찬이 1학년 때 수학 학원을 다니고 싶다고 했다. 하지만 하루 만에 학원을 다니지 않겠다고 말을 바꿨다. 수찬은 늘 그랬다. 학원에 다니고 싶다고 말해 놓고는 하루 지나면 괜찮다고, 다니지 않아도 된다고 했다. 엄마는 학원을 못 보내는 게 미안해서 공부하라는 말을 하지 않았다. 하지만 열심히 공부해 주었으면 하는 바람까지 없는 것은 아니었다. 열심히 공부하겠다는 수찬이 엄마는 고마웠다. 빈말하는 녀석이 아니니, 이제 열심히 공부하겠구나 싶었다.

수찬은 애니메이션이나 캐릭터 관련 학과가 어느 대학에 있는지 찾아보았다.


## 열여덟 살 4월 수찬의 나날

야간 근무를 하는 날이면 엄마는 저녁 7시에 출근하여 밤을 새워 일했다. 다음 날 아침 9시가 되어야 집에 들어왔다. 아이들 얼굴을 며칠 못 보기도 했다. 밤새워 일하고 나면 몸이 녹아내리는 것 같았다. 낮에는 자야 했다. 수찬이 수학여행을 떠나기 전 토요일도 엄마가 야간 근무를 하는 날이었다. 엄마는 야간 근무 준비를 마치고 수찬과 쇼핑을 했다.

집을 나선 지 얼마 되지 않아 수찬이 장난을 치다 휴대 전화기를 떨어뜨렸다. 전화기 액정 화면에 금이 갔다. 당황한 수찬은 엄마와 휴대 전화를 번갈아 보았다. 금방이라도 울음이 터질 것 같은 표정으로 어쩔 줄 몰라 했다. 물안경을 잃어버리고 속상해하던 어린 수찬 얼굴이 겹쳐졌다. 엄마는 괜찮다고, 고치면 된다고 수찬을 달랬다. 전화기 액정이 깨지는 바람에 엄마는 그날 수찬과 함께 시간을 보낼 수 있었다. 전화기 수리를 맡기고 롯데리아에서 같이 햄버거를 먹었다.


엄마는 일요일에도 야간 근무가 있어 낮에 잤다. 아이들끼리 놀고 밥을 먹었다.

월요일 새벽 6시 30분. 엄마가 집으로 전화했다. 신호가 가다 끊겼다. 집 전화를 받지 않자 수빈에게 전화를 걸었다. 신호가 가다 끊겼다. 수찬과 의찬도 전화를 받지 않았다. 세 아이 모두 일어나지 못하는 사태가 벌어졌다.

엄마는 애가 탔다. 집으로 다시 전화했다. 다행히 수빈이 전화를 받았다. 야간 근무를 하는 날 새벽이면 아이들을 깨우느라 한바탕 소란이 벌어졌다. 셋 중 한 명만 일어나면 서로 깨우는데, 이렇게 세 아이 모두 전화를 받지 않으면 엄마 속이 까맣게 타들어갔다. 착하고 말 잘 듣는 아이들이지만 아침에 일어나는 것만큼은 스스로 하지 못했다.

퇴근 준비를 하는데 수찬에게 카카오톡 메시지가 왔다.

「엄마, 사랑해요.♥」

평소에는 말도 잘 안 하고 무뚝뚝한 아들이지만, 수찬은 가끔 이런 문자를 보내왔다. 엄마는 30대처럼 보이니까 10년이 지나야 40대로 보일 거라고 말한 적도 있다. 빈말인 줄 알면서도 그렇게 말해 주는 아들이 귀엽고 고마웠다.

2학년 아이들은 수학여행 생각으로 들떠 있었다. 수찬 역시 수업에 집중할 수 없었다. 하늘은 눈부시게 파랗고 교정에는 하얀 벚꽃이 만발했다. 교생 선생님이 아이들을 벚나무 아래로 불렀다. 아이들이 삼삼오오 모여들었다. 수찬도 머리를 긁적이며 갔다. 벚꽃보다 환한 아이들의 미소가 카메라에 잡혔다.

월요일 저녁, 엄마는 출근하기 전에 수찬을 잠깐 보았다. 짐을 싸는 수찬 얼굴에 설렘이 가득했다. 수찬은 제주도에 가 본 적이 없었다. 낯선 여행지에 대한 기대와 며칠 동안 친구들과 밤낮으로 놀 생각에 수찬은 잠을 설쳤다. 화요일 아침, 엄마는 수찬과 통화했다. 오전에는 수업하고 저녁에 배를 탄다고 했다. 엄마는 수찬에게 잘 다녀오라고 했다.

## 수찬의 멈추어 버린 나날

엄마가 침대 옆에 놓인 수찬 사진을 본다.

아기였을 때 울보였던 아들.

어떤 운동이든지 잘하던 아들.

친구들에게 인기 많던 아들.

무뚝뚝하지만 속 깊은 아들.

늘 힘이 되어 주던 아들.

비싼 거 사 달라고 한 적 없는 아들.

세계사를 좋아했다는 아들.

그림을 그리고 싶어 하던 아들.

착하고 예의 바르다며 어디서나 칭찬받던 아들.

주말이면 잘 차려입고 놀러 나가던 아들.

친구들과 놀다가도 엄마가 걱정할까 봐 저녁 여덟 시면 집에 들어오던 아들.

아침이면 갓 태어난 강아지처럼 눈도 못 뜨고 꾸물대던 아들.

밤 10시 40분이면 학교에서 자기 주도 학습을 마치고 들어오던 아들.

이제 열심히 공부해야겠다고 책을 사 달라던 아들.

아무리 생각해 봐도, 가끔 짜증 냈던 것 외에는 속 썩인 일이 없었던 착한 아들.

엄마의 모든 것이었던 아들이 영정 사진 속에 있다.

16년하고 9개월을 다 채우지 못한 채 엄마 곁을 영영 떠난 아들이 엄마를 물끄러미 본다.

# 시와 찬양을 간직한 사람, 박시찬

안산 단원고 2학년 8반 **박시찬**

1. 2013년 11월 태백산 여행 갔을 때 한강 발원지 검룡소에서 사랑하는 아빠와 시찬이.
2. 고등학교 입학해서 새 교복 산 날 아빠가 집에서 찍었다.
3. 시찬이 고등학교 입학하고 한 달쯤 지나 기념으로 가족사진을 남겼다.

## 시와 찬양을 간직한 사람, 박시찬

　한 남자와 한 여자, 그렇게 두 사람이 있었다. 두 사람은 처음 만났을 때, 서로에게 잘 맞는 짝이라는 것을 한눈에 알아보았다. 사람 좋고 우직해 보이는 남자와 웃는 눈이 사랑스러운 여자를, 두 사람을 아는 사람들은 정말 잘 어울린다고 입을 모아 이야기했다.

　두 사람은 남자가 살던 안산에 둥지를 틀었다. 두 사람에게 아기가 생겼다는 것을 알았을 때 두 사람은 함께 하나님께 감사드렸다. 아기가 건강하고 지혜로운 사람으로 자라도록 매일매일 정성을 다해 기도했다. 부부의 바람대로 아주 건강하고 사랑스러운 여자아이가 태어났다. 두 사람은 예수님의 은혜로움을 아는 사람이 되기를 바라며 '예은'이라 불렀다. 엄마의 눈과 아빠의 이마를 닮은 튼튼하고 당찬 아기였다. 세 사람은 행복했다.

　이듬해인 1997년 12월 8일 하나님의 축복으로 세 사람이었던 가족이 넷이 되었다. 첫 번째 아기가 그랬던 것처럼 역시나, 아니 어쩌면 더욱 사랑스럽고 귀여운 남자아이였다. 셋일 때도 행복했지만 넷이 되니 비로소 가족이 완성된 것처럼 느껴졌다. 식구가 한 사람 늘었는데 행복은 두 배, 세 배로 커졌다.

　막 태어난 아기는 손가락을 꼭 움켜쥐고 가늘게 몸을 떨며 응애응애 울었다. 아기의 열 손가락은 희고 가늘고도 길쭉길쭉했다. 아빠는, 아기 이름을 뭐라 지을까 오래 고민했다. 한자 옥편을 붙잡고 며칠을 뒤적이면서 이름에 들어가면 좋을 만한 이름 자를 찾았다.

'예은이처럼 예수님의 '예' 자를 가운데에 넣고 이름을 지을까? 아니면 성경에 나오는 위대한 인물들의 이름을 따올까?'

이미 수백 번은 읽은 성경이지만 구석구석을 다시 찬찬히 읽어 보았다. 딱 이거다, 하는 느낌이 오기를 바랐지만 그런 이름은 눈에 띄지 않았다. 그러기를 며칠, 아빠 머릿속에 '시와 찬미'라는 단어가 떠올랐다. 찬송가의 한 구절이었다.

"찬양해. 시와 찬미, 신령으로 진심으로 찬양해, 주님께······"

시와 찬미, 앞글자를 딴 시찬. 아빠도, 엄마도 시찬이라는 이름이 아기에게 잘 지은 옷처럼 딱 맞다고 생각했다.

아기 이름을 '박시찬'으로 정하고 얼마 뒤 알게 된 사실은, 중국 역사에도 '시찬공'이라는 인물이 등장한다는 것이었다. 그는 달변가였다. 그렇다고 말만 번지르르하게 하는 것이 아니라 어질고 인품이 높은 사람이었다고 한다. 그래서 사람들은 시찬공이 하는 말이라면,

"아, 그래. 그분이 그렇게 말한다면······"

하고 수긍하고 따랐다.

엄마와 아빠는 시찬이가 주님의 이름을 찬미하는 사람으로 자라기를 바랐다. 그리고 주위 사람들에게 믿음을 주고 올바른 길로 인도하는 사람이 되기를 바랐다. 그래서 이름에 담은 뜻을 생각하며 언제나 따스한 사랑으로 시찬이를 대했다. 아기 시찬이는 건강했지만 목뒤랑 등, 무릎 뒤 오금, 팔 접히는 데가 피부가 발갛게 일어나고 가려웠다. 아토피가 시찬이를 힘들게 했다. 아기가 칭얼칭얼하고 아파할 때마다 엄마 아빠도 애가 닳았다.

여기저기 병원도 다니고 더 잘 치료하는 병원을 알아보았다. 시찬이도 엄마 아빠도 같이 고생했지만 시찬이가 점점 커 가면서 증상은 사라지고 피부도 깨끗해졌다.

시찬이는 장난도 잘 치고 머리 회전이 빨라 말장난도 좋아했다.

"아빠, 이 문제 맞춰 봐."

매일 새로운 수수께끼를 만들고 그것을 다른 사람에게 맞추어 보게 하는 것이 큰 재미였다. 한 살 위인 시찬이 누나도 활달하고 사교적인 성격이었다. 시찬이는 누나와도 싸우지 않고 늘 잘 지냈다. 한참 큰 뒤에도 누나를 자주 안아 주고 도서관에서 늦게까지 공부하는 누나를 마중 나가며 지켜 주었다.

아이들이 빼곡한 교실에서 시찬이는 선생님의 첫눈에 띄는 그런 학생은 아니었다. 선생님들의 편애와 총애를 받는 그런 타입도, 반대로 너무나 문제적이라 관심과 주의를 끄는 그런 아이도 아니었다. 하지만 시간이 조금만 지나면 존재감을 확실히 드러내며 분위기를 밝게 만들었다. 활달하고 장난을 좋아하며 친구들을 재미있게 해 주었기에 시찬이는 친구들에게 인기가 많았다.

조용히 있을 때도 시찬이는 안정감이 있게 보였다. 그 조용함은 그저 말수가 적어서 그런 것이 아니었다. 시찬이의 마음이 고요하고 안정되었기에 가능한 평화의 상태였다. 흔들림 없이 안정되고 입밖으로 내는 말보다 마음속으로 더 많은 말을 하고 행동으로 보여 주는 '진국'인 남자. 그런 시찬이를 알아보고 그 편안함에 끌리는 친구들이 있었다.

초등학교 때 전학을 가서 아는 친구들이 없는 교실에서도 그랬다. 고등학교에 진급해서 서로서로가 낯선 1학년 교실에서도 그랬다. 왁자하고 정신없는 신학기가 지나고 따뜻하고 나른한 5월, 6월쯤 되면 그런 시찬이 곁에는 시찬이를 좋아하고 알아주는 친구들이 생겼다.

시찬이도 친구들 여럿이 몰려다니는 것보다는 한두 명과 가깝고 친밀하게 지내는 편이 훨씬 좋았다. 사실 시찬이는 친구들과 있는 것도 즐겁지만 혼자 있는 시간을 귀하게 여겼다. 단원고등학교에 진학해서는 아침에 일어나자마자 학교에 가서 저녁 10시까지 한 교실에 30명이 넘는 친구들과 같이 생활해야 했다. 어른들은 그것이 학생의 당연한 일과라 생각할 수도 있겠지만 몹시 고달프고 피곤한 일이었다. 어른들의 노

동도 그렇게 긴 시간을 견디기 힘들다는 걸 알면서, 학생들의 공부는 끝도 없이 이어
져야 한다고 믿었다. 게다가 시찬이가 아무리 침착하고 평온한 성격이라도 교실에서
열서너 시간을 단체 생활 하는 것은 쉬운 일이 아니었다. 늘 시끄럽고 스트레스가 많
은 교실에서, 이제 거의 어른처럼 몸이 자란 큼직큼직한 청년들이 작은 책걸상 앞에
몸을 구기고 앉아 있어야 했다.

시찬이는 나른한 수업 시간이면 이따금 교실 창문 밖으로 보이는 원고잔공원을 바
라보았다. 학교 운동장이랑 나란히 뻗어 있는 그 공원은 나지막한 언덕으로 되어 있
어서 아주 완만하고 낮은 산과 같았다. 봄에는 벚꽃이 줄을 지어 피는 것이 아주 장관
이고 그 꽃들이 다 지고 나면 느티나무 여린 잎들이 투명한 연록색을 사방으로 흔들
었다. 시찬이는 그 푸른색 나무 띠와 숲을 보면서 힘을 얻었다. 몸은 2학년 8반 교실
에 있지만 그 순간 마음은 이미 교실 밖으로 날아올라 넓고 푸른 하늘에서 자유 비행
을 즐겼다.

시찬이의 꿈은 비행기 조종사가 되는 것이었다. 조종사가 되면 몇 백 톤이나 되는 그
커다란 기계를 움직이고 날게 할 수 있다. 상상만 해도 가슴이 두근거리고 심장이 뻐
근해졌다. 반듯하게 조종사 제복을 입은 자기 모습을 상상하면 그렇게 근사할 수 없었
다. 그런데 시찬이의 꿈을 아는지 모르는지 어떤 친구 하나가, "칼 발(칼처럼 생긴 발)
은 조종사 신체검사 통과 못한대"라고 싱거운 소리를 했다. 시찬이 발이 꼭 그렇게 생
겼다. 그 말을 듣고 시찬이는 조금 울적했다. 꼭 발 모양 때문이 아니더라도 조종사가
되는 것은 몹시 힘들다는 것을 잘 알고 있었다.

항공대학은 경쟁률도 높고, 항공사 훈련생으로 들어가려면 4년제 대학에 간판 좋
은 학벌, 영어 실력도 갖추어야 한다고 들었다. 고등학교 2학년인 지금 내신이나 영
어 성적을 벼락같이 올리는 것은 아무래도 무리였다. 그래서 시찬이는 생각 끝에 이
런 목표를 정했다.

"비행기 조종사가 안 된다면 비행기 정비사가 될래."

시와 찬양을 간직한 사람, 박시찬

정비사는, 직접 비행기를 운전하지는 않지만 비행기의 원리와 기계 구석구석을 빠삭하게 아는 사람이다. 기계적인 면으로 보자면 조종사보다 비행기를 더 꿰뚫고 다룰 줄 안다고도 할 수 있다. 기계와 컴퓨터라면 자신 있었다.

2학년 올라가서 다이나믹스 로봇 동아리 들어갈 때도 시찬이는 실력을 인정받았다. 로봇 동아리 지원자는 문제를 풀어야 하는데, 그러니까 일종의 테스트 같은 것이다. 그런데 시찬이는 지원 학생들 중에서도 높은 성적을 받았다. 동아리 담당 선생님과 선배들도 놀랄 점수였다.

가족들, 특히 아빠는 그런 시찬이가 참 대견했다. 비행기 정비사가 되고 싶다는 시찬이의 꿈을 응원했다. 아들이 꿈꾸는 일을 하고 행복하기를, 아빠는 늘 기도로 삼고 마음으로 빌었다.


시찬이는 학교가 끝나고 집에 돌아오면 혼자 있는 시간을 즐겼다. 시찬이는 때로 서툴지만 통기타를 잡고 코드 몇 개로 동요나 가요를 연주하기도 하고, 친구네 집에 놀러 가거나 시찬이네 집에 친구들이 오기도 했지만 어쨌거나 밖에서 영화를 보거나 돌아다니는 것은 그렇게 달갑지 않았다. 집에서 텔레비전을 보거나 컴퓨터를 하는 게 더 편안했다. 가늘고 여린 손가락에 어울리게 기계나 부품을 뜯어 보고 조립하는 것을 워낙 잘했다. 그 복잡하고 정밀한 기계들이 회로판에서 연결되고 작동이 되게 하는 원리가 너무나도 신기하고 재미있었다.

어려서부터 기계 만지는 것을 좋아하는 시찬이의 이런 기질과 관심은 오롯이 아빠한테 물려받은 것이었다. 아빠도 기계 쪽 일을 했다. 아빠 역시 기계와 공학의 어떤 면을 사랑했다. 그것은 언뜻 복잡하고 정교하게 보이지만 관심을 갖고 그 안을 들여다보면 순수하면서도 정직한 공식과 법칙에 의해 움직이고 있었다.

기계와 공학의 논리적인 면도 좋았고, 손으로 작고 섬세한 것들을 만지고 조정하는 일들이 즐거웠다. 시찬이는 그런 아빠 같은 어른이 되는 것이 꿈이었다. 아빠처럼 기계를 만지고 컴퓨터를 다루는 것이 좋았다. 고등학생이 될 무렵에는 컴퓨터를 직접 고치기도 하고, 모르는 것은 인터넷에서 찾아서 스스로 해결했다. 그런 자신이 아빠보다 컴퓨터를 더 많이 아는 것 같아 자랑스러웠다.

온라인 게임도 즐기고 아주 잘했다. 게임을 하면서 알게 된 사람들, 후배들과 친구들이 도움이 필요하거나 어려움에 처했을 때 도움을 주기도 했다. 마음이 힘들고 외로운 친구들은 온라인에서 만난 시찬이에게 오프라인에서도 의지하고 기댔다. 멀리 사는데도 시찬이를 만나기 위해 얼굴 한 번 안 본 친구가 안산까지 오기도 했다. 시찬이는 그런 사실을 생색내거나 자랑하지 않았다. 어려운 친구를 돕는 것은 너무나 당연한 일이라고 생각했기 때문이다. 시찬이 아빠는 시찬이에게 늘 가르쳤다.

"친구는 힘들 때 도와주어야 해. 그게 진짜 친구야."

시찬이는 아빠가 가르쳐 준 대로 친구들을 대하고 도왔다. 안 그래도 아빠는 자신을 닮은 시찬이가 너무너무 귀엽고 사랑스러웠다. 태어날 때부터 시찬이는 아빠에게 그런 존재였지만 시찬이가 여덟 살, 아홉 살이 되어도, 열 살, 열다섯 살, 열여섯, 열일곱…… 이렇게 자라도 언제나 갓 태어난 새끼 강아지처럼 귀엽고 어리게만 보였다.

엄마 아빠가 퇴근하면 초인종 소리를 듣고 현관에 달려 나와 하루 종일 기다렸다는 듯 팔로 목을 휘감고 뽀뽀 세례를 퍼붓는 게 강아지랑 정말 비슷했다. 아빠도 시찬이를 물고 빨고 아기처럼 부비는 것을 좋아했다. 고등학생이 되어 키가 훌쩍 자라서 아빠를 추월할 만큼 컸는데도 아빠랑 뽀뽀하고 꼭 끌어안고 다녔을 정도다.

시찬이는 열대여섯 살까지도 엄마 아빠 틈 사이에 살을 비비며 잠 자는 것을 좋아했다. 중학교 2, 3학년이니 엄마 아빠랑 한방에서 잔다는 게 부끄럽고 어색할 수도 있을 텐데도 그랬다.

"요즘 계속 혼자 잤으니까 오늘은 여기서 잘래."

고등학생이 되었어도 잘 때가 되면 이따금 슬그머니 베개를 들고 안방으로 들어오곤 했다. 그런 시찬이를 아빠가 내보낼 리가 없었다. 안고 이불 위에서 뒹굴며 놀다가 팔베개를 한 채 잠든 부자를 보면 엄마는 피식 웃을 뿐이었다.

"칫, 아빠는 맨날 시찬이만 이뻐해."

옆에서 누나가 입이 댓발 나오거나 말거나 찰떡처럼 붙어 지내는 사이 좋은 두 사람. 엄마 아빠랑 스킨십을 많이 해서 그런지 시찬이는 할머니나 큰엄마한테도 이쁨받는 짓을 참 잘했다. 오랜만에 만나도 달려가서, "할머니, 보고 싶었어요", "큰엄마, 안녕하세요" 하고 안겼다. 그러면 어른들은 기특해서 시찬이 엉덩이를 팡팡 두들기며, "이런 이쁜 놈! 사내 녀석이 다 커도 이렇게 정이 많고 애교스러워? 어른 되어도 그래라. 장가 가도 네 색시한테만 그러지 말고 계속 이래라" 하며 한껏 웃었다.

엄마, 아빠, 누나 가족과 친척들, 친구들, 시찬이를 아는 모든 사람들에게 시찬이는 재치 있으면서도 나긋나긋하고 겸손한 사람이었다. 부모님이 하는 말씀에 "싫어요"라거나 "못해요", "아니에요" 이런 말을 한 적이 한 번도 없었다. 아빠, 엄마가 하는 말이면 언제나 "네", "그렇게 할게요" 수긍하고 따랐다. 어쩌면 저렇게 순할까, 싶을 정도로 부모님께 순종하는 아들이었다. 수줍은 듯 조용히, 멋쩍게 웃는 모습이 그가 누구든 상대방을 편안하게 만들었다. 자신이 잘하는, 좋아하는 컴퓨터와 기계에 관한 것이라면 친구들이 묻고 도움을 청할 때 거절한 적이 없었다.

시찬이는 자기보다 어린 사람과 동물들, 강아지를 좋아하고 늘 돕고 싶어했다. 어렸을 적에도 부모님이 외출해서 혼자 울고 있는 옆집 아기한테 가서 달래 주고 같이 놀아 주었다. 그건 누가 시킨 일이 아니었다. 아기 울음소리에서, 외롭고 두려운 아기의 마음을 읽고 아픔을 공감했기에 찾아가서 아기를 달래 줄 수 있었던 것이다. 교회에서 시찬이를 아는 사람들도 모두 시찬이를 좋아했다. 시찬이네는 한 주도 빼놓지 않고 주말이면 교회에 갔다. 엄마는 교회에 온 어린 동생들에게 예수님 말씀과 성경 가르침을 전하는 주일학교 선생님이었는데, 수업에 필요한 컴퓨터와 기기를 설치하고 조작하는 일은 모두 시찬이 몫이었다.

오래 알고 지낸 교회 동생들은 모두 시찬이를 좋아했다. "시찬이 형"은 항상 다정하고 친절했기 때문이다. 동생들 손을 잡고 놀이터에 데려가 놀아 주기도 하고, 가게에 데려가서 아이스크림이나 과자를 사 주기도 했다.

시찬이는 주민증이 나오면 운전면허증부터 따야겠다고 별렀다.

"아빠, 면허 따면 내가 운전하게 해 줄 거야? 아주 큰 차가 좋겠어. 카니발? 싼타페 같은 거?"

시찬이는 큰 차를 운전해서 가족들을 다 태우고 여행을 하고 싶었다. 세상에서 가장 사랑하는 가족들과 같이 기분 좋게 여행을 떠나는 그날을 기다렸다.


박시찬을 사랑하는 모든 사람들은 그의 뽀오얀 피부와 순한 눈동자를 기억합니다. 시찬이는 말 그대로, '천사'였습니다.

시찬이는 지금 예수님 곁에서 사진처럼 순하게 웃으며 놀고 있을 것입니다.

시찬이 누나는 생각합니다.

'남은 세 가족이 웃으며 행복하게 지내면 시찬이가 샘낼까? 그렇다고 너무 축 처져서 울고만 있으면 시찬이도 싫어하겠지? 시찬이가 샘내지 않을 정도로, 그렇다고 걱정 끼치지 않게 그렇게, 그냥 그렇게 잘 살게. 우리 지켜보고 있지?'

박시찬이 천사의 모습으로 우리 곁에 숨 쉬었고, 사랑을 베풀었음에 감사 드립니다. 박시찬이 영원히 기억될 것을, 그가 별이 되어 우리를 내려다보고 있다는 것을 압니다. 이 땅에서 만나 사랑을 주고받을 수 있어서 고맙습니다. 천사로 태어나 별이 된 당신을 알게 되고 기억할 수 있어서, 그런 인연에 감사합니다. 그 사랑과 감사에 답할 수 있는 그런 삶을 살겠습니다.

고마워요, 박시찬.

Mr. 꿍꿍맨.

안녕히.

# 혼자 떠나는 여행은 어떤 것일까?

안산 단원고 2학년 8반 **백승현**

1. 승현이 다섯 살 무렵, 화랑유원지에 한창 꽃이 흐드러질 때. 어려서도 또래보다 키가 큰 편이었다.
2. 고등학교 입학하고 증명사진 내느라고 찍었다. 평소 안경을 쓰지만 사진 찍느라고 벗었다.
3. 중학교 2학년 때. 토요일 늦은 오후, 엄마랑 같이 침대에 누워 있다가
사진 안 찍는다고 버티는 찰나 엄마가 스마트폰에 남긴 귀한 사진

## 혼자 떠나는 여행은 어떤 것일까?

하필 수학여행 가기 전에 손을 다치다니, 참 내.

학교에서 자전거 타고 돌아오는데 보도블록이 평평하지 않은 데가 나와서 핸들을 꺾었더니 갑자기 균형을 잃었다. 엄마가 걱정할까 봐 대수롭지 않은 척 전화하고 혼자 병원에 갔지만 그날 손목이 많이 시큰거렸다. 엑스레이를 찍어 보니 팔이 부러졌다고 해서 바로 깁스 신세. 에효. 왼손이라 오른손을 쓸 수 있으니 글씨 쓰거나 밥 먹을 때 그럭저럭 혼자서도 잘 할 수 있다.

"수학여행 가서 머리는 어떻게 감아?"

걱정쟁이 우리 엄마, 머리 감는 것까지 걱정하다니.

"괜찮아. 오른손으로 샤워기 붙잡고 이렇게 이렇게 하면 돼. 걱정 붙들어 매셔."

어젯밤에 게임 하느라고 컴퓨터 앞에 앉아 있는데, 엄마가 나 좋아하는 치킨이랑 손 닦을 물티슈랑 쟁반에 받쳐서 갖다 주셨다. 그런데 난 오른손으로는 빛의 속도로 마우스 클릭 중이고 왼손은 붕대로 싸서 붙들어 매고 있으니, 보다 못해 엄마가 한마디 한다.

"엄마가, 살 발라 줘?"

엄마가 내 곁에 앉아서 닭다리를 발라서 입에 쏙쏙 넣어 준다. 게임을 하며 이런 황제 대접을 받다니, 흡사 내가 프로게이머 세계 챔피언이라도 된 듯했다.

수학여행 앞두고 손 다친 것도 화가 나지만, 심하게 억울한 것이 또 있다. 낼 수학여행을 가는데, 오전 수업을 마치고 간다. 이 들뜬 마음을 애써 가라앉히고 반나절을 어떻게 기다리나.

에휴……

수학여행 다녀와서 중간고사를 치르는 것도 탐탁치 않다. 지난 일요일에도 도서관에서 중학교 친구 창근이랑 상원이란 시험공부를 했다. 나는 단원고등학교에, 창근이, 상원이는 원곡고등학교 가서 헤어졌지만, 그래도 같은 동네 살다 보니 우리는 자주 만난다. 고등학교에서 새로 사귄 친구도 있는데 더 어렸을 때 만나서 그런지 관산중학교 같이 다닌 친구들이랑 있으면 마음이 편하다.

그렇다고 뭐 우리가 길고 진지한 대화를 나눌 거라는 생각은 마시기를.

누군가, "너희들 이거 봤어?" 하면서 인터넷에서 본 재미있는 동영상을 보거나 웹툰 이야기를 던진다. 그러면 다른 사람은 키득키득거린다. 긴 말은 필요없다. 그래도 좋다. 친구들이랑 있으면 그냥 마음이 편하다.

셋이 있으면서도 스마트폰 들고 각자 카톡을 하거나 게임을 할 때도 있다. 일요일에도 도서관에서 공부하다 쉬는 시간에 매점에 내려왔다. 각자 컵라면을 하나씩 먹고 다른 애들은 초코바랑 과자를 더 골랐다. 컵라면에 뜨거운 물을 붓고 기다리는 동안에도 우리는 각자의 폰에 매달리느라 눈도 안 마주쳤다. 그래도 괜찮다. 그냥 같이 있으면 좋으니까.

난 언제나 친구들과 있었다. 친구를 사귀기 어렵다거나 친구가 없어서 외롭다는 사람이 있다. 솔직히 공감이 안 된다. 내게는 언제나 친구가 있었고 난 늘 친구들과 무리 지어 있었다. 하하하!!! 내가 인복은 좀 타고난 건가.

난 형제가 없이 외동으로 자랐다. 형이나 누나가 있어서 잘 데리고 놀아 주고 보살펴 주는 게 부럽기도 했다. 볼이 포동포동하고 깨물어 주고 싶은 아기들의 작은 손가락을 보면 동생이 있었으면 싶을 때도 있었다. 어릴 때는 엄마한테 "동생 낳아 줘!"라고 노래를 불렀다.

엄마는 나를 아주 힘들게 가졌다고 했다. 유산을 연거푸 두 번 하고서 내가 생겼다고 했다. 내가 혼자 자라는 것이 외롭고 안쓰러워서 한 명을 더 낳고 싶었다고 했다. 그래서 내 밑으로 동생이 생길 뻔 했지만 그 아기도 배 속에서 8주 조금 넘기고 유산되었다고 한다. 엄마랑 아빠가 결혼했을 때 나이가 많았는데 그 탓도 있는 걸까? 아무튼 동생 만들어 달라고 조르는 나한테 엄마는 조근조근 그런 설명을 해 주었다. 그래서 어느 정도 크고 난 다음에는 그런 턱없는 떼는 쓰지 않기로 했다.

어렸을 때 내 사진은 거의가 독사진이다.

화랑유원지 철쭉꽃 무더기 앞에서 찍은 사진도,

아파트 화단 앞에서 차렷 자세로 서 있는 사진도,

엄마랑 공원에 놀러 갔을 때 찍은 사진도 나는 혼자다.

그때 아빠는 늘 바쁘셨고, 주말이든 평일이든 엄마랑 나랑 둘뿐이었다. 그러니 사진을 찍는 것은 엄마 혼자고 찍히는 것은 나 혼자인 것이 당연하다. 중학생 되고부터는 그 사진 놀이가 싫어서 맨날 도망다니지만, 어렸을 때는 나는 꼬마 모델을 마다하지 않았다. 그때는 사진 찍히는 것을 즐기는 마음도 컸던 것 같다.

외아들이라 엄마 아빠의 극진한 관심이 오로지 나 한 사람에게 쏠리는 것이 귀찮고 싫을 때도 많다. 하지만 동생이 있거나 형이 있으면 그 나름대로 애로 사항이 있지 않겠나. 다 자기 처지대로 장점도, 단점도 있을 터이다. 친척들이 날더러 "형제 없이 혼자라서 외롭겠다"라고 걱정해 주기도 한다. 그러면 나는 "예" 하고 건성으로 대답하고 만다.

재미있는 건, 친척 동생이나 친구들은 정반대로 형제가 없어서 참 좋겠다고들 한다. 형이나 누나, 혹은 동생들에게 시달리는 게 얼마나 피곤한 일인지 모른다는 하소연과 함께 그런 말을 한다.

그런데 어른들은, 나중에 엄마 아빠가 늙었을 때 네가 형제가 없으면 더 힘들다느니 의지할 데가 필요하다느니 앞질러 걱정을 해 주신다. 거기에 일일이 내 생각을 밝히고 설명하는 것도 무지 피곤하다. '형제가 있으면 있는 대로 시달리는 점이 있을 것이고 없으면 없는 대로 좋은 점도 있다오. 외로운들 어쩌리오, 그저 주어진 인생을 즐길밖에요'라는 말은 그냥 가슴속에서 혼잣말로 하는 걸로.


나, 인정하고 싶지 않은데, 조금 설렌다.

여행, 안산에서 멀리, 제주도까지 가는 여행이라니.

난 태어나서부터 쭉 안산에서 살았다. 이사는 딱 한 번 했는데 그것도 안산 안에서 움직였던 거다.

학교에서도 2박 3일 여행은 갔지만 3박 4일은 처음 간다. 하루 더 있는 건데 무지 긴 여행을 떠나는 것 같다. 수능시험 끝나면, 아니면 대학교 들어가고 나서 꼭 해 보고 싶은 게 혼자 여행하는 거다. 국토 순례든 배낭여행이든 짧게라도 꼭 해 보고 말리라. 누가 뭐라 한 것도 아닌데, 혼자 여행을 다녀와야 어른이 될 것 같은 그런 생각이 든다. 왠지는 모르겠지만 혼자하는 여행은, 누구한테도 의지하지 않는 당당하고 독립적인 한 사람이 되는 자격증 같다고 할까?

비행기 타는 것도 엄청 기대된다. 수학여행 갈 때는 배 타지만 올 때는 비행기도 탄다. 비행기 타는 것도 처음이다. 국내선이라 기내식이 안 나온다는 게 유감이다. 기내식 받아 보고 싶은데, 대학 가면 알바해서 꼭 해외로 배낭여행도 가야지. 애들이랑 같이 비행기 타면 얼마나 야단스럽고 시끄러울까? 겁나게 재미있겠다. 수학여행 가서는 선생님들 잘 때 장난도 치고, 먼저 잠든 애들 얼굴에 낙서도 해야지.

아, 그리고 여행은 패션이 중요하지. 패션하면 내가 또 한 패션하니까.

배에서 입을 거, 갑판에 나갈 때, 친구들이랑 한방에 있을 때, 제주도 가서 입을 거 상황별로, 날씨별로 적절한 코디를 해 주어야 '간지'가 나니까.

난 아무리 날이 더워도 반바지는 거의 안 입는다. 왠지 안 멋진 것 같기 때문이다. (실은 다리에 난 털 드러내는 게 싫어서이다.)

아까 여행 가방을 완전히 다 싸서 문 앞에 세워 두었다. 저녁에 옷가지를 차근차근 넣고 빠진 게 없나 헤아려 보았다. 내일 버스 타고 인천항 향할 때도 그렇겠지만, 나는 여행 가방을 챙길 때 진짜 여행 가는 기분이 더 나는 것 같다. 내가 옷에 대한 감각을 갖게 된 것은 아마 엄마 공도 있을 것이다.

지금도 기억나는 건 코앞 아파트 놀이터에 나갈 때도 엄마는 스타킹에 정장 재킷, 멜빵바지를 입혀 나를 꼬마 신사로 변신시킨 것이다. 어쩌다 넘어지거나 옷에 흙이 묻기라도 하면, 가지고 간 여벌 옷을 갈아입혀 주셨다. 엄마는 조금만 옷이 더러워져도 큰일 난다는 듯 씻기고 바로바로 갈아입혀 주었다. 아예 외출할 때는 갈아입을 옷을 넉넉하게 챙겨 큰 가방에 넣어 다녔다.

나는 고작 다섯 살이었고, 게다가 남자아이니 천방지축 구르고 넘어져도 하나 이상할 것 없었겠지만 엄마는 그렇게 생각하지 않았다. 엄마 아들은 늘 깔끔하고 산뜻하고 가장 보기 좋은 모습으로 있게 하는 것, 그것이 엄마로서 최선을 다하는 것이라 여기신 듯하다. 그때는 어려서 그런 생각을 못하고 엄마가 하라면 하라는 대로 가만히 있었지만, 지금이라면 정말 못 견뎠을 것 같다.

그럼에도 불구하고 나 역시 엄마 아들이라는 것은 못 속이는 것 같다. 학교에서 급식을 먹다가 옷에 반찬을 흘리거나, 고추장 같은 게 한 방울이라도 튀면 정말정말 싫다. 밥을 먹다 말고 물티슈로 당장 닦고 수돗가에서 옷을 쥐잡고 빨아야 한다. 그렇게 해도 얼룩 자리가 남아 있으면 참 찜찜하다. 친구들은 햄버거를 먹다가 소매에 소스가 묻어도 대수롭지 않게 티슈로 닦고 말던데, 나는 그게 잘 안 된다. 아무래도 타고난 성격이라는 게 있는 것 같다.

여행 가방 짐 싸기로 다시 돌아오자면, 청바지는 기본 아이템으로 반드시 가져가고. 거기에 새로 산 디셔츠도 챙기고. 이번 여행을 위해 특별히 산 옷. 친구들과 처음으로 내 손으로 쇼핑한 역사적인 옷!

왠지 이제는 내가 직접 옷도 고르고 카드도 받아서 직접 사 보고 싶었다. 그래서 난 엄마한테 슬쩍 말을 흘렸다.

"엄마, 나 여행 갈 때 옷 좀 사도 돼?"

"엄마가 사다 줄까?"

"아, 엄마, 나, 저기, 친구들이랑 가서 한번 내가 사 볼까 하는데……"

여지껏 내 코디네이터는 엄마였는데, 내가 이렇게 말하면 서운하지 않을까?

엄마 눈은 커다래졌지만 바로 선선히 그러라고 하셨다. 태연하게 물어봤지만 혹시나 엄마가 안 된다고 할까 봐 짐짓 걱정했는데, 오, 다행이어라.

그렇게 해서 주말에 롯데백화점 가서 친구들이랑 쇼핑을 했다. 엄마가 운동화까지 사라고 돈을 두둑하게 주셔서 기분이 더 좋았다. 친구들이랑 백화점 구경하고 밥도 사 먹었다. 아이들 네 명이랑 같이 몰려다니니까 점원들이 쳐다봐서 부끄러웠지만 혼자 사러 갔으면 쑥스러웠을지도 모르겠다.

첫눈에 마음에 드는 옷이랑 신발을 단박에 고르고, 그냥 그 모델로 사이즈만 맞추어 샀다. 질질 끌지 않고 쌈빡하게 쇼핑을 해낸 내가 대견하다.

흠, 왠지 어른의 세계에 한 발짝 다가간 느낌?

그만큼 쇼핑은 만족스러웠다. 게스 티셔츠 두 벌에 운동화는 퓨마. 티셔츠 한 벌은 하얀 색, 하나는 짙은 남색. 운동화도 하얀색에 깔끔한 무늬가 있는 심플한 것이다.

"우와, 우리 승현이 안목 있다. 혼자 샀는데 이렇게 단정하고 세련된 걸 골랐네. 멋지네!"

엄마는 옷도, 운동화도 잘 골랐다며 칭찬해 주셨다. 어머니, 제 안목은 다 어머니가 평생 입혀 주신 패션을 학습한 것입니다요. 소자가 칭찬받는 건 당연하지요, 크크. 엄마는 새로 산 것을 뭣 하러 묵혀 두느냐고 했지만 나는 수학여행 가는 날 새 기분으로 신으려고 운동화를 고이 모셔 두었다. 아, 그대로 제주도를 향해 떠나야 하는데 학교 신발장에 들렀다 가야 하다니. 운동화야, 네가 이해해 주렴. 어흑! 용돈으로 쓰라고 5만 원 받은 것도 지갑에 잘 넣고.

"안 부족하겠어? 제주도 가서 사고 싶은 거 눈에 띌지도 모르잖아……"

엄마는 굳이 돈을 더 주시겠다 했지만 사양했다.


저녁 먹고 자율 학습 하고 집에 왔더니 10시 반. 손 다쳤다고 아빠가 차로 학교에 데리러 와 주셨다. 내가 마칠 시간보다 30분쯤 먼저 와서 차를 대 놓고 기다리셨다. 차를 타고 오는 동안에 아빠랑 나랑 별다른 말은 안 했지만, 그건 우리 부자 사이에 아주 자연스러운 일. 둘 다 화가 난 것도 아니며 어색하지도 않다. 차로 오니 자전거로 오는 것보다 10여 분은 아낀 것 같다.

게임 좀 할까 하다가 드라마 〈별에서 온 그대〉 몰아 보기를 했다. 교복 말고, 김수현처럼 수트발 나게 멋진 양복이 어울리는 사람이 되고 싶다. 내가 사실 옷걸이는 좀 되니까. 고등학교 올라오면서 나름 진지하게 진로를 생각했다. 그때 모델이 될까, 잠깐 고민했다. 옷 입는 것에 관심도 많고, 런웨이를 간지 나게 걷는 것도 잘할 수 있을 것 같았다. 솔직히 말하자면 그보다도 모델 하면 학원 다니거나 학교 공부하는 것 안 해도 될 것 같아서, 그게 제일 컸다.

그런데 모델 일도 결국 연예인이랑 비슷할 것 같다. 몸은 고되고 얼굴 팔려서 스트레스받는 것도 많을 텐데, 그런 건 싫다. 유명해지고 뜨는 것도 별로다. 친구들이랑 가족들이랑 행복하게 사는 게 좋다. 평범한 삶이 최고인 것 같다. 부모님은 내게 많이 기대하시는 것 같지만 나는 지금의 삶이 나쁘지 않다. 우리 가정도 평범하다. 그래도 충분히 행복하다. 모두 건강하고, 밥 걱정 할 만큼 힘든 것도 아니다.

나도 아빠처럼 가장으로서 이런 가정을 꾸릴 수 있으면 훌륭하다고 생각한다. 물론, 그것조차도 그렇게 말처럼 쉬운 일은 아닐 수도 있지만. 적어도 판검사나 변호사, 의사 그런 직업인을 무작정 존경, 동경하지는 않는다는 거다.

그런데 문제는, 내가 무엇을 꿈꾸는지 내 꿈이 분명치 않다는 거다. 가깝게는 무슨 대학을 갈지, 무슨 과를 지망할지도 잘 모르겠다. 벌써 그런 목표를 뚜렷하게 가진 아이들이 있다. 우리 반 교실 뒤에는 '나의 꿈 나의 목표'라는 게시판이 있다. 아이들 이름이 출석 번호 순서대로 적혀 있고 희망 대학, 희망 학과, 직업을 적는 칸이 있다.

우리 반 어떤 애는 조경학과에 가서 조경사가 되고 싶다고 썼다. 이런 식으로 여덟 명이 썼고 나녀시는 나처럼 아직 빈 칸이다.

게시판 왼쪽으로는 '전국 4년제 대학교 지도', '지방에 있는 4년제 대학 위치도'가 붙어 있다. '수도권 4년제 대학'이 나와 있는 수도권 지도도 있다. 지도만 보면 전국에

혼자 떠나는 여행은 어떤 것일까?

대학이 꽤 많은 것처럼 보이지만 졸업하고 인정받고 취업에도 도움이 되는 그런 간판 달린 대학은 얼마 안 된다. 그러니까 몇 군데 좁은 문에 그렇게 몰려서 우리가 이렇게도 어려서부터 공부한다고, 영어한다고 이 고생을 하는 거 아닌가.

아, 나는 그나마 어느 대학에 가고 싶은지 정하지도 못했다.

어디에 가고 싶은지는 별로 중요하지 않은지도 모른다. 내 성적으로 어느 대학에 갈 수 있는지만이 중요하니까. 착잡하지만 그게 현실이다.

선생님이 되는 것도 좋겠지. 초등학교에 가면 어린 아이들을 만날 테고, 좋다. 중학교는? 글쎄, 중학생은 제일 힘들 거야. 나 같은 남자 고등학생들도 잘 맞을 것 같다. 힘든 이야기도 들어 주고 고민도 상담해 줄 거야. 엇나가는 친구들은 몰래 데리고 나가서 소주라도 한 잔 따라 준다? 크크크큭…… 술 권하며 인생 상담하는 선생님이라, 나쁘지 않네.

그런데 선생님은 되기 어려워. 수도권 교대 들어가려면 전국 상위권에서 놀아야 한다던데, 어유. 웬만한 사범대학도 경쟁률이 어마어마하다잖아. 힘들겠다. 2학년 때 아무리 성적을 올려도 무모한 것 같아. 선생님은 아쉽지만 패스.

뭐, 그럼 회사원이지. 회사도 여러 가지가 있는데, 아, 역시 대기업은 들어가기 어려울 거야. 항공사나 은행은 어떨까? 안 해 봤지만 나 회사 생활 잘하고 회사 사람들이랑도 잘 지낼 수 있을 것 같아.


"승현아, 늦었잖아. 이제 자야지. 내일 여행도 가는데."

엄마 목소리다.

나긋나긋하고 나지막하지만 엄마 목소리는 거부할 수 없는 힘이 있다.

아빠는 안방에서 혼자 텔레비전을 보시나 보다. 아까 화장실 다녀가시면서 내 방 힐끗 보시면서 한마디 하셨다.

"늦었다. 자라."

툭 던지듯이 내뱉고 가셔서 "예" 하고 대답했지만 시선은 휴대폰에서 떼지도 않았다. 친구 녀석들이 야자 끝났다고 집에 가서는 카톡을 테러 하듯이 계속 날린다.

엄마가 자라 하니 이제는 정말 자야겠다.

안 그러면 엄마가 와서 어렸을 때 그랬듯이 볼 붙잡고 뽀뽀하며 옷 갈아입고 눕는 모습까지 보고 가려 할지도 모른다.

그런 거 싫다고 도망 다니고, 엄마가 핸드폰으로 같이 사진 좀 찍자고 해도 맨날 싫다고 하는데 엄마는 그래도 포기도 모르는지 맨날 들이댄다.

"너는 엄마 인생의 전부니까 그렇지, 이놈아."

으, 닭살⋯⋯ 히히힛.

중학생이 된 어느 날부터 엄마를 내려다보게 되었다. 엄마를 안으면 내 가슴 있는 데밖에 안 온다. 키가 작은 울 엄마. 가만히 있으면 팔자 주름도 확 눈에 띄고 화난 것처럼 입꼬리도 내려가 있다. 나이가 들면 피부가 처져서 입술도 내려가고 그러면 자연히 화가 난 표정이 된다. 인터넷에서 우연히 읽었을 때 엄마 생각이 났다.

"엄마, 화난 것처럼 보이잖아. 그러니까 웃어. 이렇게!"

엄마 입술 양 끝에 손을 대고 위로 올려 주었다. 엄마가 웃으니까 훨씬 훨씬 더 젊어 보인다. 낼 아침에 맛있는 아침밥 먹고 가야지. 손맛 좋은 울 엄마, 우리 집에 놀러 온 친구들도 엄마가 해 준 떡볶이나 김밥 맛있다고 난리였다. 학교 앞에 분식점 차리면 대박 칠지도 모른다. 그럼 나는 맨날 친구들 우르르 데리고 가야지.

'엄마, 엄마도 나의 전부예요. 좋은 꿈꾸고, 잘 자요!'

# 기타 치는 자동차공학자

안산 단원고 2학년 8반 **안주현**

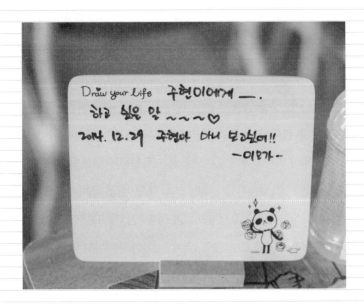

1. 한양대에서 꿈을 확인하다.
2. 노래는 역시 기타 치며 불러야 제맛.
3. 여행 중 여유 있는 한 컷

# 기타 치는 자동차공학자

점심시간이 끝나갈 때였다. 자동차 잡지를 보는 주현에게 친구가 큐브를 내밀었다.

"난 도저히 안 된다."

큐브를 받아 든 주현이는 씩 웃었다. 주현이의 손이 빨라지는가 싶더니 어느새 큐브의 색이 가지런히 맞춰졌다. 구경하던 친구들이 말했다.

"와, 빠르다."

"역시, 안주현이네."

"네 머릿속은 어떻게 생겼냐?"

주현이는 어깨를 으쓱이며 한 손으로 큐브를 돌렸다. 친구들 눈이 휘둥그레졌다.

"어떻게 하는 거야?"

"나도 가르쳐 줘."

어느새 주현이는 친구들에게 둘러싸여 버렸다. 평소 다정다감하고 친절했던 주현이는 친구들에게 인기가 많았다. 주현이는 친구들이 쏟아내는 질문에 대꾸해 주며 큐브를 다루는 방법에 대해 알려줬다. 하지만 마음 한구석엔 펼쳐 놓은 자동차 잡지에 대한 생각으로 가득했다.

주현이는 벌써부터 내일이 기다려졌다. 내일은 이모와 함께 한양대 미래자동차학과를 가기로 한 날이었다. 주현이는 야간 자율 학습이 끝나자마자 집으로 갔다. 현관문이 채 열리기도 전에 엄마 목소리가 문밖까지 울렸다. "아들 이제 와."

엄마는 주현이를 안고 얼굴에 뽀뽀를 쏟아부었다. 주현이는 신발을 벗으며 말했다.

"엄마 때문에 이웃 사람들이 내가 들어오는 시간을 다 알겠어요."

"이미 알고들 있어. 엄마가 우리 주현이 엄청 사랑하는 거까지."

주현이는 고개를 절레절레 흔들었다. 불과 몇 시간 전에 저녁밥을 먹으러 집에 들렀을 때도 엄마의 반응은 똑같았다. 주현이는 가끔 학교에서 나오는 저녁 급식 대신 집에 와서 밥을 먹었다. 엄마가 해 준 밥이 학교 밥보다 훨씬 맛있다. 특히 고추장찌개는 먹어도, 먹어도 질리지 않았다. 주현이는 가방을 벗으며 말했다.

"모르는 사람이 보면 내가 1년 만에 집에 온 줄 알겠어요."

"몇 시간 만에 봐도 반가운 걸 어쩌니."

주현이는 피식 웃었다.

"엄마는 내가 그렇게 좋아요?"

엄마가 고개를 끄덕였다.

"좋고 말고."

솔직히 주현이도 엄마의 그런 행동이 싫은 건 아니다. 오히려 기분 좋게 반겨 주는 엄마가 있어서 집에 올 맛이 났다. 밖에서 기분 나쁜 일이 있어도, 엄마가 반기는 목소리를 들으면 힘이 솟았다. 옷을 갈아입은 주현이는 서둘러 컴퓨터 앞에 앉았다.

잡지에서 봤던 내용들을 더 찾아보고 싶었다. 곧이어 컴퓨터 화면에 자동차 모습이 나타났다. 주현이 얼굴이 저절로 화면에 다가갔다. 그 자동차에 대해 알고 있는 정보들이 머릿속에 떠올랐다.

V6엔진에 제로100이 4초인 자동차. 그건 시속 100킬로미터에 도달하는 데 고작 4초밖에 걸리지 않는다는 의미였다. 이 정도면 액셀을 밟는 순간 고개가 뒤로 젖혀지는 속도다. 자동차에서 엔진은 심장이나 마찬가지다. 이 밖에도 중요한 장치는 공기를 빨아들이는 흡기 시스템, 연소된 공기를 내보내는 배기 시스템, 엔진의 과열을 막는 냉각 시스템 등이다. 자동차는 복잡한 기계처럼 여겨지지만 시스템만 이해하면 의외로 단순했다. 거기에 어떤 첨단 기술들이 결합되느냐에 따라 차이가 나는 거다. 주현이는

혼잣말로 중얼거렸다. "나도 이런 자동차를 만들어야지."

자동차 엔지니어의 꿈을 키워온 건 중학교 때부터다. 그 전에도 기계에 대한 관심이 많았지만, 주현이의 마음을 설레게 한 건 자동차다. 자기도 모르는 사이에 주현이는 길에 보이는 자동차들을 구별했고, 특징들을 찾아보기까지 했다. 그렇게 하나씩 알아 갈수록 멋진 자동차를 만들고 싶다는 꿈도 조금씩 커졌다. 가족들도 주현이의 꿈을 잘 알고 있었다. 그래서 차를 타고 외출을 하면 주현이에게 이렇게 묻곤 했다.

"주현아, 저 차는 이름이 뭐니?", "저 차는 특징이 뭐야?"

식구들의 질문에 답하다 보면, 아무리 먼 거리를 가더라도 눈 깜짝할 사이에 닿곤 했다. 그 중에서도 잊지 못할 경험은 람보르기니를 봤던 때다. 차 안에서 아무 생각 없이 밖을 보고 있는데, 컴퓨터로만 봤던 차가 미끄러지듯 지나갔다. 주현이는 눈이 번쩍 뜨였다. 꼭 한 번 보고 싶다고 생각했던 바로 그 차였다.

"저것 봐요. 진짜 멋지다."

주현이가 내뱉는 감탄사에 식구들마저 흥분할 정도였다. 자동차에 관심이 많았던 주현이는 모터쇼도 찾아다녔다. 새로운 자동차들이 소개되고, 유명 자동차들을 한눈에 볼 수 있는 모터쇼는 주현이의 가슴을 뛰게 했다. 내일 방문할 곳도 그중 하나가 될 거였다. 주현이는 인터넷에서 자동차 관련 창들을 닫고 한양대학교를 검색했다. 미래자동차학과는 서울캠퍼스에 있었다. 주현이는 학교에 대한 정보들을 더 찾아보고, 이모와 약속한 시간을 확인한 뒤 잠자리에 들었다.

다음 날, 예정대로 주현이는 이모와 함께 한양대학교를 방문했다. 첫째 이모는 주현이에게 가장 든든한 지원자다. 주현이를 가장 잘 이해해 주고, 아낌없는 지원을 하는 사람도 첫째 이모다. 주현이가 이모에게 받는 사랑은 언제나 친구들의 부러움을 샀다. 이모는 옷이며, 신발, 가방에서부터 프라모델까지, 주현이가 갖고 싶어 하는 것은 무엇이든 사 주었다. 그중에서도 이모는 주현이가 먹는 것과 입는 것에 엄마보다도 더 신경 썼다. 드라마에서 주인공이 입고 나온 옷을 보면, "우리 주현이가 입으면 정말 멋지겠다" 했고, 길을 가다가 마음에 드는 옷을 발견하면 사진을 찍어 주현이에

기타 치는 자동차공학자

게 보내왔다.

"이모가 쏠게. 어떤 걸로 할래?"

이런 탓에 주현이가 입는 옷 중 절반은 이모가 장만해 준 거다. 이모의 사랑은 주현이가 세상에 태어날 때부터 한결같았다. 엄마는 그런 이모를 두고, 아직 결혼도 안 하고, 주현이가 첫 조카라 애정을 쏟는 것이라고 했다. 하지만 주현이는 이모가 가끔은 친구처럼 여겨지기도 했다. 오늘처럼 둘만의 시간을 가질 때는 특히 그랬다. 이모가 주현이의 옷매무새를 보며 말했다.

"오, 우리 주현이 오늘도 모델 포스네."

주현이는 씩 웃으며 대꾸했다.

"고뤠~?"

주현이가 개그프로에 나오는 유행어를 흉내 내자 이모가 깔깔 웃었다.

"진짜 똑같다."

그렇게 걷다 보니 어느새 자동차학과가 있는 공학관에 닿았다. 미래자동차학과가 있는 공학관 복도에는 자동차 내부를 확인할 수 있는 완성품이 전시되어 있었다. 주현이는 재빨리 다가갔다. "와, 대단하다."

눈앞에 보이는 건 껍데기를 벗은 자동차 알맹이 그대로다. 마침 자동차학과를 다니는 대학생들도 만날 수 있었다. 그중 한 명이 주현이에게 자동차 내부에 대해 알려 줬다. 동아리 학생들끼리 만든 작품이라는 설명까지 덧붙여서. 그 말에 주현이는 심장이 두근거렸다. 주현이가 꿈꿔 왔던 미래가 바로 눈앞에 있었다. 주현이는 속으로 결심했다. '나도 이 학교에 꼭 와야지.'

주현이는 친구들과 함께 자동차를 만드는 자신의 모습을 상상해 봤다. 늦은 시간까지 학교에 남아 설계도를 그리고, 부품들을 만들고, 얼굴에 기름을 묻혀 가며 조립하고, 완성된 자동차를 마주하며 뿌듯해하는 모습. 그건 상상만으로도 충분히 즐거웠다. 주현이가 부품을 조립하는 건 어렸을 때부터 익숙한 일이다. 아빠는 주현이가 처음으로 장난감을 조립하던 일을 어제 일처럼 말하곤 했다.

"네가 다섯 살 때이지. 태어난 아가와 엄마를 보러 병원에 갔는데, 네가 심심해할까 봐 장난감을 사 줬지. 그런데 뜯어 보니까 부품을 조립하는 거지 뭐야. 네가 할 수 있을까 싶었는데, 한참 있다 보니 네가 그걸 조립하고 있더라. 설명서도 보지 않고 말이야. 그때 알아봤지. 우리 아들이 이쪽으로 재능이 있다는 걸 말이야."

그래서인지 주현이는 어렸을 때부터 조립 자동차 장난감을 많이 갖고 놀았다. 첫째 이모와 둘째 이모가 사 주는 선물도 프라모델인 경우가 많았다. 주현이가 갖고 있는 프라모델은 자동차부터 건담시리즈까지 종류도 다양했다. 건담 프라모델은 동생 주영이와 건담 만화를 보고나서부터 만들기 시작했다.

동생 주영이는 4살 차이가 나지만 주현이에게는 지켜 주고 싶은 아기 같았다. 그런 탓에 주현이가 지어 준 주영이의 별명도 "응애뚜따"였다. 실제로 주영이는 아기처럼 포동포동했다. 주영이는 가끔 자기 몫의 프라모델을 가져와 주현이에게 만들어 달라고 했다. 주현이는 같은 취미를 가진 동생이 좋았다. 동생과 함께 프라모델을 만들다 보면, 자동차를 만들겠다는 꿈에 가까워진 기분도 들었다.

프라모델을 조립한 덕인지 어쩐지 주현이는 초등학교 때부터 과학 발명 대회에서 빠지지 않고 상을 받았다. 고등학교 들어와서는 재활용품인 페트병을 활용해서 고무 동력 자동차를 만들어 과학상을 받기도 했다.

주현이는 나중에는 진짜 자동차를 만들고, 그 자동차를 타고 세계 여행을 다니는 모습을 떠올려 봤다. 주현이에게 여행은 익숙한 일이었다. 아주 어렸을 때부터 첫째 이모와 둘째 이모를 따라 해외여행도 나녔다. 해외여행을 다닌 건 통역 일을 하는 둘째 이모 덕분이었다. 그래선지 주현이는 여행 가는 것을 번거로워 해 본 적이 없었다.

주말에는 동생 주영이와 함께 아빠를 따라 등산이나 낚시를 했고, 이모들과 함께 강릉이나 경주 등 지방으로 여행을 다니는 일도 잦았다. 그때마다 주현이는 단 한 번도 마다하지 않고 따라나섰다. 새로운 것을 경험하는 데 있어 여행만큼 좋은 것은 없다. 가족들과 함께 강원도 영월로 떠난 여행에서는 전통 음식들을 경험하기도 했다. 그때 고추장 체험도 했는데, 주현이는 맛을 보자마자 고추장에 들어간 재료를 알아맞혔다.

　　　　　　　　　　　　　기타 치는 자동차공학자

"매실이 들어갔네요."

고추장 맛을 보여 주던 선생님이 깜짝 놀란 얼굴로 물었다.

"어머, 어떻게 알았니?"

주현이는 입맛을 다시며 말했다.

"매실 맛이 나는데요."

선생님이 고개를 갸웃거렸다.

"이건 웬만해선 잘 모르는데, 아무래도 네가 타고난 미식가인가 보다."

그 일로 주현이는 한동안 식구들한테 미식가로 불리기도 했다. 여행은 이처럼 뜻밖의 사실들을 일깨워 준다. 어디를 가든 그곳에서만 느끼고, 알 수 있는 경험들이 있다. 그런 탓에 주현이가 상상하는 미래에는 여행하는 모습도 빠지지 않고 포함되었다.

주현이는 자동차로 유명한 이탈리아나 독일 같은 나라들도 꼭 가보고 싶었다. 그렇게 가고 싶은 나라 중엔 호주도 있다. 호주는 입버릇처럼 말해 왔던 탓인지 진짜로 갈 곳처럼 여겨지기도 했다. 함께 가고 싶은 사람들은 가족들이다. 엄마, 아빠, 주영이, 그리고 이모들. 주현이는 가족들에게 호주 여행을 선물하는 자신의 모습을 떠올렸다. 그러자 훌륭한 자동차 연구원이 되고 싶다는 바람도 간절해졌다.

손재주가 좋은 주현이는 기타도 꽤 잘 쳤다. 처음으로 기타를 사 준 것도 이모다. 주현이는 유튜브를 보며 코드를 익혔다. 손가락이 길어서 그런지 코드 잡는 데 별 어려움은 없었다. 기타 솜씨가 조금씩 늘면서 반주에 맞춰 노래도 불렀다. 좋아하는 노래는 기타 연주만으로도 가능한 어쿠스틱 음악들이다. 주현이는 어쿠스틱 가수들의 노래를 따라 부르며 기타 실력을 키워 갔다. 그러다 '슈퍼스타케이'라는 오디션 프로그램에서 우승한 가수들의 노래도 알게 됐다. 그 음악들에 빠져든 주현이는 그들처럼 도전해 보고 싶다는 생각이 들었다. 가족들에게는 알리지 않았다. 특히 엄마 아빠에게는. 부모님은 한창 공부해야 할 때에 기타를 뚱땅거린다며 마뜩잖아하셨다.

주현이는 아무에게도 알리지 않고 방송국으로 오디션을 보러 갔다. 방송국으로 가는 동안 가슴속에서 솜사탕 같은 꿈이 뭉글뭉글 커졌다. 하지만 결과는 탈락이었다.

결과는 좋지 않았지만 주현이는 실망하지 않았다. 그보다는 새로운 것에 도전하기 위해 스스로 방송국까지 찾아온 자신이 대견스러웠다.

주현이는 기타를 어깨에 둘러멘 체 거리에 서서 하늘을 쳐다봤다. 파란 하늘색으로 마음까지 파랗게 물드는 기분이었다. 그 순간 마음속에서 노랫말과 음률이 떠올랐다. 주현이는 조금씩 노래를 흥얼거렸다. 그건 세상 어디에도 없는 자신만의 노래였다. 주현이는 그 뒤로, 조금씩 노래를 만들어갔다. 어느 정도 노래가 완성되자 누군가에게 들려주고 싶었다. 어느 날, 주현이는 기타를 들고 부모님이 계신 거실로 갔다. 노란 바퀴가 달린 의자에 앉은 주현이는 식구들과 마주 앉았다. 그리고 이렇게 말했다.

"들어 보세요."

주현이는 '흠흠' 목청을 가다듬고 자신이 만든 노래를 부르기 시작했다. 기다란 손가락으로 기타 줄을 튕기며 노래하는 주현이를 보고 엄마가 두 손을 모았다. 아빠도 고개를 끄덕이며 박자를 맞추기 시작했다. 마침내 노래가 끝났다. 엄마가 감고 있던 눈을 뜨며 물었다.

"네가 만든 노래야?"

주현이는 고개를 끄덕였다. 아빠가 박수를 치며 말했다.

"좋다."

주현이는 쑥스럽게 웃으며 고개를 숙였다. 그제야 주현이는 부모님께 오디션을 봤다는 얘기를 했다. 기타가 공부에 방해된다고 말하던 엄마는, 음악 학원을 다녀 보는 게 어떻겠느냐는 말을 했다. 그때부터 주현이에게 기타는 떼려야 뗄 수 없는 또 다른 취미가 되었다. 엄마에게 주현이의 기타 연주와 작곡 소식을 전해 들은 첫째 이모는 더 좋은 기타를 선물해야겠다는 얘기를 전해 왔다. 그리고 이모는 정말로 그 약속을 지켰다. 고등학교 2학년이 된 3월 어느 날이었다. 이모에게서 연락이 왔다.

"주현아, 이번 달에 너 생일이잖아. 이모가 생일 선물 미리 사 줄 테니까 나와."

이모와 만난 곳은 악기상이 몰려 있는 낙원상가였다.

"새 기타 사 줄게."

그 말에 주현이 입이 활짝 벌어졌다.

"정말?"

"그럼, 정말이지."

악기 가게들을 돌아보던 주현이는 마침내 마음에 쏙 드는 기타를 골랐다. 어쿠스틱 음악을 하는 유명 가수의 것과 같은 거였다. 기타를 받아 든 주현이가 말했다.

"나 이거 수학여행에 가져갈래."

"수학여행? 어디로 가는데?"

"제주도. 거기 가서 친구들하고 장기 자랑 하기로 했는데, 그때 이 기타로 반주하려고."

이모가 흐뭇한 미소를 지었다.

"이모도 따라가서 듣고 싶다."

"에이 그건 아니지. 대신 오늘 집에 가서 이모한테 미리 들려줄게."

"정말?"

주현이는 고개를 끄덕이며 말했다.

"나는 세상에서 이모가 제일 좋아."

"그것도 정말이지?"

"그렇다니까. 나중에 내가 이모 호주 여행도 시켜 줄게. 더 나중에는 내가 만든 자동차도 태워 주고."

이모가 주현이 팔에 팔짱을 끼며 말했다.

"이모는 주현이가 있어 살맛 난다."

그날 밤, 주현이는 이모와 가족들이 보는 앞에서 새 기타를 품에 안았다. 노란 바퀴가 달린 의자에 앉은 주현이는 천천히 기타 줄을 튕겼다. 제주도에서 부르기로 되어 있는 노래의 반주가 시작됐다. 반주에 맞춰 주현이의 허스키한 목소리도 흘러나왔다.

"봄봄봄, 봄이 왔어요~" 그렇게 시작한 노래는 두 번째 곡으로 이어졌다.

"봄바람 휘날리며, 흩날리는 벚꽃 잎이, 울려 퍼질 이 거리를~"

주현이 목소리가 울려 퍼지는 창밖에도 봄이 한창이다.

# 승민이와 엄마의 오랜 습관

안산 단원고 2학년 8반 **이승민**

1. 나무만큼 쑥쑥 자라렴.
2. 고등학교 입학의 부푼 꿈을 안고
3. 치킨 사 준다는 엄마 말에 찰칵.

# 승민이와 엄마의 오랜 습관

혼자 저녁을 먹은 승민이는 싱크대 앞에 섰다.

오늘 설거지는 간단하다. 밥그릇과 국그릇, 수저와 물컵이 전부다. 찬그릇들은 뚜껑을 덮어 냉장고에 넣었다. 승민이는 콧노래를 부르며 설거지를 시작했다. 이쯤은 일도 아니다. 저녁까지 일을 하는 엄마는 귀가 시간이 늦었다. 그런 엄마에게 설거지거리까지 안겨 드릴 수는 없었다. 승민이는 깨끗이 씻긴 그릇들을 가지런히 놓으며 벽시계를 보았다.

"오시려면 아직 멀었네."

싱크대에서 돌아선 승민이는 집안을 둘러봤다. 제자리를 지키고 있는 살림살이들이 보였다. 깔끔한 풍경은 엄마의 성격을 닮아 있다.

엄마와 둘이 산 지도 벌써 5년째다. 부모님이 헤어진 건 중학교 입학을 앞둔 때였다. 아빠가 없어서 쓸쓸하긴 했지만 같이 있어 행복하지 않다면 차라리 따로 사는 게 나았다. 하지만 처음에는 그것 때문에 방황도 했다.

중학교에 들어가서 처음 맞는 여름 방학 때였다. 엄마가 직장을 나가면 승민이는 혼자 집에 있는 게 싫었다. 그래서 친구와 자주 어울렸는데, 그만 나쁜 형들에게 붙잡혀 며칠 동안 집에 오지 못했다. 엄마는 그 일로 직장도 못 나가고, 경찰들과 승민이를 찾아 다녔다고 했다. 승민이는 3일째 되는 날 몰래 도망쳐서 집으로 왔다. 집으로 돌아온 승민이는 전화기부터 들었다. 걱정하고 있을 엄마 생각에 마음이 자꾸만 조였다.

승민이 목소리를 들은 엄마가 말했다.

"아가, 어디야?"

승민이는 울음을 삼키고 대답했다.

"집이에요."

엄마는 한참 만에 이렇게 말했다.

"날 더우니까 씻고, 어여 밥 해 놓은 거 챙겨 먹어."

그게 다였다. 그러고도 엄마는 며칠 동안 승민이의 행적을 묻지 않았다. 나중에 얘기를 들은 뒤에도 승민이를 혼내지 않았다. 엄마는 승민이를 혼자 두는 걸 미안해했다. 그런데도 승민이는 좀처럼 마음을 잡을 수가 없었다. 집 밖에 나가면 나쁜 형들을 만날까 두려웠고, 학원에 가는 것도 싫었다. 그렇게 며칠 동안 학원을 빼먹은 어느 날이었다. 저녁에 집으로 돌아온 엄마가 승민이를 불렀다.

"이리 와서 앉아 봐."

식탁에 앉은 엄마는 표정이 무거웠다.

"왜 자꾸 학원을 빠지니? 엄마는 네가 학원에 가야 마음이 편해. 잘 다니겠다고 약속하고 왜 안 지키니? 엄마한테 불만이 있으면 말해 봐."

"어머니한테 불만 없어요."

승민이는 아주 어렸을 때부터 엄마를 '어머니'라 불렀고, 엄마는 승민이를 '아가야'라고 불렀다. 승민이를 가만히 보던 엄마가 말했다.

"내가 너를 잘못 키웠나 보다. 너를 많이 사랑하는데, 사랑하는 방식이 잘못 되었나 봐. 시간이 없어서 물질적으로만 채워 주려고 하고…… 엄마가 잘못했다."

다음 순간, 엄마가 승민이 앞에 무릎을 꿇었다. 승민이는 펄쩍 뛰었다.

"왜 이러세요."

엄마는 언제 가져다 놓은 건지 모르는 몽둥이를 승민이에게 내밀었다.

"엄마가 잘못했으니, 엄마를 때려라."

승민이는 몽둥이를 받는 대신 엄마를 일으켜 세웠다.

"이러지 마세요. 얼른 일어나요. 제가 잘못했어요."

"아니야, 엄마가 잘못한 거야."

"아니라니까요."

누가 먼저랄 것 없이 승민이와 엄마는 서로를 부둥켜안고 울었다. 그 뒤로 엄마는 승민이 부탁대로 학원을 끊어 줬다. 그리고 승민이는 혼자서 공부하기 시작했다. 성적은 학원에 다닐 때보다 좋았다. 승민이와 엄마 사이도 전보다 훨씬 가까워졌다.

엄마는 친구의 엄마들보다 나이가 많은 편이다. 승민이를 늦게 낳았기 때문이다. 승민이가 태어난 건 기적이나 마찬가지였다. 몸이 약한 엄마는 승민이 앞으로 두 번이나 유산했고, 승민이를 임신 했을 때도 6개월까지 자주 병원 신세를 졌다고 했다. 또 낳을 때까지 입덧을 하는 바람에 고생도 많았다고 했다. 엄마는 승민이의 어린 시절을 들려줄 때마다 이렇게 얘기했다.

"엄마는, 아들일까 딸일까 바라지도 않았어. 그냥 아이면 됐어. 그런데 낳아 보니 이렇게 듬직한 아들이더라."

엄마는 갓난아기인 승민이를 처음으로 집에 데려오던 때를 어제 일처럼 말하기도 했다.

"너를 안고 택시를 탔는데, 너무 신기하고 예쁜 거야. 병원에서 따로 있을 때는 몰랐는데, 가만히 안고 있으니 막 떨리더라. 누가 뺏어 갈까 겁나기도 하고 말이야."

승민이는 순둥이 아기였다. 웬만한 일에는 울지도 않아 이웃에서 아이를 낳은 줄도 몰랐다고 할 정도다.

"갓난애가 배가 고픈데도 울지 않고 주먹을 빨고 있더라니까."

엄마가 들려주는 얘기들을 듣고 있노라면 승민이는 마음이 따뜻했다. 엄마는 승민이에게 그런 존재다. 따뜻하고, 위로와 버팀목이 되어 주는 존재. 그리고 엄마에게 승민이는 세상 무엇과도 바꿀 수 없는 소중한 아가다. 그래서 엄마는 다 큰 승민이를 지금도 "아가야" 하고 부르는지도 몰랐다.

승민이는 거실을 지나 자기 방으로 갔다. 책상 위에는 엄마가 사 준 디지털 카메라가 놓여 있었다. 이제 며칠만 지나면 수학여행을 가게 된다. 카메라는 그때 쓰려고 미리 산 거다. 새 카메라가 생긴 승민이는 입이 다물어지지 않을 정도로 좋았다. 승민이는 감사의 표시로 엄마 귀를 잡고 입술에 뽀뽀를 해 드렸다. 엄마도 승민이의 귀를 잡고 마주 뽀뽀했다. 서로의 귀를 잡고 뽀뽀를 하는 건 오랜 습관이었다. 카메라를 손에서 놓지 않는 승민이를 보고 엄마가 말했다.

"너 어렸을 때 제주도 간 적 있는데, 기억나니?"

승민이는 카메라에서 눈을 떼지 않은 채 대답했다.

"그럼요. 제가 유채 밭에 숨어서 사진에 찍히지 않았던 것도 기억나는 걸요."

"맞아. 그랬어. 이번에 제주도 가면 멋있는 것도 많이 찍고, 예쁜 것도 많이 찍고, 먹어 봐서 맛있는 거 있으면 그것도 찍어 와. 그래서 나중에 고등학교 졸업하면 엄마랑 둘이 제주도 가서 네가 찍은 사진 보고 또 여행하자."

"알았어요. 사진 많이 찍어 올게요."

승민이는 엄마 말을 떠올리며 카메라를 들었다. 좋은 사진을 찍으려면 미리 연습해 둘 필요가 있었다. 승민이는 방안을 둘러봤다. 가장 먼저 눈에 띈 건 책장이다. 승민이는 책장을 향해 셔터를 눌렀다. 사진에 찍힌 책들은 가지각색이다. SF와 추리 소설, 유명 인사들의 자서전, 경영 서적과 주식 관련 책들, 그리고 참고서와 교과서. 승민이가 주식이나 경영 관련 책들을 읽으면 엄마는 어깨너머로 넘겨다보며 물었다.

"그런 게 머리에 들어오니?"

"그럼요, 재밌어요."

엄마는 이해할 수 없다는 듯 고개를 흔들었지만, 승민이는 이런 책들이 정말로 재밌다. 나중에 재벌 기업 총수가 되어 투자하는 모습이 머릿속에 그려질 정도였다. 그건 정말 흥미진진한 일이다. 하지만 지금 승민이의 꿈은 컴퓨터 그래픽이나, 게임 관련 직업을 갖는 거다.

승민이는 내친김에 책상 위에 있는 컴퓨터를 찍었다. 외형은 오래된 컴퓨터지만, 하드는 새것이나 마찬가지다. 어느 날 저녁, 승민이는 엄마에게 물었다.

"어머니, 용산까지 어떻게 가요?"

"용산엔 왜?"

"컴퓨터 부품 사려고요."

"거기가 얼마나 복잡한데, 그냥 엄마가 컴퓨터 새로 사 줄 테니까 가지 마. 길 잃어 버리면 큰일 나."

승민이는 대꾸하지 않았다. 그저 엄마 눈에는 아직도 자신이 아기처럼 보이는가 보다 생각했다. 하지만 175센티미터에 80킬로그램이 넘는 아기는 세상에 없다. 승민이는 엄마가 괜한 걱정을 할까 봐 몰래 용산에 가서 부품을 구해 왔다. 어떤 부품을 사고, 어떻게 교체해야 하는지는 이미 알고 있었다. 그렇게 컴퓨터의 부품을 갈았더니 성능이 새것에 뒤지지 않았다. 며칠 뒤, 컴퓨터를 하고 있는 승민이를 보고 엄마가 물었다.

"컴퓨터 안 된다더니, 바꾸지 않아도 돼?"

"제가 고쳤어요."

엄마가 놀란 목소리로 물었다.

"아가, 정말 네가 고쳤다고? 혼자 용산에도 다녀오고?"

"네."

엄마는 승민이를 대견스레 보며 말했다.

"세상에, 우리 아가가 다 컸구나."

승민이는 그때 일을 떠올리며 방을 나왔다. 눈앞에 베란다가 보였다. 승민이는 창문을 열고 베란다로 나갔다. 얼마 전 빈 화분에 심어 놓은 씨앗들이 생각났다. 승민이는 새싹이 돋아난 화분들과 꽃 화분들을 카메라에 열심히 담았다.

승민이가 화분에 씨앗을 심기 시작한 건 초등학교 때부터. 학교에서 수업 시간에 감자 심기를 했는데, 거기서 싹이 난 게 그렇게 신기할 수가 없었다. 그때부터 승민이는 씨앗이 보이는 대로 화분에 심었다. 그런 승민이를 엄마는 못 말린다는 얼굴로 바라봤다.

"너는 나중에 시골에서 살아야겠다."

"어, 어떻게 알았어요? 나 나중에 크면 시골 가서 살려고 했는데. 마당에 강아지랑 닭도 키우고, 텃밭에 채소와 과일나무도 심고, 그러면 정말 좋겠죠?"

"그래, 나중에 그렇게 살면 엄마도 꼭 끼워 주라."

"당연하죠."

베란다 사진을 다 찍은 승민이는 주방으로 향했다. 냉장고 문에 붙여 놓은 전단지가 눈에 띄었기 때문이다. 냉장고에 마트의 전단지를 붙여 놓은 건 승민이다. 며칠 전 현관문 앞에 붙은 걸 떼어 와 그대로 냉장고에 붙인 거다. 거기엔 요일별로 할인하는 상품들이 적혀 있다. 그렇게 붙여 놓으면 먹고 싶은 걸 싸게 살 수 있다. 며칠 전에도 승민이는 전단지를 보며 엄마에게 말했다.

"어머니, 오늘 한우 세일한대요."

"고기 먹고 싶니? 돈 줄 테니까 네가 사다 놓을래?"

그런 식으로 승민이는 바쁜 엄마 대신 장을 보기도 했다. 주로 자신이 먹고 싶은 것이 있을 때 장을 보긴 했지만, 어쨌거나 전단지는 꽤 쓸모 있다.

전단지를 찍던 승민이의 눈이 도토리묵에 멈췄다. 도토리묵은 엄마가 쑤어 준 게 가장 맛있다. 초등학교 때까지 엄마와 함께 산에서 도토리를 주어다 묵을 만들어 먹곤 했다. 하지만 언제부터인가 엄마와 단둘이 어디를 가 보거나 하지를 못했다. 승민이는 앞으로는 엄마와 둘이서 여행도 가고, 산책도 더 많이 다녀야겠다고 생각했다.

다음으로 찍을 곳은 엄마 방이다. 마침 찍고 싶은 게 바로 눈에 띄었다. 그건 엄마 화장대에 놓인 귀걸이다. 그 귀걸이는 승민이가 생일 선물로 사 드린 거다. 평소에 표현을 잘 하진 않지만 승민이는 어버이날과 엄마 생일을 빠지지 않고 챙겼다. 작은 거에도 기뻐하는 엄마를 보면 선물을 안 챙길 수가 없다.

그때 현관문 밖에서 기척이 들렸다. 엄마 발소리가 분명했다. 승민이는 카메라를 제 방에 갖다 놓고 현관문으로 잽싸게 달려갔다. 그리고 엄마가 번호키를 누르기 전에 현관문을 열었다. 먼저 문을 열어 반기는 건 승민이의 오랜 습관이다. 문을 들어서는 엄마가 매번 하는 질문을 했다.

승민이와 엄마의 오랜 습관

"엄만줄 어떻게 알았어?"

"발소리 듣고 알았죠?"

엄마 입가에 미소가 번졌다. 그제야 승민이는 엄마 손에 들린 장바구니를 보았다. 승민이는 장바구니를 낚아채며 말했다.

"전화하면 마중 갔을 텐데 뭐 하러 무겁게 들고 와요."

"아니야, 이 정도는 들고 올 수 있어서 그냥 왔어."

승민이는 몸이 약한 엄마가 늘 걱정이다. 엄마가 무거운 걸 들고 다니면 속이 상했다.

"다음부터는 꼭 전화해요."

"그래, 알았어."

일을 하고 돌아온 엄마는 파김치가 되어 있었다. 승민이가 말했다.

"어깨 주물러 드릴까요?"

"좋지."

엄마가 등을 보이며 말했다.

승민이는 손끝에 힘을 모아 엄마의 어깨를 꾹꾹 주물렀다. 단단히 뭉친 근육들이 잡혀서 마음이 편치 않았다.

"아이고 시원하다."

시원하다는 소리를 연달아 하던 엄마가 말했다.

"아가, 우리 내일 쇼핑 가자. 수학여행 갈 때 필요한 것도 좀 사고."

"좋죠."

다음 날, 승민이는 학교를 마치고 엄마와 중앙동으로 갔다. 중앙동은 쇼핑몰들이 모여 있어 안산에서도 번화가에 속했다. 엄마는 승민이가 수학여행 가서 입을 옷들을 골라 줬다. 얼마 돌지도 않았는데 벌써 짐 보따리가 두 손 가득이다. 이곳저곳 돌아보던 엄마가 가방 가게 앞에서 멈췄다.

"캐리어 필요하지 않을까?"

승민이는 고개를 저었다.

"지금 쓰는 가방에 넣어 갈래요."

"다른 애들은 이런 거 가져올 텐데."

"진짜 괜찮아요. 저는 거추장스러운 거 싫어요. 가방으로도 충분해요."

승민이는 아쉬워하는 엄마를 잡아끌었다. 쇼핑을 끝내니 배가 출출했다. 엄마는 고기를 좋아하는 승민이를 위해 삼겹살 가게로 들어갔다. 자리를 잡고 앉은 엄마가 주문을 했다.

"삼겹살 4인분 주세요."

주문을 받은 종업원이 물었다.

"일행이 또 있으세요?"

엄마가 고개를 저었다.

"아니요, 둘이 먹을 거예요."

승민이는 말없이 미소를 지었다. 3인분 정도는 혼자서도 너끈했다. 고기를 다 먹은 뒤에는 냉면도 시켜 먹었다. 마지막 면발을 호로록 삼키며 승민이가 말했다.

"어머니, 입가심으로 공기밥은 제가 쏠게요."

엄마가 웃으며 말했다.

"그래라, 그건 네가 쏘는 거다."

밥을 크게 한 숟갈 뜨며 승민이가 말했다.

"제주도 가면 또 흑돼지 먹을 건데."

엄마가 눈을 동그랗게 뜨며 밀했다.

"그럼, 삼겹살 먹지 말 걸 그랬다."

승민이는 걱정 없다는 듯 말했다.

"그래도 또 먹을 수 있어요."

집으로 돌아오는 길은 벚꽃이 한창이었다. 어디선가 〈벚꽃엔딩〉 노래도 흘러나왔다. 가만히 노래에 귀 기울이던 엄마가 물었다.

"이거 좋다, 무슨 노래니?"

"제가 다운 받아 드릴까요?"

"그래 주면 고맙지."

집으로 돌아온 승민이는 엄마 핸드폰에 음악을 내려받았다. 엄마가 좋아할 만한 걸 고르다 보니 어느새 80곡이 훌쩍 넘어 버렸다. 승민이는 잔잔한 노래들 사이에 싸이의 〈강남스타일〉 같은 노래도 몇 곡 끼워 넣었다. 엄마도 가끔은 젊은 노래를 들었으면 좋겠다는 생각에서다.

드디어 수학여행 전날이다.

엄마는 팔을 걷어붙이고 승민이의 짐싸기를 거들었다.

"아가, 수건은 몇 장 넣었니? 속옷은? 양말은? 다 빠지지 않고 챙겼어?"

"네, 다 챙겼어요."

"용돈은 얼마나 줄까?"

"그건 통장으로 넣어 주세요. 현금은 잃어버리면 못 찾지만, 카드는 잃어버려도 재발급 받으면 되잖아요."

"그래, 그러자."

그 뒤로도 엄마는 한참 동안 꼼꼼하게 물건들을 챙겼다. 그러다 승민이가 멀티탭을 챙기는 걸 보며 물었다.

"뭐 하러 3개나 가져가?"

"우리 모둠에서 제가 이거 담당이에요. 친구들하고 계획 짰거든요."

그제야 엄마는 고개를 끄덕였다. 여행 준비가 끝나자 엄마가 말했다.

"네가 수학여행 가는데 엄마가 왜 이렇게 설렌다니. 너 초등학교 때는 신종인플루엔자 때문에 못 가고, 중학교 때는 조류독감인가 하는 거 때문에 못 가고, 이번이 처음 가는 수학여행이지?"

"네. 그래서 친구들도 다들 엄청 들떠 있어요."

"그래, 얼마나 좋을까들? 친구들하고 잘 지내고, 그동안 못 갔던 것까지 신나게 놀다 와."

그렇게 밤이 지나고 수학여행을 떠나는 아침이 밝았다.

엄마는 현관 앞에 서서 승민이를 배웅했다. 승민이의 어깨에는 큼지막한 가방이 들려 있다. 엄마는 승민이의 귀를 잡고 가볍게 뽀뽀했다.

"건강하게 잘 다녀와."

승민이도 밝은 목소리로 인사했다.

"다녀오겠습니다."


승민이네 주방에서는 단원고가 내다보였다. 엄마는 그 창가에 서서 길을 건너는 아들의 뒷모습을 바라봤다. 승민이는 돌아보지 않았다. 하지만 엄마가 거기 서서 자신을 보고 있다는 걸 알고 있었다. 엄마가 승민이의 뒷모습을 배웅하는 건 오랜 습관이다. 그건 승민이가 엄마 발소리를 듣고 문을 열어 마중하는 것과 같았다. 승민이는 가방의 어깨끈을 단단히 움켜잡으며 학교를 향해 성큼성큼 걸었다. 그리고 언제나 그렇듯, 엄마를 향해 속엣말을 했다.

'엄마, 사랑해요. 지금처럼 우리 둘이 행복하게 살아요. 오래도록요.'

# 생명, 환경을 사랑한 재능꾸러기

안산 단원고 2학년 8반 **이재욱**

1. 가장 친한 친구이자 멘토였던 누나 이지예와 함께.
2. 장난기 많고 창의적이었던 이재욱.
3. 아버지 이승철, 어머니 홍영미, 누나 이지예와 함께.

## 생명, 환경을 사랑한 재능꾸러기

내 동생 재욱이요? 바람처럼 자유롭게 상상력을 펼친 아이였다고 할까요? 정이 많고 배려심이 남달랐죠. 정의파였어요. 호기심도 많고 되고 싶은 것도 많았던 아이, 꿈이 많았던 아이였죠. 꿈만 많았던 게 아니라 실천도 했던 아이였어요. 열여덟 살 짧은 생애였지만 남들이 30년을 산다 해도 해 보지 못한 많은 활동을 했죠. 한 살 더 많은 누나인 저보다 훨씬 넓은 세상을 살던 아이였어요.

재욱이는 머리도 크고 손과 발이 유난히 컸어요. 체격이 좋았죠. 굵은 뼈대와 까무잡잡하니 통통하게 살찐 얼굴을 두고 친구들이 호빵맨이라고 놀리기도 했죠. 특히 엄지손가락이 컸어요. 이 사진을 보세요. 제 엄지의 세 배는 되는 것 같죠? 이 굵고 뭉툭한 손가락으로 핸드폰의 깨알 같은 자판을 말달리듯 두드리는 것을 보면 신기할 지경이었어요.

우리 가족은 재욱이가 네 살 되던 2000년까지 경남 창원에 살았는데 교외에서 농사를 짓는 할아버지는 묵직하고 튼튼한 재욱이를 볼 때마다 장군감이라고 좋아하셨죠. 그런데 어떤 분들은 그런 손을 재능이 많은 손이라고 하시더군요. 저는 재능이 많을 뿐 아니라 넘치던 아이였다고 생각해요. 재욱이에게 색깔이 있다면 총천연색이었을 거예요. 이떤 색이라고 한마디로 말하기 어려운 독특한 아이였거든요.

안산으로 이사를 오게 된 것은 법학과 출신인 아빠가 이곳에서 회사를 다니게 되었기 때문인데 우리가 중학교를 마칠 무렵에는 독립해 화성공단에 배터리를 재생하는 작은 공장을 차리셨죠. 간호학과를 나온 엄마는 안산에 와서도 간호사로 일을 시작하셨는데 나중에는 한국의 전통문화를 되살려 인성 교육을 하는 국학원이란 곳으로 옮겨 강사로 활동하게 돼요. 생활이 넉넉하지는 않았지만 두 분이 열심히 일하시니 크게 어렵지도 않은 평범하고 행복한 가정이었어요.

어려서부터 부모님이 맞벌이하시니 우리끼리 있어야 하는 시간이 많았죠. 근데 재욱이는 어려서부터 집에 있는 시간보다는 밖에서 노는 시간이 더 많았어요. 얼마나 붙임성이 좋은지 몰라요. 아주 어렸을 때 같이 목욕탕에 갔는데 재욱이가 거기서 금방 사귄 꼬맹이 하나를 데리고 와서 자기 친구라고 인사를 시키고는 걔하고만 노는 거예요. 제가 질투가 날 정도였어요. 낯가림이라곤 없는 애였죠.

초등학교 고학년이 되면서부터는 완전히 친구들에 둘러싸인 개구쟁이가 되었어요. 귀여운 엽기라고나 할까요? 까불까불 장난스런 표정과 몸짓, 그리고 보통 아이들이 상상하기 어려운 기발한 착상으로 친구와 가족을 웃기기도 하고 놀래 주기도 하는, 활달하고 재밌는 아이였죠. 일부러 만든 간사스런 웃음소리는 지금도 귀에 선해요. 어느 구석에도 어두움을 찾아볼 수 없는 밝고 외향적인 아이였지요.

아마 엄마의 성격을 닮아서였을 거예요. 엄마는 개방적이고 활동적인, 통 큰 여자라고 할까요? 경기도 국학원의 대외협력국장으로 봉사 활동과 강연으로 바빴는데 어느 자리에서든 사람들을 잘 배려하고 힘든 일에 앞장서서 융화시키는 장점을 갖고 계시거든요. 인간성의 회복과 인성 교육의 중요성을 설복하러 다니는 엄마는 우리에게도 외울 정도로 말했어요.

"너희들이 장차 무엇이 되어 어떻게 살더라도 너희 자신이 행복하다면 엄마 아빠는 절대적으로 지지할 거야. 단, 언제나 너희가 얼마나 귀한 존재인가를 잊어서는 안 돼. 너희는 장차 우리 대한민국, 나아가 이 세상을 아름답게 밝힐 빛이야. 스스로 소중하게 여기고 귀하게 여겨야 해. 알았지?"

엄마는 자신의 신념대로, 우리에게 사소한 간섭을 하거나 공부를 강요해 본 적이 없어요. 대부분의 아이들이 학원에 다니는데도 엄마는 우리를 억지로 학원에 보낸 적이 없어요. 너희들 스스로 생각해서 결정하라고 하셨죠. 저와 재욱이는 학원을 선택한 적이 한 번도 없어요. 학원 대신 방과 후 활동에 시간을 쏟았죠. 주변 엄마들이 아이들을 너무 방임하는 거 아니냐고 걱정 겸 핀잔을 줄 정도였으니까요.

우리도 엄마의 지지와 믿음에 크게 어긋난 적이 없던 것 같아요. 저는 초등학교까지는 공부에 흥미가 없었는데 중학교 들어와서 스스로 열심히 공부해 부모님을 기쁘게 해 드렸어요. 재욱이도 그랬어요. 중학교 때는 친구들과 실컷 놀다 들어와서도 또 컴퓨터 오락만 하거나 일본 만화를 보는 날이 많아 아무리 자율성을 존중하는 엄마라도 간섭하지 않을 수 없을 정도로 성적이 떨어졌죠. 그런데 고등학교 들어갈 무렵부터 갑자기 스스로 공부를 시작하더니 금방 상위권으로 올라서더라고요. 어쭈, 기특하네? 하고 제가 다 감탄할 정도였어요. 저는 주로 집에서 공부하는 편인데 재욱이는 매일 저녁 자진해서 학교에 남아 야간 자율 학습을 하더라고요. 제가 혼자 집에 오기 싫어서 날 따라오면 맛있는 거 사 주겠다고 아무리 꼬여 봐도 소용없었어요.

수많은 친구들과 어울리면서도 술, 담배를 배우거나 여자 친구 하나 사귀지 않았던 것도 보통 아이들과는 다른 점이었어요. 순수파? 순진파라고 할까요? 만화나 영화를 보아도 '독수리 오형제'처럼 정의의 사도들이 악인들과 싸워 승리하는 권선징악을 좋아했죠.

속도 꽉 찬 아이였어요. 어려서는 부모님 결혼기념일이 뭔지도 모르다가 재욱이가 고등학교 들어오면서 우리가 용돈을 모아 챙겨 드리자고 약속했어요. 누가 용돈을 많이 모으나 내기를 하자고 했죠. 1년이 지나고 보니 저는 학생회니 토론 동아리 친구들과 만나느라고 거의 모으지 못했는데 재욱이는 십만 원이나 모았더라고요. 근데 부모님 결혼기념일을 챙겨 드리기 전에 사고가 나 버린 거예요. 배를 타러 갈 때도 아빠가 십만 원 주셨는데 너무 많다고 오만 원만 쓰겠다고 남겨 두고 갔대요. 돌아와서 쓴다고요, 돌아와서……

장래 희망이요? 재욱이의 취미는 종횡무진으로 바뀌었지만 장래 희망에는 그 애 나름의 원칙이 들어 있었다는 생각이 들어요. 취미는 정말 많았죠. 만화니 게임은 남자

애들 누구나 좋아하니 꼽을 필요도 없을 것 같고, 어려서는 야구를 굉장히 좋아했어요. 경제 형편이 좋지 않았을 때인데도 아빠는 야구 방망이와 글로브에 야구공을 잔뜩 사 주고, 시간이 날 때마다 같이 연습도 해 주셨죠. 우리 아빠는 참 미남이고, 점잖은 분이에요. 경상도 전통 양반이라고 할까요? 활달한 엄마에 비하면 과묵한 편이지만 너무나 다정다감하고 자상한 분이에요. 대외 활동으로 바쁜 엄마를 대신해 우리들의 옷과 신발을 도맡아 사 주시고 고기 좋아하는 재욱이를 식당에 데려가는 담당이셨죠. 재욱이하고는 정말 단짝이었어요. 재욱의 꿈이 바뀔 때마다, 새로운 취미가 생길 때마다 무조건 적극 지원해 주실 만큼요.

한때는 요리가 취미라 맛있는 빵을 만들어 주곤 하던 재욱이가 중학교 2학년 때 갑자기 밴드부에 들어가 기타를 배운다고 할 때도 아빠는 무조건 지지하고 기타부터 사 주셨죠. 재능꾸러기답게 금방 배우더라고요. 재욱이의 그 굵은 손가락이 가는 기타 선 위에서 자유자재로 춤추는 걸 보면 신기했어요. 아빠도 결혼 전부터 음악을 무척 좋아하는 분이었는데 재욱이 연주를 듣고는 그만하면 훌륭하다며 흡족해하셨죠.

재욱이는 한때 연극에 취미를 붙여 연극반에 들어가기도 했는데 비슷한 활동으로 코스프레를 빼놓을 수 없네요. 저는 잘 몰랐는데 재욱이 말로는 게임이나 만화 속의 등장인물로 분장하는 걸로 시작되었지만 인권이나 환경 문제를 다루는 나름의 줄거리를 가진 행위 예술로 발전했다더라고요. 재욱이가 환자복을 입고 약자들에 대한 관심을 촉구하는 코스프레를 준비하던 기억이 나요. 간호사였던 엄마가 옷도 마련해 주고 조언도 해 주셨죠. 전국의 코스어들이 한 달에 한 번씩 온갖 복장을 하고 강남 코엑스 같은 곳에 모였는데 재욱이는 중학교 3학년 때부터 고등학교 들어가서도 거의 빠짐없이 참가했어요.

파크루라고 혹시 아세요? 맨몸으로 담장을 타고 넘거나 공중에서 돌고 착지하는 조금은 위험한 스포츠예요. 그렇잖아도 저는 재욱이가 취미나 꿈이 바뀔 때마다 가슴이 덜컹해요. 애가 또 무슨 황당한 짓을 하려는가 하고요. 중학교 말에 파크루를 하겠다고 했을 때도 그랬죠. 정말로 툭하면 얼굴에 상처가 나서 들어오고 어깨를 다쳐 끙끙

생명, 환경을 사랑한 재능꾸러기

대더라고요. 걱정이 돼서 물으면 괜찮다며 안심시키는데 누나로서 어떻게 마음이 놓이겠어요? 그래도 재욱이가 굉장한 자부심도 가지고 열정적으로 활동하니 점점 실력이 늘어 안심이 되었죠.

아빠도 처음에는 은근히 걱정하셨지만 그래도 재욱이를 믿어 주셨어요. 재욱이가 속한 파크루 동아리는 전국을 돌며 공연을 했는데 부산에 갈 때는 아빠가 그곳의 아는 선배님에게 부탁해서 재욱이와 친구들에게 먹을 것과 잘 곳을 마련해 주시기도 했어요. 선배님이 용돈도 많이 주셨다네요. 그런데 남자애들이란 참. 해운대 콘도에서 밤중에 무지무지하게 매운 볶음라면을 여덟 개인가를 끓여 먹고 밤새 설사를 하고 피똥까지 쌌다더라고요.

취미는 양 손가락에 꼽지 못할 만큼 다양했어도 장래 희망에는 그 애의 마음이 반영되어 있었다고 생각해요.

소방관이 되려 했던 건 중학교 때였어요. 〈죽음에 관하여〉라는 네이버 연재만화를 보고 영향을 받은 것 같아요. 생명의 소중함에 관한 만화였나 봐요. 타인의 생명을 구하기 위한 소방관들의 숭고한 죽음에 대해서도 나오고요. 재욱이가 저에게 이 만화 너무 좋다면서 죽기 전에 꼭 보라고 했는데 저는 아직 못 봤네요. 제가 왜 그렇게 위험한 일을 하려느냐고 물으니까 당당하게 답하더군요.

"정의로운 일을 할 수 있으니까, 누나! 위험에 빠진 사람을 구하잖아."

머리만큼 몸도 바쁜 재욱이는 누가 안내도 해 주지 않았는데 스스로 안산소방서에 찾아가 소방관이 되려면 어떻게 하는지 물어보고 또 어떤 일을 하는지 꼼꼼히 적어 오기도 했죠. 위험에 빠진 사람들을 구하는 재난 영화도 많이 보더라고요.

한때는 동물 사육사가 되겠다고 해서 저를 깔깔거리게 만들기도 했는데, 역시 생명을 보호해야 한다는 마음으로 나온 이야기였어요. 동물 사육사가 되기 위해 어느 대학에 가야 하는지 알아보고 여러 군데 학교까지 가 보더라고요.

고등학교에 와서는 재욱이의 꿈이 바뀌었는데, 뜬금없이 조경사가 되겠다는 거였어요. 헐! 도시에서만 살아서 나무 한 그루 심어 본 적이 없는 애가 조경사라니? 농사

짓기에 넉넉한 체격에 털털한 성격이기는 해도 우리 주변에 농원을 하는 사람이 있는 것도 아닌데 어디서 그런 생각을 하게 됐는지 다들 궁금해했죠. 뭘 하든 믿고 지지하시던 부모님도 이때만큼은 이게 뭐지? 하고 황당해하셨으니까요. 사고 후에 오인방이 만든 영상을 보고서야 지구 환경을 지키기 위해 꽃과 나무를 가꾸려는, 나름대로 깊은 뜻이 있었구나 알게 되었어요.

아, 이쯤 해서 오인방 이야기를 시작해야겠네요.

재욱이에게는 학교뿐 아니라 전국에 수많은 친구가 있었는데, 그중에서도 자신을 포함한 다섯 친구가 가장 가까이 어울려 다녔어요. 밴드부를 함께한 김건우, 파크루를 같이한 최성호, 고등학교 같은 반 반장이던 김제훈, 이준우였어요. 대개 유치원, 초등학교 때부터 친했던 아이들이었죠.

다섯 친구들은 참 재미있게 살았어요.

어느 눈 오는 밤이었는데 재욱이가 자정이 되어도 돌아오질 않는 거예요. 전화도 안되고. 다들 걱정이 되어 사방에 알아보고 있는데 뒤늦게 들어온 녀석이 천연덕스럽게 하는 말이 동영상을 찍기 위해 친구들과 동네 뒷산에 올라갔다 왔다는 거예요. 그것도 그 추운 날 티셔츠만 입고요! 물론 오인방 친구들이었죠. 단원고에는 교내 UCC 대회가 있어요. 학생들이 영어, 과학 등 여러 분야의 동영상을 찍어 출품하는 거죠. 거기에 내려고 했던 거예요. 찍어 온 사진을 보니 맞더라고요.

눈이 오면 눈 온다고 몰려 나가 뒹굴고, 비가 오면 비 온다고 나가 뛰어다녔죠. 엄청 큰비가 내리던 날에도 동영상을 찍는다고 홍수를 헤치고 다니다 흠뻑 젖어 들어온 기억이 나요. 어느 날은 깜깜한 꼭두새벽에 일어나 나가더라고요. 유성우가 오는 날이었을 거예요. 별을 보러 간다는 거예요. 흠뻑 이슬을 맞고 돌아온 재욱이에게 뭐하다 왔냐니까 올림픽공원에 나란히 드러누워 별구경을 하고 왔다는 거예요. 슈퍼문이 뜨는 날에도, 무슨 혜성이 지나간다면 또 몰려 나갔죠.

제가 일일이 기억할 수 없는 오인방의 많은 활동 중에서도 유튜브에 올린 영상 작업이 그 애들의 사상과 창의력을 종합한 최고의 작업이었다고 생각돼요. 자살 방지를 주제로 한 영어 자막 동영상과 환경 파괴에 반대해 만든 과학 동영상이었어요.

자살 방지 동영상은 제훈이와 재욱이가 공동 주연을 맡고 준우와 건우가 촬영을 맡았죠. 성호는 그때는 순천으로 전학 갔는데 나중에 친구들이 그리워 다시 안산으로 오게 돼요. 영어를 망치는 바람에 수능 점수에 비관한 제훈이가 수면제를 먹고 자살하려고 하는 순간, 재욱이가 문을 박차고 몸을 날려 제훈이의 손을 쳐내고, 성적이 전부가 아니라며 네가 좋아하는 기타를 배우라고 설득해요. 반년 후, 제훈이는 기타리스트로 대성을 거두죠. 현실에서는 제훈이가 영어 박사고 재욱이가 기타의 달인인데 역할을 바꿔 본 것도 가족들만이 아는 재미죠.

과학 동영상은 조금 과장하면 전위적인 예술 작품 수준이었어요. 악덕 사장이 환경을 파괴하며 공장을 증설하다가 결국 감옥에 가는 줄거리인데 라면 냄비에 시디를 끓인다던가, 고무줄 튕기기에서 이겨 공장을 차지한다던가, 공장을 짓고 환경을 파괴하는 과정을 컴퓨터 게임으로 상징하는 식으로 기발한 아이디어가 반짝거려요. 재욱이는 처음부터 끝까지 종횡무진 몸을 아끼지 않고 뛰어다니는 코믹 연기로 조금은 이해하기 어려운 이 전위적인 동영상을 살려 냈죠.

재욱이의 기발한 상상력은 학생회 활동에서도 빛났어요. 사고가 나기 1년 전이죠. 1학년인 재욱이는 학예홍보부 차장을, 2학년인 저는 학습부장을 맡았어요. 재욱이가 학생회에 자원한 이유는 오로지 11월 하순에 열리는 교내 축제에 자신의 상상력을 투여하기 위함이었는데 축제 때도 맹활약을 했지만, 그 전에도 그 애의 기발함이 곳곳에서 빛났죠.

학생회 홈페이지에 올릴 모델을 뽑게 되어 홍보부에 포스터를 그려 보라고 했어요. 우리는 당연히 위에 큼직한 제목을 달고 중간에 적당히 사진과 설명이 들어간 평범한 포스터를 생각했죠. 근데 재욱이가 만들어 온 그림을 보고는 깜짝 놀라 배꼽을 잡고 웃었어요. 저 하나만 얘가 또 무슨 엉뚱한 짓을! 하며 속으로 엄청 당황했죠.

재욱이가 그려 온 포스터는 여러 아이들이 눈물 흘리며 고함을 치는 어떤 코믹 만화에 대사만 바꾼 거였는데 '모델 좀 해 주라, 학생들아!!'라는 제목 아래 모델 자격으로 카메라 공포증은 없는가, 표정이 다양한가 같은 재미있는 조건을 써 놨더라고요. 제 걱정과 달리 포스터는 인기를 끌어서 잘 써먹었죠. 하여간 도무지 상상을 불허하는 아이였어요.

엄마는 그래서 재욱이를 '뇌가 자유로웠던' 아이라고 하셨죠. 마음 깊은 인간애와 창의력으로 크든 작든 이 나라를 위해 반드시 도움이 되는 일을 할 거라고요. 하늘의 다섯 개 별이 되어 함께 올라간 오인방 친구들도 모두요.

저는 독수리 오형제처럼 똘똘 뭉쳐 좋은 세상을 만들어 보자던 오인방의 꿈이 사라졌다고는 생각하지 않아요. 우리나라뿐 아니라 세계 많은 사람들에게 생명의 존귀함을 알려서 더 나은 인간 세상을 만드는 데 기여했다고 믿어요. 인성이 살고 양심이 살아나는 세상을 만드는 데 밑거름이 되리라 믿어요.

바로 저부터 영향을 받게 되었죠. 저는 어려서부터 역사 교사가 되고 싶었어요. 아이들에게 함께 울고 웃는 역사를 가르치고 더 나은 미래를 도모할 발판을 마련해 주고 싶었죠. 그런데 사고를 목도한 후에는 국제 공무원으로 바뀌었어요. 팔레스타인 사건처럼 지구 곳곳에서 벌어지는 비인도적인 대량 학살이 남의 일 같지가 않아진 거예요. 죄 없는 민간인이 죽어 가는 고통의 현장에 뛰어들어 내 몸을 다 바쳐 사람을 구명하는 데 평생을 바치겠다는 결심이에요. 재욱이와 친구들이 제 인생의 진로를 더 세상으로 뻗게 만든 거죠.

올해도 내년에도, 그 애들이 떠난 4월이면 단원고 교정은 온통 연분홍 벚꽃으로 뒤덮이겠죠. 우리 가슴도 그때마다 슬픔과 분노로 덮이겠죠. 하지만 저는 그 거대하고 깊은 슬픔 속에서 피어나는 희망을 말하고 싶어요. 아름다운 세상을 향한 꿈이 피어나는 모습을 여러분께 보여 주고 싶어요. 그것만이 내 사랑하는 동생 재욱이를 돌아오게 하는 길이니까요.

# 너와 우리의 시작을 생각한다

안산 단원고 2학년 8반 **이호진**

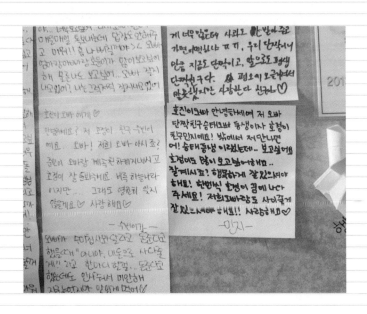

1. 노적봉에서 가족과 함께.
2. 야자 마치고 막내 동생 호윤이와 함께 찍은 셀카.
3. 생일이 똑같은 친구 집 앞에서.

너와 우리의 시작을 생각한다

이따금 너의 시작에 대해 그리고 우리의 시작에 대해 생각한다.

일어날 일들이 아직 일어나지 않았던 그때는 94년의 봄. 밖은 종일 비였다.

상경한 지 1년이 채 되지 않은 나는 순진해 빠진 처녀였고 비에 젖은 구두는 자꾸 발에서 미끄러져 내리고 있었다. 겨우 균형을 잡고 선 1호선 전철 안에서 '이 용기'라는 세 글자가 눈에 들어왔는데, 이것은 출입구에 기대선 한 군인의 가슴팍에 새겨진 이름이었다. 별스럽게 웃음이 많았던 나는 반찬 통 어딘가 작게 각인된 문구를 떠올렸다.

'이 용기는 절대 새지 않습니다'와 같은.

실없이 새어 나오는 웃음을 참고 있자니 전철은 명학역에 도착했고, 축축한 플랫폼에 발을 디뎠다. 계단을 따라 역사를 빠져나가는 와중에 빠르게 따라붙는 걸음 소리가 들려 뒤를 돌아보니 이용기라는 이름의 사내가 비를 맞고 서 있었다. 당신의 미소를 나는 보았다, 전화번호를 알려 달라 말하는 이 사내에게 반찬 통 얘기를 할 순 없었고, 돌아가라며 그를 등진 채 걷기 시작했다. 이 당찬 사내는 내가 겁먹지 않을 만큼의 거리를 유지하며 집 앞까지 쫓아왔다. 왜 성가시게 구느냐 괜히 사내를 째리는데, 눈에 들어온 것은 비에 젖어 김이 오르는 애처로운 어깨였다. 쥐고 있던 우산의 끝이 사내 쪽으로 기울고 있었다. 그것이 우리의 시작이었고 너의 시작이었다.

이 세상 가장 하찮은 것에서도 너의 이름을 길어 올리는 나의 습성을 '특기'라고 불러도 좋을까. 원한 적 없이, 노력한 적 없이, 어느 날 갑자기 주어진 이 특기를, 다스리는 법을 나는 모르고, 내리는 비와 빈 전화기를 번갈아 바라본다.

비와 함께 어김없이 걸려 오던 전화, 수화기를 들어 올리기 전부터 이미 예상되고도 남는 어떤 말. 배를 곯은 너는 한숨에 몰아 말했다.

"엄마나김치부침개먹고싶어!"

그리고 말끝에 바람 소리를 내며 짧게 웃었다.

비 오는 날엔 부침개를 먹는다, 라는 세상 사람들의 습관을 너는 어디서 일찍이 몸에 익힌 것일까.

반죽을 한 국자 떠 팬에 펼치기 시작할 즈음 현관으로 들어서던 너는 책가방도 내려놓지 않고 곧장 막내 호윤의 방으로 향했다. 이것은 너의 오래된 동선이었다. 불 꺼진 방, 깨금발로 침대 곁에 다가간 너는 잠이 든 척하는 어린 여동생의 귀에 대고 속삭였다.

"호윤이, 이 닦았어? 아— 해 봐"

눈과 입을 꾹 닫고 고개만 세차게 끄덕이던 호윤이가 피식 웃음을 뱉고 마는 그 순간을 너는 놓치지 않았다. 호윤이를 번쩍 안아 올린 너는 세면대 앞으로 가 졸음에 말랑해진 어린 몸을 우뚝 세워 놓았다. 그러고는 화장실 앞 작은 거실에 무릎을 감싸고 앉아 호윤이의 양치를 바라보았다.

대단히 아름다운 장면을 매일 되돌려 보듯, 어제 미처 발견하지 못한 표정과 몸짓을 찾아내듯이. 너는 질리지도 않았나 보다.

동생을 침대에 눕히고서야 식탁에 앉은 네가 김치 부침개를 먹는 모습을, 마주 앉은 나는 아무것도 바라는 마음이 없이 바라보았다. 다만, 이미 여러 번 들어 외우고 있다시피 한 어떤 대사를 기다릴 뿐인데 그것은 너의 칭찬이었다. 반죽의 농도가 잘 맞아 전이 얇게 잘 부쳐졌다든가 가장자리가 바삭하게 잘 구워졌다든가 하는 식의 구체적인 칭찬들. 너는 언제나 그냥 맛있다, 라고 말하지 않고 그 맛있음을 수식하는 말들을 찾아내어 들려주었다.

별 품이 들지도 않은 부침개 하나 구워 주고선, 나는 얼마나 많은 칭찬을 가져갔는가. 셈을 해 보곤 너에게 미안해진다.

네가 태어난 1997년은 여러 일이 있었다. 기쁨이라면, 아빠 '이용기'가 대학을 졸업한 것이었고 시련이라면, IMF가 동시에 닥친 것이었다. 논산 출신인 아빠는 등록금을 벌어 가며 대학에 다녀야 했고 입학 10년 만에야 졸업장을 품에 안게 되었다. 하지만 때를 맞춰 찾아온 한파에 취업이 쉽지 않았고, 너를 품에 안은 우리는 일자리를 찾아 속초로 옮겨 가야 했다. 연고라고는 없는 타지에서 너의 돌을 맞이했을 때, 잔칫상 한 번 차려 주지 못했던 일이 떠올라 새삼 저릿해진다.

멀미가 심했던 너는 어려서 고생이 많았다. 명절, 논산에 갈 때는 너의 옷을 여러 벌 챙기곤 했다. 토를 하는 너에게 새 옷을 입히고, 다시 새 옷을 입히던 그때, 혹 어린 엄마였던 내가 어린 너를 다그치진 않았는지 기억을 돌이키게 된다. 이렇듯, 과거의 나를 돌이켜 자책하는 시간은 요즘의 일과가 되었다.

짧은 속초 생활을 정리하고 안산으로 이사 와 자리를 잡았을 때, 같은 단지의 할머니들은 젊은 나를 걱정했다. 새댁이 저리 뛰어다니다 필시 병이 나겠다며 혀를 찼는데, 나는 그 걱정에 대꾸할 틈도 없이 떠밀려 뛰어다녔다. 아무리 돌이켜 봐도 천천히 걸어 본 기억이 없는 몇 해가 가는 동안, 돈을 벌고, 너희를 먹이고, 남편을 챙겼다. 그러니, 어느 날 밤엔가 잠든 너의 모습을 보곤 깜짝 놀랄 수밖에. 작아진 이불 위로 너의 두 발목이 껑충 삐져나와 있었다.

너는 친구들이 생겼고, 뛰어다니게 되었고, 잘 웃는 아이가 되었다. 모든 즐거움이 너에게 스며 와 키가 훌쩍 자랐다. 돌본 적이 없는데도 혼자 잘 여문 너의 마음은 온전히 나에게 왔다.

너는 사수 식탁에 와 앉았고 나에게 자주 질문했다.

설거지를 할 때 한숨을 쉰 이유가 뭐였는지,

옆집 아줌마와 통화할 때 어색하게 웃었던 이유가 뭐였는지,

너와 우리의 시작을 생각한다

밥을 먹다 말고 잠깐 창밖을 봤던 이유가 뭐였는지.

너는 나의 어느 것 하나도 놓치지 않고 물어봐 주었다. 나는 다른 사람들에게 할 수 없는 얘기들을, 더 정확히는 내 속으로만 삭여야 했었던 얘기들을 너에게 털어놓았다. 귓속말을 하고는 입술에 검지를 길게 갖다 대듯, 나는 너에게 비밀을 말하곤 가벼워졌다. 하지만 너는 무거워졌을 테고 지금에 와 나는 한탄한다.

빈 식탁에 앉아 식탁의 일들을 생각해 본다. 무너지지 않기 위해, 내가 너에게 잘해 주었던 일을 애써 꼽아 본다. 그래, 나는 너를 먹이는 일을 소홀히 하지 않았고, 너 역시 나의 성의를 소홀히 여기지 않았다.

항상 6시 40분이면 식탁 앞에 앉아 밥을 기다리던 너. 우리의 아침은 보통 된장찌개가 빠지지 않았는데, 된장을 푼 국물에 제일 먼저 두부를 넣는 것이 나의 조리법이었다. 정석을 비껴간 방식이었지만 네가 간이 밴 두부를 좋아하는 탓이었고, 나는 역시나 그 구체적인 칭찬을 듣는 것이 좋았다. 요즘은 속 깊은 동생 호정이가 나의 마음을 헤아려 제법 너의 흉내를 낸다.

"엄마, 두부에 간이 딱 잘 뱄어" 하고, 네가 했던 말들을 자신의 말인 양 읊는다.

우리는 밥을 같이 먹는 '식구'였던 만큼, 많은 일들을 식탁에서 함께 겪었다. 제각각 사무가 바쁜 중에도 우리는 정말이지 토요일 저녁을 거르지 않았다. 각자의 불안, 근심, 피로는 문밖에 묶어 두고 우리는 초대장을 손에 쥔 사람들처럼 정해진 시간에 빠짐없이 식탁에 둘러앉았다. 그리고 언제나 삼겹살을 먹었다. 이것은 네가 어려서부터 거른 적이 없는, 꽤나 잘 유지되어 온 정기 모임인 셈이었다.

네가 태어난 이후, 우리는 경제적 부침을 겪기도 했고 그 와중에 호정이가, 이어서 호윤이가 태어나기도 했다. 이 토요일을 지키기 위해 아빠와 나는 부단히 애를 썼고 너는 덩달아 어린 애를 썼다. 토요일 어스름에 온 동네를 휘젓다가도 여섯 시가 되면 어김없이 문을 두드렸다. '지금 가 버리면 배신자'라는 친구들의 은근한 협박도 너는 웃어넘겨 달랠 줄 알았을 것이다.

아빠가 고기를 굽고 선 좁다란 부엌 한편에서 우리는 자주 몸을 부딪히며 저녁을 준비했다. 식탁에 앉은 여동생들 앞에 밥과 수저를 놓아 주던 너는 부엌을 오가면서 이야기를 들려주었다. 그 주의 인상적인 일들에 대해 얘기했고, 어느 순간엔가 아빠의 얼굴을 스쳐 간 짧은 미소를 보고는 가슴이 벅차 속이 다 울렁였을 것이다. 토요일 저녁, 아빠를 웃게 만들었다는 생각에. 너에겐 그것으로 좋은 토요일이었을 것이다.

다섯 식구였던 우리 가족은 네 식구가 되었다. 모처럼 온 식구가 모여 밥을 먹을 때, 이제 작은 방의 책상 의자를 끌어오는 일이 없게 되었다. 여러 가지 일들이 이제는 없게 되었지만, 네가 나의 흰 머리를 뽑아 주던 일도, 얼굴에 올라온 뾰루지를 짜 주던 일도, 아 다정하여라, 귀를 뚫은 자리에 맺힌 알갱이를 꾹 눌러 빼 주던 일도 이제는 없게 되었다.

정말로 댁네 아들이 그렇게나 살가우냐 부러운 표정을 하던 이들 앞에 어깨를 으쓱하던 일도 이제는 없게 되었는데, 세상 사람들의 말을 빌리자면 너는 딸보다 더 딸 같은 아들이었다. 방문을 쾅 닫고 걸어 잠그는 일이 없이, 나의 농담에 침묵하는 일이 없이, 너는 항상 나를 살펴보았다.

그리고 너는 이제 없는 이 집에, 너의 친구들이 찾아왔다.

코밑이 거뭇하고 여드름이 서서히 자취를 감추기 시작하는, 어디서 공을 차다 왔는지 땀에 젖은 발 냄새가 시큰한 아이들이 거실에 둘러앉았다. 남의 집에 갈 때는 빈손으로 가는 것이 아니다, 라는 오래된 말을 기억해 낸 아이들은 작은 화분 하나를 사 와 어쩔 줄을 몰라 하며 내밀었다.

각자의 앞에 오렌지 주스를 따라 놓아 주려니, 평소에 쓰던 컵으로는 모자라 찬장 위쪽으로 손을 뻗어야만 했다. 오래 쓰지 않아 더께가 내린 촌스러운 컵을 씻으면서 '그래, 너는 친구가 많았다'라고 생각한다.

언젠가 네가 오랫동안 전화를 받지 않던 저녁이 떠오른다.

너와 우리의 시작을 생각한다

몇 시간이 지나 네가 떨리는 목소리로 전화를 걸어왔을 때, 화가 난 아빠는 집에 오는 길에 회초리를 구해 오라고 했다. 곧장 달려올 것이라 생각했지만, 너는 한 시간이 더 지나서야 고개를 푹 숙이고 집으로 들어섰다. 너의 손에는 잘못 맞았다가는 큰일이 날 것만 같은, 막대 걸레 자루가 쥐어져 있었다. 전의를 상실한 아빠는 말없이 방으로 들어갔고, 너는 가슴을 쓸어내렸을까.

그날은 종일 선부동 15단지 친구들과 자전거를 탔고, 마지막엔 함께 회초리를 찾느라 늦었다고, 너는 식탁에 앉아 나에게 말했다. 열 명 남짓 되는 덩치 큰 아이들이 회초리를 찾겠다고 바닥을 헤집고 걷는 모습이 눈에 선했다. 누군가는 버려진 장난감을, 누군가는 자기가 가진 야구 방망이를, 누군가는 공사장의 쇠파이프를 손끝으로 가리키며 실랑이를 했을 테다. 그러다 친구들의 걸음을 멈춰 세운 한 아이가 있었을 텐데, 이것이 어떠냐 천천히 몸을 숙여 꺾어 올린 것은 강아지풀이었을 것이다. 덕분에 바닥에 자빠져 한참을 데굴데굴 큰 소리로 웃었을 아이들의 저녁을 생각한다. 그러자니 컵을 씻다 말고 푹— 웃음이 터지고 만다. 거실에 앉아 눈만 굴리던 아이들이 나의 웃음에 당황해선 이런저런 표정들을 주고받는다.

우시는 거 아냐? 아냐 웃었어. 웃었다가 뭐야 웃으셨다지 새끼야. 근데 진짜 웃으셨어? 왜 웃지? 아니, 왜 웃으셨지?

목이 마르지도 않은 아이들이 무어라 할 말이 없어 주스만 비워 내고 있을 때, 나는 예의를 차리지 못하고 불쑥 묻고 만다.

"행복했을까? 호진이."

침묵.

역시 괜한 질문을 했지? 하는 표정을 짓는 나를 보며, 한 아이가 헛기침을 한다. 무슨 말을 하겠다는 뜻이다. 그 아이를 바라본다. 눈빛이 매서워 호진이가 멀리해 주었으면 하고 바랐던 친구였다.

"걔 행복했을 걸요?"

"어떻게 알아?"

"저 행복했거든요. 저랑 비슷하게 행복했을 거예요. 같이 놀 때."

"너 어떻게 행복했는데?"

금세 아이의 볼이 붉어지더니, 연이어 옆자리의 얼굴이 그리고 또 옆자리의 얼굴이 붉어졌다. 모두가 지난 행복을 되새길 때의 부끄러움을 공유하고 있었다. 아이가 다시 헛기침을 했다.

"혼 안 낸다고 약속하시면 얘기할게요."

"혼 안 낼게."

아이들이 다시 한 번 표정을 주고받는다. 침묵 속에 갖가지 만류와 협박, 회유가 오간다. 아이가 이를 끊어 낸다.

"그게요. 지금 생각나는 건 이건데요. 쟤 집이 비어 가지고 다 같이 모인 적이 있었어요. 쟤 부모님이 김장하러 시골 가셨거든요. 맞지? 김장하러 가신 거. 아냐? 제사 가셨다 그랬나. 맞다. 제사. 그래서 밤늦게나 오신대요. 그래서 저희가요 아침 먹고 모여 가지고요, 뭘 했냐면요. 좀 안 좋은 짓을 했는데요, 도박을 했어요. 약간 영화 타짜에 나오는 그런 거, 이불 깔고 쟤 방에 둘러앉아 가지고 피자 내기 화투를 쳤어요. 호진이가 화투 몰라서 제가 가르쳐 주기도 하고요. 그런데 호진이가 자긴 집에 일찍 가야 된대요. 삼겹살 먹어야 된다고. 오늘 토요일이라고. 그래 그럼 빠져라 하고 우리끼리 하는데, 호진이가 책상 위에 이렇게 누워 가지고 우리 화투 치는 거 계속 보더라고요. 그러더니 진짜 가겠다고 손 흔들고 가요. 어 그래, 이러고 계속 쳤죠. 그러고 한 십 분 있는데, 갑자기. 현관문 있잖아요. 쟤 집이 비밀번호 키거든요? 갑자기 띡띡띡 이렇게 비번 누르는 소리가 나요. 부모님 온 거잖아요. 와, 진짜 우리 개 놀라 가지고. 이불 다 뒤집고, 재떨이도 있었거든요. 아, 많이는 안 폈어요. 그냥 호기심에. 몇 대만 핀 거고, 타짜에도 그런 게 나오더라고요. 그래서 흉내만 내 본 건데요. 어쨌든 이불 다 뒤집는데, 막 재떨이도 불 붙어 있는 거 그냥 다 이불로 뒤집고, 우리 진짜 끝났다. 연기 빠지라고 창문 열고. 쟤, 집주인. 쟤가 진짜 얼굴이 하얗게 떠 가지고 거실로 뛰어나갔어요. 그랬는데, 아…… 진짜. 와. 지금 생각해도 진짜. 아니, 호진이 이 새끼가 현관문 반

쯤 열어 놓고 복도에서 띡띡띡 비번을 누르고 있는 거예요. 그니까 호진이가 집에 간다 그러고 그런 거 다 거짓말이고, 우리 놀려 먹으려고. 가지도 않고 그렇게 기다렸던 거예요. 막 우리 놀란 거 보고서 복도 벽 때리면서 웃고 있더라고요. 그래서 이 새끼 멱살 잡고 집으로 데려와 가지고 막 발로 밟고 때리는데 그래도 호진이가 웃음을 안 그쳐요. 아 웃기잖아요. 그래 가지고 저희도 막 때리다가 다 자빠져서 웃고. 쟤만 막 자기 이불 저거 탄 거 어떡하냐고 울라 그러고. 아냐, 진짜 울었어요. 맞아, 너! 울었잖아! 맞잖아! 쟤는 어떡하냐고 진짜 열 받아 가지고 울면서 막 뭘 집어 던져요. 근데 딴 애가 똑같은 이불 자기 집에 있다고. 자기 엄마랑 너네 엄마랑 같이 가서 사 가지고 똑같은 이불 있다고 그거 주겠다고 그래 가지고, 쟤 기분 갑자기 좋아져 가지고 막 지가 피자 산다 그러고. 그랬어요. 그래서 호진이도 같이 피자 먹고, 그러고는 호진인 진짜 삼겹살 먹어야 된다고 갔어요. 이때 행복했던 것 같아요. 아냐?"

지금은 호진이가 없다는 사실을 잠깐 잊고 아이들은 숨이 넘어갈 듯 웃는다. 그리고 또 한 아이가 입을 열었다.

"아 근데 나는 그때도 그땐데 자전거. 저희가 한날 열 명이 모였어요. 다 같이 중앙동 가서 놀자고 아파트 앞에서 모였는데, 자전거가 다섯 대밖에 없어요. 그래 가지고 날도 더운데 자전거 하나에 두 명씩 붙어 타 가지고 중앙동엘 갔어요. 그때 막 떡볶이 먹고, 피시방 가서 게임하고 그러다가, 집에 가기 전에 공원에 들렀거든요. 거기 막 자전거 주차장이 있는데, 자전거가 꽉 차 있었어요. 그래서. 아…… 저희가 집에 돌아올 때는 각자 자전거 한 대씩 몰고 집에 왔어요. 그니까 중앙동 갈 때는 다섯 대로 갔다가 올 때는 열 대로 왔어요. 난 이게 제일 행복했는데. 호진이도 새 자전거 생겼다고 완전 좋아했잖아. 그렇잖아? 어. 근데 그건 진짜 저희만 그런 게 아니라, 다 그래요. 자전거는 서로 훔치고 훔치면서 타는 거거든요. 저는 픽시라고 자전거 좋은 거 골랐는데요. 왜 그거 골랐냐면 그 자전거에 스프레이 칠이 엄청 돼 있더라고요. 그럼 그것도 누가 훔쳐서 타는 거거든요. 그래서 이건 되겠다 싶어서 그랬어요. 이젠 안 그래요. 이젠 안 그래서, 그때가 행복했어요."

아이들이 모래를 흘리고 간 거실 바닥에 앉아 너의 행복을 생각한다.

당장 회초리를 찾아 집으로 오라고 너를 다그치고 싶어지는 한편, 너의 행복을 확신하는 아이들의 말을 되새기며 가슴에 두 손을 얹게 된다.


네가 열여덟이 되던 봄, 우리는 선부동 아파트를 떠나 새 집으로 이사를 왔다. 나와 아빠는 입주 전 공사가 한창이던 아파트에 치수를 재기 위해 들렀던 적이 있다. 해가 지고 난 후라 실내가 깜깜했고 일을 마치고는 돌아가려 하는데, 웅성웅성 아파트로 들어서는 너와 너의 친구들을 마주쳤다. 핸드폰 플래시를 켜 들고 어두운 집에 발을 딛던 너는 자신의 기대를 들킨 탓인지 조금은 부끄러워했다. 곧장 집으로 가지 여긴 왜 왔느냐 물었더니, 너는 자신의 방을 보기 위해 왔다고 했다. 이층 침대와 커다란 장롱으로 꽉 찬 방을 떠나, 너는 난생 처음 너의 방을 갖게 되는 것이었다. 늦지 않게 집으로 돌아오라고 말했다. 너는 알겠다고 했다.

어둡고, 아직은 사방이 회색인 방. 불빛을 비추고 문간에 서 있는 너의 모습을 그려본다. 책상은 여기에, 침대는 창가 쪽으로, 벽지는 차분한 색이면 좋겠다고 생각하는 너는 그때 잠깐 벅차올랐을 거라고. 거실이 넓어 좋다며 호들갑을 떠는 친구들에게, 그 벅참을 들키지 않기 위해 잠깐 숨을 참았을 거라고.

너의 행복을 생각한다.

너와 우리의 시작을 생각한다

# 우리 형은 열아홉 살

안산 단원고 2학년 8반 임건우

2013.03.02~2014.04.16
20820 임건우
Remember 0416

1. 할아버지 할머니와 함께 가족사진
2. 2013년 11월. 눈밭에서 동생이랑.
3. 단원중학교 졸업식 날.

# 우리 형은 열아홉 살

＊＊＊＊

오늘은 따뜻하다. 춥다 따뜻하다 춥다가 이렇게 계속 바뀌면서 이상하다. 그래도 이런다
는 뜻은 이제 곧 겨울이 끝이 나고 아주아주 따뜻한 봄이 온다는 뜻이라 너무 좋다.

날씨가 변덕을 부려도 마침내 봄이 온다! 2월 어느 날 〈봄이 오면〉이라는 제목으로
우리 형이 쓴 일기다. 오락가락하는 날씨가 봄을 예고하고 있다는 걸 초등학교 2학년
이 깨닫다니! 우리 형 참 멋지다. 형은 일기 쓰는 걸 꽤 좋아했나 보다. 형이 쓴 일기장
이 여러 권인 걸 보면 틀림없다. 날마다 비슷한 하루인데 어쩜 그렇게 열심히 썼을까.
형은 눈도 여럿이고 귀도 여럿인가? 조금만 봐야지 하고 도둑질하듯 일기장을 열었는
데 여기에서 멈출 수가 없다. 형을 덮을 수가 없다.

안 돼! 형이 번개처럼 달려와 나를 덮칠 것만 같다. 그러면 나는 형한테 깔려 숨도 못
쉴 거다. 형 덩치에 눌려 안 볼게, 살려 줘, 제발, 겨우 말했을 테지. 하지만 볼 테면 봐
라, 형은 어쩌면 태연했을 수도 있다. 형은 비밀이 없는 사람이니까.

형이 목욕할 때 엄마가 "볼일 봐야 돼" 그러면 형은 몸을 가리지도 않고 들어오라고
했다. 밤에 잘 때는 방문을 활짝 열어 놓고 잤다. 고등학생 때도 말이다. 형은 숨길 게
없는 사람이다. 그래도 일기장을 보면 부끄러워할까? 싫어할까? 아닐 거다. 형은 내가
하는 일이라면 다 봐주니까. 너그러운 사람이니까. 그리고 나는 형에 대해서 그 어떤

일도 다 이해할 수 있으니까 당당하게 한 장 한 장 넘겨 보자. 쿵쿵. 형의 시간 속으로 떠나는 길이 두근거린다. 형! 우리 형이 여기 있다.


\* \* \* \*

엄마 아빠 결혼기념일은 내일인데 내가 오늘 선물을 줘 버렸다. 모 원래 줄 거니까 미리 주는 게 더 편해서 미리 줘 버렸다. 엄마는 머리끈 두 개하고 아빠는 볼펜. 2천 원 다 쓰는 거지만 엄마 아빠 결혼기념일이니까. 용돈은 다시 모으면 된다.


아, 형은 옛날부터 주는 걸 좋아했구나. 받는 게 얼마나 좋은지 잘 모르나? 난 받을 건 많고 줄 건 별로 없는데. 그런데 형은 줄 게 왜 그리 많았을까.

공원을 지나 집에 올 때였다. 길가에 피어 있는 꽃을 꺾으면서 "엄마한테 갖다 주자. 우리 엄마 들꽃 좋아하잖아" 하는 게 아닌가. 형은 꽃 몇 송이를 엄마 속옷 서랍에 넣어 두었다. 엄마는 속옷 서랍 들꽃을 보고 무척 행복했나 보다. 우리 건우가 얼마나 다정한 아이였는지 몰라요, 라고 자랑스럽게 이야기한다.

아빠 속옷 서랍에는 먹을 걸 넣어 두곤 했다. 야근하고 밤늦게 오시는 날이 되면, 형은 아빠 생각이 많이 났나 보다. 일하러 나간 엄마한테 문자를 보내 "아빠 오면 먹을 거 있어?" 물어보았다. 없어, 답이 오면 형은 아빠가 좋아하는 빵이나 귤을 사다 속옷 서랍에 넣어 두고 아빠한테 문자를 보냈다. "아빠 서랍 열어 보세요." 아빠는 새벽 2시에 퇴근해 오셔서 형이 사다 놓은 빵을 잡수셨다. 세상에 이렇게 달콤한 빵은 그렇게 많지 않을 것 같다.

그런데 왜 하필 속옷 서랍에 넣어 두었을까. 엄마 아빠가 퇴근하면 샤워하고 속옷을 갈아입으니까 선물을 놓칠 리 없어서? 깜짝쇼? 어쨌거나 엄마 아빠는 생각지도 않은 선물을 서랍 속에서 꺼내면서 아주 흐뭇하게 웃으셨다. 초등학교 6학년 때는 엄마 생일에 20만 원을 엄마한테 턱 내놓았다고, 엄마가 통 큰 선물 이야기를 했다. 우와~ 정말 놀랍다. 이건 내가 아장아장 겨우 걸을 때 일이라서 엄마가 말해 주기 전까지는 몰랐다. 그런데 몇 년 동안 안 쓰고 모은 세뱃돈 용돈을 한 방에 훅 쓰다니. 엄마 사랑이 큰 걸까, 주머니가 큰 걸까. 정 많은 형은 어쨌거나 산타클로스. 우리 집 산타클로스는 크리스마스를 기다리지 않고 아무 때나 선물을 주는, 세상에서 가장 후한 산타일 것 같다. 어떤 땐 귤. 어떤 땐 껌. 껌이 한 개밖에 없을 땐 껌을 반으로 잘라 엄마 반 개, 아빠 반 개. 각각 서랍 속에 넣어 두었다. 우리를 사랑하니까 특별한 기념일 아니라도 무엇이든 주고 싶었나 보다.

형은 나한테 스티커를 많이 주었다. 내 서랍 속에 모셔 놓은 포켓몬 스티커의 반은 형이 준 거다. 포켓몬스터, 드래곤볼, 만화 캐릭터도 여러 장 그려 주었다. 형은 만화 캐릭터를 아주 잘 그렸다. 진짜보다 더 멋지게 보일 만큼 잘. 아주 작은 거라도 마음을 행복하게 하면 큰 선물이 되나 보다. 그리고 받는 것보다 주는 게 더 행복한 거다, 그 말이 맞나 보다. 선물을 줄 때 우리 형은 웃는 피카추가 되었다. 난 웃는 피카추를 아주 좋아한다.


\* \* \* \*

아빠가 야간 근무라 제대로 주무시지도 못했는데 나는 우리 아빠가 많이 주무신 줄 알고 아빠하고 재미있게 놀았다. 그리고 아빠가 9시부터 1시 15분까지 주무시다 일어나 점심 먹고 컴퓨터를 하시다가 다시 주무셨다. 그리고 쭉 주무시다 엄마가 오셔서 일어나시고 진지를 드시고 씻고 기분 좋게 가셨다. 아~ 내일은 아빠하고 놀지 말아야겠다.


\* \* \* \*

아빠가 설거지를 못 하고 엄마 마중 나갈 때 설거지를 눈 깜짝할 새에 다 했다. 그때 마침 엄마 아빠가 와서 칭찬해 주었다.


내일은 아빠하고 놀지 말아야겠다. 이 부분 먼저 읽었다면 오해할 뻔했다. 아빠한테 화가 나서 그런 줄 알았을 테니까. 그런데 아빠가 힘들까 봐 형이 아빠를 놓아준 거다. 피곤한데도 아랑곳하지 않고 형이랑 놀아 준 우리 아빠도 멋지고, 많이 주무신 줄 알고 재밌게 논 걸 미안해하는 우리 형도 멋지다. 엄마가 돌아오시기 전에 설거지하는 아빠도 훌륭하고, 설거지하다 말고 엄마를 마중 나가는 아빠도 훌륭하다. 아빠가 엄마를 마중 나간 사이에 설거지를 마쳐 놓는 꼬맹이 형도 훌륭하다. 형은 어쩜 이렇게 의젓할까. 서로 위하는 마음은 훌륭한 마음이다. 난 이 부분을 보고 내가 우리 집 식구라는 게 아주 자랑스러워졌다.

엄마 아빠가 퇴근하는 시간에 맞추어 보일러 틀어 놓고 이부자리를 깔아 놓은 형. "엄마, 몸 녹여"라는 말로 추위도 피곤도 다 녹여 준 훈훈한 아들. 결혼하면 아이를 다섯 명 낳아서 할머니와 부모님한테 즐거움을 많이 드리고 싶다던 우리 집 효자.

내가 태어났을 때 형은 열 살이었다. 내가 똥 기저귀 차고 있을 때 우리 형은 초등학생이었다. 내가 유치원 다닐 때 우리 형은 고등학생이 되었다! 그러니까 건우 형은 나한테 완전 완전 큰 형님이다. 내 친구들 가운데 우리 형보다 더 힘세고 더 높은 형은 없다. 나는 하늘처럼 높은 형이 있어 아주 든든했다. 출동! 형만 데리고 짠 나타나면 어떤 악당도 꼼짝 못 할 것 같았다. 지금도 그렇다. 아빠랑 장난치다가 힘이 달리면 형을 출동시킨다. 형 사진을 갖고 나와서 아빠랑 대결한다. 힘 센 우리 형. 형이 내 편을 들어주면 아빠도 거뜬하게 이길 수 있다.

솔직하게 말하면 옛날에 형이 장난칠 때는 귀찮았다. 괴로웠다. 내가 애기라고 꽉 껴안고 누르고 잡아당기면서 짓궂게 장난을 치면서 나를 못살게 구는 것만 같았다. 그런데 지금은 그게 날 예뻐해서 그랬다는 걸 알겠다. 아빠가 날 못살게 굴 때 우리 형의 모습이 보인다.

참, 요즘 나는 우리 형을 나의 구세주로만 쓰지 않는다. 동생 노릇을 한다. 형이 방에만 있으면 심심할 것 같아서 형 사진을 갖고 나와 게임하라고 컴퓨터 앞에 올려놓는다. 형은 게임을 잘하니까 나한테 게임 전략 전술을 잘 가르쳐 줄 것 같다. 오늘은 사진 속 형과 묵찌빠도 했다. 묵! 내가 주먹을 내밀 때 형이 손을 펼치며 보자기를 내밀면 좋겠다.

****

학교에서 애들 딱지를 다 따고 학교가 끝날 때 다시 딱지 절반을 나눠 주었다.

****

내일은 태권도에서 3학년 심사를 본다. 3학년 전부 다 붙으면 좋겠다. 떨어지는 사람은 안 됐다. 다 꼭 붙으면 좋겠다.


우리 형은 우리 가족한테만 마음을 나누어 준 게 아니다. 형은 어렸을 때부터 어지 간히 속도 깊었나 보다. 불룩해진 딱지 가방을 보면서 부자가 된 기분이었을 텐데 딱 지를 왜 돌려주었는지 모르겠다. 형이 딴 거니까 형 딱지인데 왜 돌려주었을까? 그런 데 짐작할 수 있다. 형이 천사라서 그럴 거다. 형이 땄어도 형 것이라 생각하기 불편 했을 거다. 딱지를 잃은 사람이 얼마나 속상할까 헤아리는 형. 태권도 심사를 보기 전 날. 자기 붙을 생각만 해도 모자랄 판인데 다른 사람이 심사에서 떨어질까 봐 걱정을 한다. 오지랖도 넓지.

그래서 만화가나 게임 만드는 사람이 되겠다던 형이 어느 날 〈변호인〉 영화를 보 고 와서 공부 열심히 해 변호사가 되고 싶단 얘기를 했나 보다. 이 영화에는 아주 어 려운 말이 나온다.

"대한민국의 주권은 국민에게 있고 모든 권력은 국민으로부터 나온다. 국가란 국 민이다."

이 말이 무슨 말인지 나는 잘 모르겠다. 어쨌거나 나만 가지면 돼, 나만 잘하면 돼, 나만 붙으면 돼, 나만 살면 돼. 이런 욕심쟁이들이 형 마음씨를 조금 닮는다면 좋겠다. 그러면 딱지를 다 잃어도 조금만 슬퍼질 거다. 희망이 있으니까.

****

오늘 장 보러 마트에 갔다. 거기에서 나는 CD를 보았다. 그런데 그 CD에 내가 원하는 게

우리 형은 열아홉 살

임이 있었다. 그래서 나는 엄마한테 사 달랬지만 안 된다고 해서 안 사기로 했다. 엄마는 장 보는 것이 행복하다고 했다. 왜냐하면 장 보면 그다음 날 반찬 걱정을 안 해도 돼서다.


이럴 수가! 게임 시디를 보고도 포기하다니. 형은 게임 시디가 꼭 갖고 싶지 않았나? 그건 아닐 거다. 형이 게임을 얼마나 좋아하는데. 아니, 그때는 게임을 덜 좋아했을까? 중학교 2학년 사춘기 때까지도 한 시간만 게임을 하기로 약속하면 정말 딱 한 시간만 게임을 했다니까. 그러니까 형은 약속을 잘 지키기 때문에 뭘 사 달라고 졸라 대지 않은 게 맞다. 또 떼쓰는 성격이 아니기 때문이기도 하다.

엄마가 그러는데 형은 조르는 성격이 아니라서 엄마랑 장 보러 갈 때 "뭐 사 달라고 하지 않기로 약속해" 하고 형을 데려갔다고 한다. 그러면 형은 딱 한 번 '사 달라'고 던져 보곤 "엄마랑 무슨 약속했어? 구경만 하기로 했지?" 하면 끝이었다나. 바보. 그렇게 단박에 포기하다니. 울고 떼쓰고 입 튀어나오는 것도 없이. 아니 바보는 틀린 말이다. 엄둥이, 엄청난 순둥이가 맞다. 엄마를 힘들게 하지 않으려고 그런 거니까. 구경만 하기로 했지? 엄마 한마디에 구경만 하는 우리 형. 나도 형처럼 졸라 대고 싶지 않다. 그런데 난 금세 포기할 수 없다. 나는 조금 끈기 있게 졸라 댄다. 왜 안 되는데? 그래도 난 갖고 싶은데 어떡해, 하면서. 조금 고집을 피운다. 갖고 싶은 게 있는데 어떻게 졸라대장이 안 될 수가 있단 말이냐.

구명조끼를 입고 갑판에 나와 있던 우리 형은 "배 안에서 기다리라"는 말을 듣고 배 안으로 들어갔다고 했다. 형은 어른 말을 왜 그렇게 잘 들었을까. "기다리라"는 어른들 말을 듣지 않았다면 우리 형은 헤엄쳐서 진도 앞바다를 건너 집으로 돌아왔을 텐데. 엄마 아빠 할머니가 사는 우리 집으로. 우리 형은 힘도 세고 수영도 잘하니까. 형은 물개니까. 그런데 우리 형은 바다를 건너오지 못했다.


\*\*\*\*

태권도에서 격파를 했는데 어제와 같이 4장씩이나 깼다. 내일은 태권도 체조를 한다. 내일은 태권도 체조를 끝까지 다 배워서 너무 좋다. 태권도에서 이제 곧 국기원에 간다. 거기서 떨어지면 품띠를 못 받고 안 떨어지면 품띠를 받게 된다. 붙을 자신이 타오르고 있다. 지금부터 긴장을 좀 해야겠다. 국기원 가서 30초 동안 겨루기를 하는데 그게 제일 힘들 것 같다. 참 좋다.

이야, 표현 멋지다. 붙을 자신이 타오르고 있다! 맞다. 격파를 하고 나면 슈퍼맨이 된 것 같다. 이얍, 기합을 넣고 날아가 다리를 쫙 뻗어 합판을 쩍 부서뜨리는 맛이란! 정말 짜릿하다. 나도 태권도를 배워 잘 안다. 내가 다니는 태권도장은 우리 형이 다닌 태권도장이다. 그때 형아를 가르치던 사범님이 지금은 우리 관장님이시다. 관장님은 형도 가르치고 나도 가르쳐서 나한테 더 잘 해 주시는 것 같다. 찬우야 너도 형처럼 열심히 해라, 하시면 어깨가 으쓱해진다. 나도 꼭 품띠를 따야겠다.

참 좋다. 이 말은 형 일기 끝에 가장 많이 적혀 있는 말이다. 어떤 일기장 한 권은 거의 모두 '참 좋다'로 끝난다. 할머니가 그러시는데 "건우는 그냥 뭐든지 즐거운 거야. 낙천적인 아이야"라고 하셨다. 낙천적? 그게 무슨 뜻이냐면 무엇이든지 잘될 거라고 믿는다는 뜻이라고 한다.

좋은 것이 많았던 형. 나는 건우 형이 내 형이라서 좋다. 형이 공부하고 늦게 집에 돌아왔을 때 거실에서 내가 자고 있으면 형은 나를 번쩍 안아 들고 방에 데려가 눕혔다. 이제 막 잠 들었는데 뽀뽀하면서 "잘 자, 사랑해, 좋은 꿈꿔, 알라뷰"도 해 주고. 막 잠든 애를 깨우면 어쩌려고, 엄마가 뭐라 해도 얼굴 비벼 대고. 니글니글. 닭살이었다고. 이제는 내가 형한테 인사한다. "형아, 잘 자, 사랑해, 좋은 꿈꿔, 알라뷰." 형은 액자 속에서 빙긋 웃기만 한다. 그런데 형한테 미안하다. 여덟 살부터 형 방에서 자기로 해 놓고 열 살까지 기다리라고 하지 않았으면 좋았을걸.

열 살 어린 동생 보고 우리 새끼라고 부르던 우리 형. "찬우는 내가 키울 거야. 내가 돈 벌어서 대학 공부시켜 줄 거니까 엄마 아빠는 노후 준비하세요." 형은 마치 아빠라도 되는 것처럼 나를 챙겼다. 산에 갔을 때 아빠가 앞장서서 가면 "아빠, 왜 혼자

가. 찬우, 왜 안 챙겨요"라고 하던 나의 보디가드였다. 할머니 할아버지 모시고 제주도로 가족 여행을 갈 때도 그랬다. 그때 형이 배 멀미를 심하게 했는데 웩웩 헛구역질하면서도 날 챙기라고 아빠한테 잔소리를 빼놓지 않았다. 나의 울타리, 다정한 우리 형.

\*\*\*\*

딱지를 아침에 차에서 잃어버렸는데 못 찾았다. 어디 있는지 알아야 찾는데 그걸 모르니 어떻게 찾는단 말이냐. 모 어차피 내일이면 다 잊어먹는데. 그래도 힘들게 딴 거라 잘 잊어먹지 않는 것 같다.

\*\*\*\*

오늘은 바람이 다른 때보다 훨씬 더 추웠다. 어제도 그랬다. 하지만 이제 내일이면 모든 바람이 전부 멈춘다. 그래서 내일이 되면 좋을 것 같다.

형은 스스로 위로할 줄 알았다. 시간이 지나면 속상한 마음도 안타까움도 지나간다는 걸, 꽃샘바람이 봄을 부르는 바람이란 걸, 형은 어떻게 알았을까. 이 또한 다 지나가리라, 하면서 잘 견디어 내는 어른들처럼. 그렇다. 오늘은 꽃샘바람이 불지만 오는 봄을 막을 수는 없다. 내일이 오면 바람이 멈출 거다. 오늘은 잃어버린 아픔으로 쓰라리지만 내일이면 치유될 것이다.

그래도 절대로 잊지 못할 일이 있다. 꽃 피어나는 봄날, 출근하다 말고 수학여행 가는 형을 보고 싶어 버스 정류장에서 형을 기다린 엄마. 캐리어를 끌고 친구들과 이야기 나누며 골목길로 사라지던 그 마지막 뒷모습을 엄마는 어찌 잊을까. 우리 새끼 우리 새끼 하던 형을 나는 어떻게 잊어먹을까.

이제 나는 아홉 살이다. 초등학교 2학년이 되었다. 우리 가족이 함께 올라갔던 수암봉에 올라갈 때 혹시 엄마 앞에 개가 나타나면 내가 개를 막아 줄 거다. 형처럼. 개를 무서워하면서도 엄마 앞에 버티고 서서 엄마를 지켜 주던 형, 정말 멋졌는데. 이제 내가 엄마를 지켜 줘야지. 참! 아니다. 엄마는 이제 개를 무서워하지 않는다. 개 공포증만 없어진 게 아니다. 엄마는 이제 용감하다. 무서워하는 게 없어졌다.

　올해 우리 형은 열아홉 살이 되었다. 작년에는 열여덟이었지만 지금은 열아홉. 나는 게임 아이디를 바꾸었다. 우리 형아는 열아홉 살, 이렇게. 그리고 엄마 핸드폰에 입력했던 '엄마 아빠의 귀염둥이'를 지우고 '우리 형아는 열아홉 살'로 바꿔 달라고 했다. 스무 살. 스물다섯 살. 내가 나이 먹을 때마다 우리 형도 나이를 먹을 거다. 형은 우리 가족과 영원히 함께할 거다.

# 그 허연 얼굴과 까만 안경도 무척 이쁘지만

안산 단원고 2학년 8반 **임현진**

1. 제주도로 가는 배 갑판에서 6반 친구 김민규와.
2. 고등학교 1학년 때. 아빠랑 사우나 갔다 오면서.
3. 첫돌 기념. 집에서 돌잔치를 하고 엄마 아빠와 찍은 사진.

그 허연 얼굴과 까만 안경도 무척 이쁘지만

백묵 가루가 묻어 있는 초록 칠판이 바로 코앞이다. 책상 위에는 흰 국화가 놓여 있다. 시들어가는 꽃잎 위로 지나간 시간들이 흘러간다. 손에 잡힐 듯 가까이 다가왔다가 어둠 속으로 훅 사라지는 시간들. 흩어지는 기억을 붙잡아 두어야지. 열여덟, 내 삶의 이야기를 자화상으로 정리해 볼까. 그래, 꽃봉오리인 채로도 환하게 피어난 꽃이었던 순간들을 불러내 보자. 결코 한쪽으로 치우치지 않고, 미화하지 않은 자화상을 그려 보자. 하지만 기억은 사실보다 더 따뜻한 온도로 남는 법. 무덤덤하게 지나갔던 일상이 찬란한 순간으로 잡힐 것 같다.

축구

점심시간 끝나는 종이 쳤다 / 우리 반 애들은 모두 줄을 섰다 / 오늘은 축구가 있는 날이었다 / 축구가 시작되었다 / 하지만 잠시 후 우리는 실점을 했다 / 힘을 모아서 다시 했지만, 또다시 실점 / 그래도 그래도 우린 함께 열심히 최선을 다해 했다 / 이렇게 저렇게 차도 골을 넣고 싶은 마음 / 이렇게 저렇게 차도 이기고 싶은 마음

그래! 이따금 시를 썼지. 시에 맞게 그림도 그려 넣었다. 나는 레알마드리드 광팬. 그러니 어찌 축구 사랑에 관한 시를 쓰지 않으리. 삶이 곧 시라고 하지 않던가. 2009년

9월 18일. 선생님이 찍어 주신 확인 도장도 선명하다. 오래 전에 쓴 시 한 줄 한 줄 사이로 햇빛 쨍쨍한 운동장에서 공이 날아온다. 뻘뻘 땀을 흘리며 공을 차면 드넓은 초원을 달리는 야생마가 되었던 것 같다. 아니 등 양쪽으로 날개가 돋은 페가수스인지도 몰랐다. 초원을 지나면 올림픽 스타디움. 그러나 황홀한 순간은 번개처럼 지나간다.

일편단심 민들레. 변하지 않는 사랑이 있었으니 얼마나 축복받은 사람인가. 스스로 즐겁게 여기는 일을 계속할 수 있는 삶이 성공적 삶이라면 단언컨대 내 삶은 성공적이다. 난 중학생, 고등학생이 된 뒤에도 '레알마드리드'로 불리었다. 중학교 친구들이 보내 준 생일 축하 메시지에는 '해피 버쓰데이 투유'보다 더 장황한 이야기가 넘친다. 축구 이야기다. 현진아 축구 열심히 하자, 오늘 꼭 이기자. (그럼 이겨야 하고말고.) 꼭 골 넣어라. 축구 열심히 해서 5반 삭발시키자. (맞아. 5반은 유독 결사항전 의지가 넘쳤지.) 넌 공격을 잘하는 것 같아, 주전 널 믿어…… (한 덩어리가 되어 대결하는 일은 정말 신나지.)

최고 선수의 스파이크에 감춰진 굳은살과 흉터투성이인 축구 선수 박지성의 발을 보고 "진정한 프로가 되려면 절대 포기하지 말고 끈기 있게 노력하겠다는 마음가짐이 필요하다"고 생각한 적이 있다. 박지성 선수의 발을 그리며 뛰던 시간들아, 유니폼을 흠뻑 적시면서 함께 뛰던 친구들아, 레알마드리드 6번 유니폼을 입고 너희들과 함께 햇살 속을 다시 달리고 싶구나.

현진아, 평소에는 조용하지만 말할 때 목소리가 매력 있는 것 같아. 너의 그 시크함에 반했어. 너 왜 이리 까칠해. 수세미도 아니고. 과묵한 것 같은데. 완전 착함. 그리고 재밌음. 너는 우리 반을 밝히는 전구 같은 존재야. 살짝 조용한 면도 있지만 스포츠 활동이나 축구를 할 때는 항상 최선을 다하는 거 같아. 가끔 들리는 목소리가 참 멋지다고 느꼈어. 현진, 항상 건드려서 미안해. 그래도 네가 맞장구쳐 줘서 고맙다. 너는 은근 재밌고 웃기고. 재미있는 말도 잘하는 것 같아. 넌 쿨한 것 같지만 은근 엉뚱함. 웃을 때 보조개 부러움. 인기 많아. 화도 안 내고 사교성 은근 좋음. 말없이 내 장난도 받아 주고 도움도 주고받는 사이. 더 친하게 지내자. 너는 밝고 착하고. 넌 안경이 잘 어울려. 조용하면서 할 말다하는 너. 잘 생긴 현진 군! 너의 그 허연 얼굴과 까만 안경도 무척 이쁘지만, 역쉬 너의 매력 포인트는 너무나도 핫한 니트였는데 요즘은 하복이라서 아쉽구랴. ㅋㅋ 내가 겁나 이뻐하는 거 알지?

중학교 3학년 때 반 친구들한테 받은 어록을 찬찬히 읽어 본다. 힐, 내가 이렇게 비치는군. 좀 낯선 부분도 있다. 하지만 이 짧은 문장 속에 내가 고스란히 담겨 있겠지. 엄마 아빠도 다소 낯선 나를 보고 놀라실지 모르겠다. 그렇지만 이게 바로 나란 걸 아실 거다. 여러 각도에서 본 내가 있어야 퍼즐이 완성된다는 것까지. 어쨌거나 고맙다. 나, 매력 있었던 건가. 하하. 훌륭하다. 친구들. 나를 이렇게 보아 주다니. 나도 너희들의 매력을 보고 있지. 우리들이 한자리에 모여 사진 찍던 날도 고마웠단다. 비록 액자속에 담겨 있었지만 너희들과 함께 있어서 행복했고. 우리, 서로의 기억 속에 오래도록 남겨지겠지? 사랑한다. 친구들아 나의 친구들아.

"제가 알아서 공부할게요. 학원 안 가도 돼요."
난 학원을 별로 좋아하지 않았다. 무엇이든 내가 알아서 하는 편이라 공부도 내 힘으로 하고 싶었다. 이리저리 헤맬지라도 목적지를 향해 가는 과정을 즐긴다고 할까. 엄마 아빠도 그걸 알기에 학원으로 등 떠밀지 않으셨을 거다. 학원 안 가도 돼? 이따금 물어보시긴 했지만 내 대답에 대한 엄마 아빠의 반응은 언제나 같았다. 그래, 알아서 해라. 임마 아빠는 나들 시배하려고 하지 않으셨다.
"현진아, 공부 못 해도 된다, 키 많이 크고 건강해라."
"밥 잘 먹고 건강해라."
임씨 집안의 장손이며 외아들인 나한테 더 큰 것을 기대하셨을 법도 한데 우리 엄마 아빠가 나한테 바란 건 그저 건강하게 잘 자라는 것뿐이었다. 우리 삶에 가장 중요한게 공부가 아니라고 여기는 부모님. 그저 건강하라고만 사랑과 기대를 표현하셨다. 그 덕분에 나는 실컷 축구, 야구를 하며 놀았다. 학원에 다니지 않고 스스로 공부하는 쪽을 택하여 꽤 오랫동안 자유롭고 평온한 영혼으로 살았다.

내가 도달할 지점이 어디인가 왜 중요하지 않으셨을까. 그래도 그저 나를 믿고 어떤 결과라도 다 받아들여 준 엄마 아빠. 새삼 고맙다는 생각이 피어오른다. 선행학습 금지법까지 실시할 정도로 뜨거운 사교육 열기. 이 도가니 안에서 학원 다니란 소리 한 번 안 하고 그저 미더운 눈길로 바라봐 주시다니. 보통 여유 아니고는 불가능한 일이다.

덕분에 공부만 강요당하는 가혹한 현실은 나와는 전혀 상관없는 다른 나라 이야기였다. 학업 스트레스가 무엇인지 모르는 채 축구, 야구, 자전거와 같은 운동을 즐기는 대한민국의 중고등학생이라니. 그래, 나는 자유로웠다, 행복했다.

그런데 독학이 버거워지기 시작했다. 도대체 왜 이리 고차원의 학업을 수행해야 하는 거야. 혼자 풀어내고 스스로 이해할 수 있는 단계를 넘어서면서 슬슬 불안해졌다. '그래, 어쩔 수 없구나. 도움을 받아야겠다.' 고등학교 1학년. 처음으로 방과 후 수업에 등록했다. 운동을 반납하고 도서관에서 시간을 보냈다. 성적이 올라가기 시작했다. 흐음, 이 맛에 공부하는군! 달콤한 열매는 더 큰 욕망을 부르던가. 성적을 더 끌어올리고 싶다는 자극이 되었다.

중학교 1학년 때까지만 해도 나의 장래 희망 1순위는 운동선수였다. 2순위, 3순위는 건축가, 실내 건축 디자이너. 고등학생이 된 뒤엔 운동은 취미로 평생 즐기고, 실내 건축 디자이너가 되고 싶다는 생각이 간절해졌다. 건국대학교 실내디자인학과. 목표를 세웠다. 꿈이 구체화되니 공부에 대한 열망이 더 커졌다.

"엄마, 학원비 대 주세요. 이제 학원에 갈래요."

"혼자 하기 힘든가 보구나."

엄마는 의아해하지 않으셨다. 기다렸다는 듯 단박에 학원비를 대 준다고 하셨다. 말은 안 하셨지만 때를 기다리신 것 같았다.

나는 성실파! 연습장에 차곡차곡 문제를 풀어 나갔다. 그럭저럭 술술 풀려 나갔다. 그런데 산술, 기하, 행렬에서 막혀 버렸다. "선생님. 여기까지만 이해되어서." "5번과

6번은 어려워요. 어려워서 못 풀었어요." "선생님. 10번도 이해가 안 가서 못 풀었어요." 풀이 과정을 반듯하고 단정하게 써 내려가다 막히는 부분이 나오면 메모를 남겼다. 그런데 산 하나를 내려왔는데 다시 깔딱 고개다. 혼자 해결하고 싶지만 어쩔 수 없다. 다시 SOS를 쳤다. "선생님 이건 정확히 잘 모르겠는데 제 생각으론 2분의 3은 1.5이기 때문에 그 다음 h는 3이라고 생각됐습니다."

수학은 호락호락 문을 열지 않았다. 그렇지만 빗장을 풀고 문을 열어 가는 기쁨이 있어 좋았다. 두드려라! 열릴 것이다! 문제를 해결해 가며 스스로 성장해 가는 자신을 확인하는 건 꽤 흐뭇한 일이다. 나는 어려운 일에 부딪쳐도 어떻게든 이를 해결하기 위해 노력해 오지 않았던가. 2013년, 고등학교 1학년 가을부터 겨울까지. 이때 학업에 대한 열정 세포가 왕성하게 증식했나 보다. 인증서. 자기 주도 학습에 성실하게 참여한 학생에게 주는 인증서를 몇 차례 받았다. 공부뿐 아니라 대회에도 적극적으로 참여했다. 욕심 때문에? 아니다. 그저 성실했을 뿐이다. 재주도 많은 녀석! 그 결과 상을 몇 개나 받았다. 독도 수호와 천안함 용사 3주기 추모 나라 사랑 그림 대회, 과학의 달 행사 과학 독후감, 에너지 사용 절약 실천 창작대회 디자인 부문. 뛰어나냐고? 그렇지 않다. 장려상 정도다. 그러나 충분하다. 이 몸은 다방면에 고루고루 소질이 있나 보다. 흠흠. 아니, 아니. 내가 무슨 말을 하고 있는 거야. 두루두루 즐길 수 있어 감사했으면서. 마음이 시키는 일에 충실하면 아웃풋이 확실하다. 달콤하다.

3학년 임헌진. 모든 일에 근면 성실하며 어버이와 웃어른의 뜻을 잘 따르며 효성이 지극하여 다른 학생의 모범이 되기에 효행상을 수여합니다. 석수중학교장.

효행상은 좀 쑥스럽다. 그런데 무엇 때문에 효행상을 받았지? 잘 모르겠다. 딱히 효자라고 할 수 없는 것 같아 엄마한테 여쭈어 본다.

"엄마! 내가 효자였어요?"

"그럼, 그럼. 우리 아들 같은 효자 없지. 다 크도록 우리 아들은 엄마 속 한 번도 썩인 적이 없는걸. 하지 마라 하지 마라 한 게 하나도 없잖아. 게임 그만해라 그런 소리도 안

그 허연 얼굴과 까만 안경도 무척 이쁘지만

해 봤지, 피시방에서 한 시간만 놀고 온다 하면 정말 한 시간만 놀고 왔지."

그런데 좀 따져 봐야겠다. 하지 마라, 이 말을 듣지 않은 건 내가 온순하고 착실했기 때문일까? 엄마가 모든 걸 수용하는 관대한 사람이었기 때문일까? 우리 사이에 싸움이 없었던 건 상호 작용의 결과이겠지. 그러니 엄마와 나, 찰떡 모자라고 해도 과한 말이 아닐 것 같다. 엄마는 신이 나서 자랑을 이어간다.

"사내 녀석이 정리정돈 잘하지. 교복 벗어 딱 걸어 놓지. 양말도 세탁기에 꼭 넣지. 청소, 설거지, 빨래 도와주지. 엄마랑 마트 가서 장 보는 거 좋아하지. 심부름 잘하지. 엄마 일할 때, 뭐 도와줄 거 없냐고 물어 보지."

에이, 엄마도 참. 제가 한 깔끔하잖아요. 제 걸 제가 관리한 걸 갖고 뭘. 겨우 엄마 일 좀 도와준 것 갖고 무얼.

"선물 세례도 잘하고. 중학교 3학년 때 가스레인지, 그다음 번에는 전자레인지. 엄마가 무얼 갖고 싶어 하는지 먼저 알고. 학생이 무슨 그런 선물을…… 꼬박꼬박 용돈을 준 것도 아닌데 몇 푼 되지도 않는 걸 쓰지 않고 모아 그런 걸 사다니. 봐라. 지금도 주방에서 번쩍번쩍 빛이 난다. 네가 사준 가스레인지 전자레인지 볼 때마다 얼마나 뿌듯했는지 모른다. 식당에서 같이 일하는 아줌마들한테도 몇 번 자랑했는걸."

"또 있다, 아들. 네가 싱크대를 새 걸로 만들어 줬지. 싱크대 문짝에 맞추어 시트지를 반듯반듯 잘라내어 딱 맞게 붙여서 주방이 환해졌어. 페인트를 사다 창문틀에 칠까지 해 주고! 너 쓰라고 용돈 준 건데……"

내가 엄마를 많이 사랑했나 보다. 다 큰 아들이 되고 싶었고 딸 노릇도 하고 싶었나 보다. 하나뿐인 외아들. 엄마한테 해 줄 게 더 많을 텐데. 무엇을 더 해 드려야 좋을까. 내가 꿈을 이루어 실내 건축 디자이너가 되면 내 손으로 엄마마마의 공간을 선물했을 텐데. 인테리어 잡지에 나오는 것처럼 깨끗하고 품격 높은 주방을 가져 보지 못한 엄마에게.

"엄마가 식당 일 늦게 끝마치고 나왔을 때…… 네가 식당 밖에서 엄마를 기다리다 자전거 태워 줄 땐 정말 행복했어. 엄마 혼자 돌아올 땐 멀던 길이 네가 오면 얼마나 가까워졌는지 몰라."

안다. 엄마의 행복. 추운데 왜 왔어, 이렇게 늦게, 하면서도 꽃처럼 피어나던 엄마의 환한 얼굴. 엄마는, 우리 아들 허리 날씬한데, 멋져, 하면서 등에 뺨을 댔지. 엄마 안 무섭냐? 엄마 안 무거워, 하면서도 걱정하는 엄마 말 때문에 씽씽, 더 힘차게 페달을 밟았던 걸 엄마는 알고 계실까.

아빠도 거드신다.

"울 아들이 효자야? 아니야. 효자 아니지. 현진이는 내 친구잖아. 아빠랑 목동야구장도 가고 잠실야구장 가서 치킨 먹으며 야구도 보고. 목욕탕 가자고 하면 목욕탕도 가고."

아들이 아들을 넘어서고 아빠가 아빠를 넘어섰으니 친구란 존재가 된 거 맞다. 고등학생이 된 아들과 아빠가 함께할 수 있는 일이 있다는 것은 정말 고마운 일이다.

"정말 효자 아니라니까. 나 빼놓고 엄마랑 둘이 영화 보고. 치사하게."

헉, 우리 아빠 질투 심하시다. 주말에 일 나가셔서 바쁘셔 놓고. 집에 혼자 있는 엄마랑 데이트 좀 했는데 샘내시다니. 알았어요, 알았다고요. 다음엔 아빠 영화표까지 예매해 놓을게요. 주말에 시간만 비워 놓으시라고요.

"뭐야. 자기네끼리 군대 얘기하고 야구 얘기해 놓고…… 잠 안 자고 속닥속닥."

엄마가 눈을 흘긴다. 이쁘다, 울 엄마.

우리 아들 현진이는 착하고 말도 잘 들어. 엄마 아빠는 언제나 나를 순한 아들, 효자라고 하셨다. 그런데 나는 효자라고 말할 수 없다. 엄마 아빠를 뒤에 남겨 둔 채 먼 나라로 일찍 떠나온 내가 어찌 효자일 수 있을까. 울 아들 너무 보고 싶다, 영원히 사랑해라고 하트를 뿅뿅 날리는 엄마한테 얼굴 보여 주지 못하는 내가 어찌 좋은 아들일 수 있을까. 친구 같은 아들아! 시간이 지날수록 너무 보고 싶어. 사랑하는 울 애기! 아빠는 영원히 사랑해. 180센티가 넘게 자란 아들한테 우리 애기 우리 새끼라고 하는 엄마 아빠, 그 옆에 있지 못하는 내가 어찌……

그렇지만 아빠 말씀대로다. 별이 된 아들이 하늘나라에 가 있을 뿐. 그래요, 저는 엄

그 허연 얼굴과 까만 안경도 무척 이쁘지만

마 아빠 곁에 영원한 사랑으로 머물러 있을 거예요. 어느 날 엄마 아빠가 바라보는 별이 유달리 반짝반짝 빛날 때가 있을 거예요. 그땐 아빠 엄마를 보고 제가 웃은 거예요. 그러니 별이 더 반짝이는 밤에는 엄마 아빠도 저를 보고 웃어 주세요. 활짝.

엄마는 (착하다.) 아빠와 나는 (사이가 좋다.) 엄마와 나는 (매우 친근하다.) 나의 친구들은 나를 (착하게 생각한다.) 나의 선생님은 나를 (예뻐하신다.) 집에서 기대하는 것은 (맛있는 밥과 휴식 그리고 가족들.) 내가 원하는 것은 (행복이다.) 당신이 나의 모습을 아신다면 (자랑스러워할 거다.) 내가 살아야 하는 이유는 (행복하기 위해서다.) 나의 아버지는 (책임감 있으시다.) 나는 아버지를 (존경한다.)

몇 년 전, 석수중학교 다닐 때 남긴 자료를 엄마 아빠한테 보여 드려야겠어요. 괄호 안에 제가 채운 문장 좀 보세요. 저는 저를 사랑했고, 엄마 아빠도 많이 사랑했네요. 그렇죠? 얼마나 사랑했는지, 오래 전에도 고백하고 있었네요.

엄마 아빠, 저와 함께해 주셔서 감사해요.

엄마 아빠, 사랑해요. 건강을 빌며 아들 임현진 드림.

남은 사람은 장밋빛을 기억하게 된다는 소릴 들었다. 그런데 떠나는 사람도 그렇다. 나도 분홍빛 장미가 품은 향기와 같은 것들에 대한 기억이 또렷하다. 짧은 삶이었지만 영원히 지속될 아름다운 추억을 한아름 안고 나의 별로 돌아간다. 내가 사랑했던 시간들아, 안녕.

# 엄마는 이름이 많아

안산 단원고 2학년 8반 **장준형**

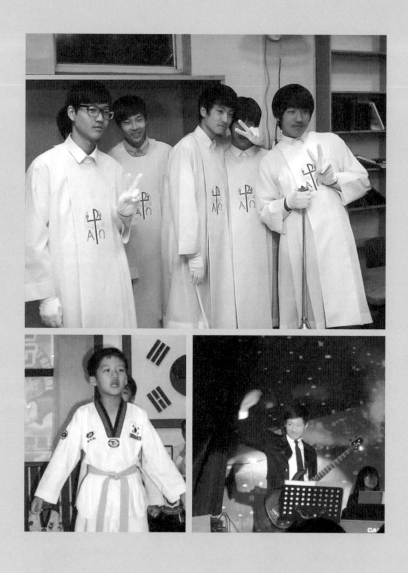

1. 고1 성탄절 대복사 서던 날(오른쪽 맨끝이 준형이).
2. 초1 태권 도장에서.
3. 성 요셉의 밤.

엄마는 이름이 많아

## 원곡성당의 독수리 오 형제

일요일 아침 준형의 집은 아침부터 시끌벅적하다. 할머니와 고모는 벌써부터 일어나 밥을 차리고 분주히 움직인다. 둘째 혜림이는 거울 앞에 있고 셋째 준우는 옷을 갈아입었다. 준형은 막내 준석을 깨웠다. 애교쟁이 막내가 눈을 비비며 일어났다.

"큰형님아, 오늘은 내가 큰형님 옆에 앉을 거야."

준형의 아빠는 벌써 준비를 마쳤다. 아이들과 성당에 가는 행복을 놓치고 싶지 않아서, 토요일 저녁에는 어떤 일이 있어도 술을 마시거나 늦는 법이 없었다. 말끔하게 차려 입고 아이들 뒤를 묵묵히 따라가노라면 세상을 다 가진 것처럼 기뻤다.

근처에 사는 작은고모와 사촌 동생 유민이도 함께 성당으로 향했다. 작은고모는 고등학생일 때 갓난아기 준형을 곧잘 업어 주곤 했다. 그런 준형이가 저렇게 자라서 동생들을 데리고 함께 걸어간다.

무뚝뚝한 준형의 아빠가 여동생에게 모처럼 속내를 털어놓았다.

"아이가 하나 늘 때마다 부담이 느는 줄 알았는데, 사랑을 배우는 거더라."

아이 다섯을 앞장세우고 뒤따라 걷는 어른들의 얼굴에 흐뭇한 미소가 가득했다.

긴 성당 의자에 다섯 명이 쪼로록 앉은 걸 보고 사람들이 말한다.

"독수리 오 형제가 출동했네."

준형은 독수리 오 형제의 맏이답게 듬직했다.

미사를 마치고 나면, 식구들은 종종 화랑유원지에 들렀다. 돗자리며 물통, 도시락을 들고 재잘재잘 걷노라면 유원지에 금방 닿았다.

햇살 좋은 공원에는 준형과 동생들이 공을 차며 웃는 소리로 가득했다. 연못을 한 바퀴 돌고 온 막내는 고모에게 기대어 어리광을 부린다.

"엄마, 나도 큰형님처럼 크면 더 빨리 뛸 수 있지?"

막내는 큰고모를 엄마라고 부른다. 준형은 그런 막내를 바라보다 생각에 잠겼다.

오래전 준형이 겨우 초등학교 2학년을 마쳐 갈 때쯤, 엄마와 아빠는 함께 살지 않게 되었다.

바로 아래 동생인 혜림이는 겉으로 말은 하지 않지만 엄마에 대한 기억을 가지고 있을 것이다. 하지만 셋째 준우는 많이 어렸으니 기억이 가물가물할 것이다. 그보다 훨씬 어린 막내는 지금 자기 앞에 있는 사람이 '엄마'라고 안다. 그건 아주 당연한 일이었다. 세 살배기 때 경기를 일으킨 막내를 맨발로 들쳐 업고 병원으로 뛴 사람이니까. 말을 배우던 그 순간부터 늘 함께 먹고 자고 안아 주는 사람이니까. 형과 누나에게 반드시 '형님', '누님'이라 부르라고 알려 준 사람이니까.

막내 준석은 큰형님을 어려워하기는커녕 친구처럼 여기는 것 같았다.

"누님은 무서워!"

똑 부러지는 성격에 야무진 누나는 막내에게 엄하게 대할 때가 있다. 그러나 한참 위인 준형은 막내를 업어 주기도 하고 품에 안고 재우기도 한다.

준형이 고등학생이 되어 하교 시간이 늦어지고 막내의 얼굴을 보는 시간이 줄어들었다. 어느 날 막내가 볼멘소리를 했다.

"큰형님 경찰에 신고할 거야!"

고모는 깜짝 놀라 물었다. 아니, 친절하고 자상한 큰형을 왜?

"나랑 놀아 주기로 해 놓고선 안 놀아 주잖아."

일이 바쁜 아빠를 대신하던 큰형마저 바빠지니 못내 서운했던 것이다.

어느 날이었다. 막내가 준형에게 물었다.

"큰형님은 왜 엄마를 고모라고 불러?"

준형은 선뜻 대답을 못했다. 하지만 막내와 눈을 맞추며 말했다.

"준석아, 엄마는 원래 이름이 많아. 아네스도 되고 장윤희도 되고. 아빠는 동생이라고 그러고 작은고모는 언니라고 하고 학원에선 선생님이라고 부르잖아?"

막내는 고개를 갸웃했다. 준형은 막내의 손을 잡았다.

"고모면 어떻고 엄마면 어때? 주위 사람들이 뭐래도 상관 마. 엄마는 엄마야. 알았지?"

## 장 사무엘 형제

준형은 엄마와 떨어져 지내면서부터 말수가 줄었다. 딱 필요한 말이 아니면 먼저 묻지도 않았다. 친엄마와 동갑내기인 큰고모, 그리고 아직 앳된 아가씨인 작은고모는 엄마 노릇을 하기에는 서툴렀는지도 모른다. 서툰 고모와 서툰 어린아이가 한집에서 살자니 서로를 잘 몰랐다.

준형이 3학년이 되었을 때, 급기야 고모는 준형을 나무랐다.

"준형아, 왜 알림장을 하나도 안 써? 숙제랑 준비물을 적어 와야지."

아가씨인 고모는 처음으로 준형의 학교를 찾았다. 고모는 담임 선생님과 긴 대화를 하고 가슴이 아파 왔다.

'아, 준형아. 한글을…… 싹 잊어버리다니.'

어린 가슴에 얼마나 상처가 깊었으면 글을 잊은 것일까. 고모는 그날부터 준형을 붙잡고 하나하나 다시 익히도록 도왔다.

천천히 준형은 웃음을 되찾았고 말수가 늘었다.

고모는 대학을 마치고 학원에서 영어를 가르치기 시작했다. 오빠인 준형 아빠는 사업 실패로 인해 갚아야 할 빚이 많았다. 아빠는 손이 닳도록 일하고 또 일했지만 네 남매를 키우기가 버거웠을 것이다.

고모는 아이들에게 꼭 지켜야 할 약속을 정했다.

"알림장은 꼭 고모 머리맡에 놔 둬. 알았지?"

고모는 밤늦게까지 학원 강의를 하고, 그 뒤에 이어서 개인 과외 수업을 여러 군데 뛰었다. 다행히 야간 수업 시간 제한이 없던 시절이었다. 할 수만 있다면 되도록 많이 강의를 해서 돈을 많이 벌고 싶었다. 아이들 덕에 힘든 줄도 모르고 행복했다. 자정을 훌쩍 넘긴 시간에 집에 돌아온 고모는 아이들의 알림장부터 펼쳤다.

준형은 그런 고모에게 이렇게 말했다.

"아빠보다 더 무서운 사람이야."

하지만 그게 싫지는 않았다. 약속한 건 반드시 지키는 고모, 규칙을 정해 주고 꼭 지켜야 한다고 가르치는 고모였다.

"너희들, 나랑 꼭 약속하는 거야. 집에 오면 문자 보내기, 나쁜 말 하지 않기."

고모가 수업 중이면 통화를 못하니까 준형은 꼭 문자로 귀가 사실을 알렸다.

아이들은 약속대로 알림장이며 가정 통신문은 잊지 않고 고모의 머리맡에 두었다. 고모는 아이들 학교에 학부모 총회가 있으면 열 일을 마다하고 참석했다. 준형이가 한글을 잊었다는 사실을 알고 눈물을 흘린 뒤 자신과 한 약속이기도 했다.

'뒤에서 주춤거리지 말자. 내가 앞에 나서야 우리 애들이 기죽지 않아.'

아이들도 고모가 학교에 오는 걸 좋아했다.

"학교 좀 자주 와요."

중학생이 된 준우가 툭 던진 말이다.

준형도 고모가 학교에 오는 게 좋다. 다른 엄마보다 훨씬 젊은 고모, 생머리를 찰랑거리는 고모가 눈을 빛내며 자기를 바라봐 주는 게 좋다. 준형이 친구 중에는 고모에게 수업을 받는 아이들도 있었다. 그 어려운 영어를 가르치는 선생님이 학부모 참관일에 왔으니 으쓱할 수밖에.

준형은 학업 성적이 월등하다거나 그렇지는 않지만 기타 치는 것과 운동, 성당 활동은 누구보다 열심이었다. 중학교 때는 예비 신부 학교 과정에 다니기도 했다. 신학대에 다니는 예비 신부님들의 맑은 모습이 부러워서 신청했는지도 모른다. 그런데 고등학생이 되어 고모에게 자기 속마음을 털어놓았다.

"고민이 있어요. 예신 과정에 있으면 그걸 할 수가 없어요."

"그거?"

준형이 하고 싶은 것은 기타를 치며 밴드 활동을 하는 거였다. 고모는 이번에도 약속을 정했다. 시간 관리 잘할 것, 학업에 지장이 없을 것. 그리고 물었다.

"기타 사 줄까?"

"아니요. 나중에 필요하면 말할게요. 성당 형들이 가지고 있는 걸로 배우면 돼요."

준형은 빠듯한 살림살이를 누구보다 잘 알기에 떼를 쓰는 법이 없었다.

인라인스케이트가 대유행일 때도 그랬다. 아빠에게 조르면 덜컥 사 주었을지도 모른다. 그렇지만 고모는 일단 인라인스케이트 타는 법을 함께 배우자고 했다.

"우리 모두 능숙하게 탈 수 있을 때 사 줄게."

준형은 고모와 동생들과 함께 화랑유원지에 있는 인라인스케이트장을 찾았다. 그곳에 가면 스케이트를 빌려 실컷 탈 수 있었다. 네 남매와 젊은 아가씨는 그렇게 주말마다 인라인스케이트를 탔고, 마침내 고모는 약속을 지켰었다. 준형은 이번에도 기타 연습을 열심히 해서 잘 치게 되면, 그때 가서 꼭 필요하면 고모에게 말할 생각이었다. 그저 당장 갖고 싶다는 마음에 떼를 쓰고 싶지는 않았다.

키가 크고 어깨가 널찍한 준형은 밴드의 뒤에 서서 베이스를 맡았다.

2014년이 밝아 오는 겨울, 준형은 성당의 큰 행사인 '성 요셉의 밤'에서 마음껏 베이스 기타를 쳤다. 친구들과 어울려 연극을 준비하고 기쁨에 차서 성가를 불렀다. 준형의 생에서 밤하늘의 별보다 더 찬란히 빛나던 순간이었다.

준형의 식구들이 원래부터 천주교 신자였던 것은 아니었다. 할머니와 할아버지, 고모들은 절에 다니는 불교 신자였다.

그런데 준형이 남매가 함께 살게 되자 성당에서 운영하는 어린이와 유아를 위한 활동 프로그램이 도움이 많이 된다는 걸 알았다. 고모는 아이들을 품어 주는 성당이 좋았다. 하지만 성당은 부모님, 특히 어머니의 영적 인도가 아이의 신앙생활에 중요한 의미를 차지했다. 준형은 고모와 동생들의 손을 잡고 성당에 다니기 시작했다.

어느 정도 초심자 생활을 마치고 첫 영성체를 받을 때가 다가왔다. 식구들 중 누구도 유아 세례를 받지 않은 처지였다. 우선은 준형이, 혜림이와 고모. 이렇게 셋이서 첫 영성체를 받을 준비를 했다. 셋은 저녁마다 빈 밥상 하나를 펴고 머리를 맞댔다. 교리 문답을 공부하기 위해서였다.

"고모, 내가 물을게 대답해 봐요."

이때는 고모도 선생님이 아니라 똑같이 교리 문답을 준비하는 친구였고 동료였다.

준형은 '사무엘'이라는 세례명을 얻었다.

"이 이름이 참 좋아. 성경에도 사무엘이라는 이름이 나오잖아."

사무엘은 '하나님의 첫 번째 증거자'라는 의미의 멋진 세례명이었다.

"내가 지어 준 이름도 좋잖아?"

준형의 이름은 돌아가신 할아버지와 고모가 지었다. 함께 지은 게 아니라 신기하게도 둘이 따로따로 지어 온 이름이 똑같아서 그대로 쓴 것이다. 중문학을 전공한 고모는 법칙 준, 바를 형자를 써서 바른 모범이 되라는 뜻의 이름을 지었다. 늘 바른 아이, 올곧은 사람으로 자라는 준형이가 고모는 한없이 자랑스러웠다.

성실한 준형이 가끔 학원에 빠지는 일이 있었다. 고모가 일을 하는 곳이니 빠지면 모를 턱이 없다.

"죄송해요. 초등학생 하나가 복사를 서야 하는데 펑크를 내서 내가 대신했어."

복사는 신부님을 도와 미사를 올려야 하는 중요한 일이다. 준형은 이미 복사를 서고 있었다.

고모는 야단을 치지 못했다. 남들처럼 피시방에 가는 것도, 친구들이랑 어울려 노느라 그런 것도 아니다. 성당이 좋아서, 신부님과 수녀님이 좋아서, 성당 일이 다 좋아서 준형은 기쁘게 달려가곤 했다.

## 기다려 줘, 2년만

고1 겨울 방학이었다. 학원에 와서 공부를 마치면 늘 고모와 함께 버스를 타고 집으로 돌아왔다. 한창 자라는 나이라 준형은 배가 고팠다.

"배고파요!"

고모는 버스에 타자마자 가방에서 초콜릿이며 과자를 꺼내 준다. 준형을 위해 챙겨 둔 거다.

준형은 초콜릿을 한가득 입에 물고 고모 가방에서 태블릿 피시를 꺼냈다.

또래 아이들이 열광하는 아이돌 가수의 노래가 아니라 김광석의 노래를 틀었다. 고모랑 다니다 보니 음악적 취향이 닮아 가는 것이다.

버스 차창 너머로 한겨울 칼바람이 검푸른 어둠을 뚫고 몰아쳤다. 준형이 말했다.

"노래가…… 구슬퍼."

"그치? 고모가 딱 너만 할 때 이 사람 노래를 듣고 생각했어. 대학생 되면 아르바이트 해서 김광석 콘서트에 가야지 하고. 그런데 대학생이 되니까 이 사람이 하늘로 가 버렸어. 슬프게도."

그날 추위에 곱은 손을 호호 불며 집으로 들어가니 할머니가 미리 저녁상을 봐 두셨다. 할머니는 딸의 앞일이 걱정이었다.

"에고, 윤희야 너도 시집을 가야 할 텐데……"

"할머니, 그런 말 하지 마!"

평소 예의 바르던 준형이 숟가락을 탁 내려놓았다.

"고모…… 2년만 기다려. 2년만 기다리면 내가 면허증 따서 퇴근할 때 운전도 해 주고, 고모 용돈도 줄게. 내가…… 효도할 거니까 2년만 기다려."

할머니는 더 이상 아무 말도 잇지 못했다.

준형의 작은고모는 준형이가 고등학교 입학을 앞둔 겨울 방학 때 결혼식을 올렸다. 작은고모의 결혼식에 준형이의 모든 형제가 출동했다. 아직 철이 없는 셋째 준우는 고모부에게 대뜸 물었다.

"소희 고모 사랑해요?"

그 말에 작은고모는 얼굴을 수줍게 붉혔고 고모부는 허허 웃었다. 막내는 뷔페 음식을 먹는다는 사실에 흥분해서 신이 났다. 준형은 너스레 반 진담 반으로 어른들을 졸랐다.

"예식장 입장할 때, 신부 손잡고 가는 거 그거 내가 하면 안 돼요?"

작은고모가 결혼하면서 동생도 생기고 식구도 늘어서 행복했지만, 아직 준형은 큰고모가 결혼한다는 사실은 받아들이기 싫었던 것일까.

사실 준형은 친엄마와 헤어져 살기 훨씬 전부터 고모들과 가까웠다.

대학생이던 큰고모는 캠퍼스에 다섯 살배기 준형을 데려가기도 했다. 이쁘고 또 이쁜 조카를 친구들한테 자랑하지 않고는 못 배겼던 것이다. 하루는 강의가 끝난 뒤 친구들이 생맥주집에 가자고 했다. 어린 준형은 그 덕에 치킨을 맛나게 먹었다.

작은고모도 다르지 않았다. 작은고모는 교복을 입은 여고생이었다. 교복 위에 아기 띠를 두르고 좋아서 웃는 모습을 보며 동네 어른들은 희한하다며 웃곤 했다. 아무리 첫 조카라도 그렇지 저렇게 아기를 귀여워할 수 있냐며.

이런 준형이 사라져서 집안을 발칵 뒤집어 놓은 사건이 있었다. 겨우 다섯 살밖에 안 된 아이가 내복 바람으로 사라진 것이다. 식구들은 혼비백산이 되어 아이를 찾아다녔다. 대체 조그마한 꼬맹이가 혼자 어디로 사라진 걸까. 밖은 어두워 오고 날도 추웠다.

준형은 오락실 앞, 번쩍번쩍 빛나는 DDR기계 앞에 쪼그려 앉아 있었다. 자기가 좋아하는 텔레토비 인형을 끌어안고.

그날 낮에 고모들이 준형을 데리고 오락실에 간 게 화근이었다. 그때 전국적으로 대유행하던 오락은 화면에 보이는 위아래 좌우 방향의 화살표를 따라 춤을 추는 DDR, 혹은 펌프라는 오락이었다. 고모들이 번쩍번쩍 빛나는 알록달록 불빛 아래서 신나게 춤추던 게 기억난 거다. 준형은 한 시간도 넘게 꼬박 그 기계 앞에 쪼그려 앉아 반짝반짝 화살표를 응시하고 있었다.

준형의 백일 사진으로 만든 열쇠고리를 휴대 전화에 달고 다니던 고모, 입학 전에 가까스로 교복을 맞춰 주느라 노심초사했을 고모. 그런 고모를 준형은 사랑했다.

수학여행을 떠나기 전, 준형은 작은고모에게 들렀다. 고모에게 뽀뽀까지 하며 너스레를 떠는 건 용돈을 달라는 뜻. 작은고모는 그런 준형이 사랑스럽다.

"근데 고모, 좀 많이 줘. 돌아오는 날 다음다음 날이 큰고모 생일이야. 이때껏 한 번도 제대로 생일을 챙겨 준 적이 없어서……"

짐짓 샘내는 척을 하는 작은고모에게 돌아오면 뽀뽀해 주겠다며 장난을 치던 준형이.

준형은 배를 타기 전 친구에게서 휴대 전화를 빌려 큰고모에게 전화를 걸었다. 친구들은 부모님께 전화를 걸거나 문자를 하기도 했지만 대부분은 여행 기분에 들떠 소란스러웠다. 준형은 꼭 하고픈 말이 있었다. 친구의 전화를 빌려서라도 하고픈 말.

"갔다 올게. 엄……마."

준형은 전화를 끊고 나니 속이 후련했다. 준형은 평소 좋아하던 성가를 흥얼거렸다.

"사랑한다는 말은 가시덤불 속에 핀 하얀 찔레꽃의 한숨 같은 것

내가 당신을 사랑한다는 말은……"

고모가 당황했는지 어쨌는지 수화기 너머 표정을 알 수가 없었지만, 말하고 나니 좋았다. 그리고 행복했다. 설령 부르는 말이 다를지라도 엄마는 엄마니까.

# 속 깊은 아이

안산 단원고 2학년 8반 **전현우**

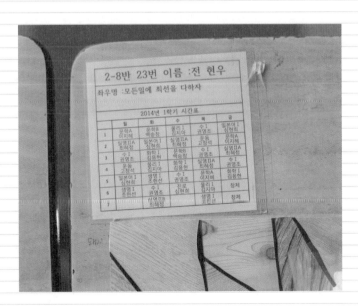

1. 동생과 함께.
2. 제주도 여행길에.
3. 아빠와 함께 설악산.

## 속 깊은 아이

화랑유원지에 초록이 가득한 날이었다. 마침 어린이날이라서 그런지 유원지 곳곳은 사람들로 붐볐다. 현우네 가족은 모처럼 나들이를 나왔다. 돗자리를 펴고 둘러앉아 도시락을 먹으며 하루를 즐겼다.

현우는 보조 바퀴가 달린 자전거를 타며 까르르 웃었다. 다르륵다르륵 바퀴 소리가 아이 웃음만큼이나 맑았다. 동생 혜진이도 덩달아 뛰어다녔다.

그렇게 하루가 지나고 집에 갈 때가 되었다.

현우 어머니는 주섬주섬 물건을 정리하고 갈 채비를 했다. 어린 혜진이는 벌써 차에 올라탔다. 실컷 놀아서 고단했던 것이다.

현우 아버지는 차에 자전거를 실었다. 그런데 현우 어머니가 당황한 목소리로 말했다.

"현우가 안 보여요."

조금 전까지 자전거를 타고 놀던 아이가 어디로 사라진 걸까. 식구들은 현우의 이름을 애타게 부르며 여기저기를 살폈다. 하지만 조그만 아이는 어디로 사라진 건지 대답이 없었다. 급기야 관리 사무소에 가서 미아를 찾는다는 방송을 하였다. 애타게 현우를 기다렸지만 현우는 나타나지 않았다.

사색이 되어 여기저기 뛰어다녀 보았지만 현우는 그림자도 보이지 않았다. 식구들은 가슴이 바짝바짝 타들어 갔다. 이대로 집으로 갈 수는 없는 노릇이었다. 경찰에 신고해야 하나, 설마 무슨 일이야 있겠어? 오만 가지 생각이 떠올랐다.

그때 휴대 전화 벨이 울렸다. 현우 어머니가 모르는 번호였다.

"네? 고깃집이라고요? 우리 현우가요? 네, 맞아요!"

세상에, 현우는 집 근처까지 혼자 가 버린 것이다. 화랑유원지에서 집까지는 버스를 타고도 몇 정거장이 걸리는, 아주 먼 거리였다. 거기가 어디라고 현우는 혼자 길을 찾아간 것일까. 어른들은 부랴부랴 동네 갈빗집으로 갔다.

"현우야! 너 여길 어떻게 왔어?"

"모르는 길이 막 나왔는데, 여기 딱 오니까 생각났어요. 저번 저번에 아빠랑 고기 사 먹은 집이잖아. 그래서 엄마한테 전화해 달라고 했어요."

놀란 어른들과 달리 현우는 아무렇지 않은 듯 또랑또랑한 목소리로 말했다.

어머니는 현우를 와락 부둥켜안았다.

"현우야, 지나가는 어른들이 너 어디 가냐고 안 물었어?"

조그만 애가, 어른 없이 혼자 가는 게 남들 눈에 이상하게 보이지 않았을 리 없다.

"어떤 할머니가 자꾸 '너 어디 가니?' 그래서 '집에 가요'라고 했어요."

현우는 어린이날을 맞아 신나게 노는 것도 모자라 생애 최초의, 엄청난 모험을 한 셈이었다.

현우가 초등학교 들어가고 얼마 지나지 않아 부모님은 서로 갈라져 지내게 되었다. 아이들 앞에서 큰소리를 내거나 얼굴을 붉히며 싸우지 않던 분들이라 두 분의 헤어짐은 현우에게 충격이었다. 현우로서는 그 까닭이야 알 수 없었지만, 어느 날부터 어머니와 혜진이, 현우 이렇게 셋이서만 한집에서 지내게 되었다.

직장을 다니는 어머니는 늘 바빴다. 가끔은 피곤에 지쳐 빨래와 청소 같은 집안일이 힘에 부치기도 했다. 하지만 현우는 그런 어머니를 잘 챙겨 주는 아이였다. 일요일 늦잠을 즐기는 어머니의 귓가에 쓱싹쓱싹 솔질 소리가 들렸다.

"뭐 하니?"

"실내화 빨아요."

현우는 자기 실내화를 눈부시게 하얗게 빨아서 내다 널었다.

어머니는 피곤에 지친 날에도 아침이면 눈을 떴다. 한창 자라는 아들을 굶겨 보낼 수는 없으니까.

"뭐 해 줄까?"

"과일 먹고 갈래요."

현우는 자기 손으로 토마토를 꺼내 씻어서 맛나게 먹고 나갔다. 고기나 튀김 같은 기름진 음식보다 담백하고 신선한 음식을 좋아하는 아이. 호박나물, 가지 무침, 미역 줄기 같은 제철 채소 반찬을 즐기고 과일이라면 종류 불문, 뭐든지 좋아하는 아이라는 걸 어머니는 잘 안다. 그래서 현우네 냉장고에는 사과며 배 따위가 늘 있었다.

때로는 현우보다 어머니가 먼저 집을 나설 때도 있었다.

"엄마, 출근할게."

그러면 현우는 누가 시키지 않아도 청소기를 돌리거나 설거지를 하기도 했다. 세탁기 안에 다 돌아간 빨랫감이 있으면 너는 게 당연했고, 밥을 먹었으면 그릇을 씻는 게 당연하다고 여긴 것이다.

어느 일요일 오후, 어머니는 밀린 집안일을 마치고 늘어지게 쉬고 싶었다. 현우는 출출했는지 누워 있는 어머니에게 물었다.

"라면 끓일까요?"

"네가 끓여 주면 좋지."

옆에 있던 혜진이도 라면이 먹고 싶은지 눈이 동그래졌다.

현우는 라면 봉지에 쓰인 조리법을 찬찬히 읽었다. 그리고 찬장을 뒤져 계량컵을 찾아내서 정확하게 물의 양을 맞췄다.

"그런 건 대충 눈대중으로 하지, 너는 참 꼼꼼하구나."

허튼소리 안 하고 매사에 차분한 현우다운 행동이었다.

라면이 보글보글 끓자 현우는 계란 하나를 톡 깨뜨려 넣었다. 그걸 보는 어머니가 한마디 던졌다.

"엄만 계란 싫어. 하지만 우리 아들 현우를 위해 넣어 주면 좋지."

어머니에겐 눈에 넣어도 아프지 않을 만큼 귀하고 사랑스러운 아들이었다. 그런 아들이 끓여 주는 라면이라면 무엇을 넣어도 맛이 있을 수밖에.

현우가 김치며 젓가락이 놓인 상 위에 라면 냄비를 얹었다.

"짜잔!"

치즈였다. 현우는 다 익은 면발 위에 치즈 한 장을 조심스레 얹었다. 혜진이가 반색했다.

"우아, 맛있겠다."

세 식구는 머리를 맞대고 후루룩후루룩 라면을 먹었다.

늦은 식사를 마친 뒤, 어머니와 아들은 이런저런 이야기를 나누었다. 어머니는 어느덧 자라 자신과 대화가 되는 아들이 대견스럽기만 했다.

"현우 너, 나중에 여친 생기면 엄마가 은반지로 커플링 해 줄게."

현우는 싱긋 웃기만 했다. 어머니는 문득 목이 메어 왔다. 남들처럼 아버지가 한집에 살면서 화목한 가정을 이루었더라면 얼마나 좋았을까. 행여 아들이 그런 문제로 상처받은 건 아닐까. 하지만 어머니의 생각은 한낱 기우였다.

"너한테 엄마도 아빠도 미안해. 다른 집처럼 아빠랑 있는 게 아니라서……"

현우는 대수롭지 않다는 듯 말했다.

"우린 그렇게 불행하지 않아요."

아들의 그 말은 어머니의 염려를, 다 쓸데없는 것이라고 알려 주었다. 어머니는 의젓하고 속 깊은 아들이 자랑스러웠다. 오히려 아들에게 위로받는 기분마저 들었다.

사실 현우 아버지는 떨어져 있을 뿐, 아이들에게는 한없이 자상한 사람이었다.

어느 날 어머니가 퇴근하고 돌아오니 현우가 에스보드라는 운동 기구를 타고 있었다. 또래 아이들 사이에서 선풍적인 유행을 끌고 있는 운동 기구였다. 모양이나 색상을 보니 제법 값이 나가는 것 같았다. 어머니는 그냥 못 본 척 방으로 들어갔다.

'애들 아빠가 사 줬겠구나. 차라리 학원비를 더 보태 줄 것이지.'

현우 어머니와 아버지는 좋아하는 것도 중요하게 여기는 것도 많이 달랐다. 현우 아버지는 친구들과 함께 모이는 자리에 아들 현우를 종종 데리고 갔다. 맥주에 치킨을 곁들이는 자리니 어린 아들이 치킨을 먹으며 아버지 친구들에게 귀여움 받는 게 뭐 문제라도 되냐는 것이었다. 하지만 어머니는 달랐다. 어디까지나 술집이었고, 늦으면 늦는다고 자기에게 알리지 않는 게 서운했다.

뿐만 아니다. 현우 아버지는 돈에 쪼들리더라도 아이들의 입성이 깔끔하고 좋아야 한다고 생각했다. 하루가 다르게 자라는 아이들에게 철이 바뀔 때마다 새 옷을 사 주어야 마음이 놓였다.

그런 아버지의 성격을 현우는 잘 알고 있었다. 거울을 보다 생각나면 아버지에게 전화를 걸었다.

"저 머리 자를 때 됐어요."

이발할 때가 되었다는 말은 아버지를 만나 함께 머리도 자르고, 목욕탕에도 가자는 뜻이었다.

아버지는 선부중학교 운동장으로 나오라고 했다. 조기 축구팀의 감독이자 축구 심판 자격증까지 있는 아버지는 주로 운동장에서 시간을 보내곤 했다.

말쑥하게 자른 머리와 구릿빛 피부를 가진 아버지는 늘 현우 곁을 지키는 조언자이자 든든한 버팀목이었다.

날이 쌀쌀해진 어느 날, 아버지는 현우에게 새 점퍼를 사 주고 싶어 하셨다. 계절이 바뀐 데다 아이의 체격도 커졌으니 새 옷이 필요할 것 같아서였다.

"현우야, 이게 너한테 더 잘 어울리는 것 같은데, 넌 어때?"

현우는 또래 아이들처럼 고가의 브랜드 로고가 새겨진 옷 따위는 그다지 관심이 없었다. 하지만 아버지로서는 '얘가 내 주머니 사정 걱정하는 거가' 하는 생각이 들기도 했다. 비싸든 싸든 이왕이면 깔끔하고 환하게, 현우에게 잘 어울리는 옷으로 고르는 일은 아버지의 몫이었다. 아버지가 골라 주는 옷을 현우는 늘 마음에 들어 했다. 아버지는 짙은 바탕에 선명한 무늬가 들어간 걸로 골랐다.

속 깊은 아이

"현우야, 축구화는 어때?"

아버지 욕심에는 현우가 축구를 했으면 하고 바라기도 했다. 그러나 그럴 때마다 현우는 빙긋 웃기만 했다. 아들은 아버지와 닮았지만 관심사는 달랐다.

그즈음 현우의 최대 관심사는 전쟁 시뮬레이션 게임이었다. 현우는 특히 총기나 포탄 같은 무기류에 관심이 많았다. 그저 컴퓨터 게임으로 누릴 수 있는 즐거움에만 그치는 게 아니라 무기에 대한 다양한 정보를 알고 싶어 했다.

명절 때 아버지와 함께 할아버지 댁에 갈 때면 강원도 인제를 넘어야 한다. 인제 근처에는 군부대가 많았다. 어느 날인가는 가까이서 탱크를 볼 기회가 있었다. 현우는 눈이 빛났다. 가까이서 실물로 보는 탱크의 위용이 이루 말할 수 없이 근사했던 것이다. 현우는 휴대 전화를 꺼내 연신 셔터를 눌러 댔다.

아버지는 그런 아들을 보며 웃었다.

"너는 직업 군인하면 딱 어울리겠다. 그렇게 좋아하는 걸 보니."

아버지는 아들이 꿈을 갖고 미래를 향해 달려 나가는 모습을 상상해 보았다. 아들이 더 넓은 세상을 보고 더 멋진 미래를 펼쳐 나가기를 바랐다.

그래서 명절에 할아버지를 뵈러 갈 때면 일부러 통일전망대며 설악산 등을 들러서 왔다. 함께하는 시간이 비록 적고 보여 줄 수 있는 세상이 한계가 있더라도 될 수 있으면 많이, 될 수 있으면 자주 넓은 세상을 보여 주고 싶었다.

아버지는 축구 심판 자격 시험을 위해 체력 검정을 하는 날에도 아이들을 데리고 갔었다. 혜진이는 말할 것도 없고 어쩌면 현우도 축구에는 별 관심이 없었을 수도 있다. 그러나 아버지가 뭔가를 위해 열정을 바치고 있다는 걸, 아버지가 무언가를 이루기 위해 끊임없이 달리고 있다는 걸 보여 주고 싶었다. 그리고 그 모든 순간을 세상에서 가장 사랑하는 아들, 현우와 함께하고 싶은 게 아비의 마음이었다.

현우의 보물 중 한 가지는 아버지가 멕시코에서 가져온 작은 기념품들이었다. 아버지는 외국 동전들, 가죽으로 만든 팔찌, 나무 인형 같은 걸 선물로 주며 말했다.

"현우야, 다른 건 몰라도 영어는 열심히 해 둬."

아버지는 평소 학교 성적을 가지고 잔소리를 하는 타입은 아니었다. 그보다는 다른 바람이 있었기 때문이다.

"더 큰 세상이 있어."

아들에게 가장 해 주고 싶은 말, 바로 이거였다.

현우의 또 다른 보물 하나는 모형 총이었다. 그 총은 현우가 좋아하는 서든 어택이라는 게임에 등장하는 주요 아이템이다. 현우는 아끼고 아껴 모은 용돈으로 그 모형 총을 인터넷으로 구입했다. 택배를 받을 주소는 친구네 집을 적었다. 어머니에게 들켜 괜한 소리를 듣고 싶지 않아서였다. 현우는 며칠을 기다려 드디어 배송이 되었다는 문자를 받고 부리나케 친구 집으로 달려갔다. 어머니가 퇴근하기 전에 집에 가서 책상 아래 숨겨 두면 될 것 같았다. 현우는 택배 상자를 들고 날아갈 듯이 뛰었다. 그런데 이럴 수가. 골목 끝에서 어머니가 반갑게 손을 흔드는 것이었다.

현우는 이왕 이렇게 되었으니 어머니께 사실대로 말할 수밖에 없었다. 어머니는 어이가 없었지만 크게 나무라진 않았다. 현우는 모형 총을 윤이 나게 닦아서 책상 선반, 제일 좋은 자리에 놓았다.

"엄마, 나는 대학교 가면 독립할 거야. 친구들하고 자취도 하고 아르바이트도 하고."

어머니는 아들이 이런 말을 하는 게 대견했다. 어느새 어린아이가 아니라 다 컸구나 싶었다. 어머니는 얼마 전 친정아버지를 여의었다. 하늘이 무너지는 것만 같은 슬픔에 서 있기조차 힘들었다. 그런데 아들이 뒤에서 말없이 꼬옥 안아 주었던 것이다.

"엄마, 너무 슬퍼하지 말아요."

현우는 다정다감하고 마음이 여린 아이였다. 중학교 3학년 어버이날에는 어머니를 위해 카네이션 한 송이를 준비했다. 이왕이면 안산시장에 가서 커다란 꽃바구니라도 사면 좋겠지만 용돈이 빠듯했다. 현우는 제일 빨갛고 탐스러워 보이는 송이를 골랐다. 그리고 제가 가진 돈 전부를 꺼내 보았다. 어머니가 오시면 딱 볼 수 있게 마루 한 가운데 상을 폈다. 그리고 천 원짜리 여섯 장을 부채처럼 쫙 펼쳐 놓았다. 가운데는 카네이션 한 송이를 놓고.

'제가 가진 전 재산이에요. 이다음에 더 좋은 걸로 선물해 드릴게요.'

어머니는 그 천 원짜리를 아까워서 도저히 쓸 수가 없었다. 무슨 행운의 부적인양 지갑 속에 고이 간직했다. 그건 아들의 마음이고 사랑이었으니까.

현우가 드디어 고등학생이 되었다. 날마다 학교에 같이 다니던 강민이, 그 집에 놀러 가 같이 자기도 했던 범진이 모두 고등학생이 되었다. 할아버지와 큰아버지는 어엿한 고등학생이 된 현우를 위해 설날 세뱃돈을 두둑이 주었다.

아버지는 그 돈을 넣어 둘 수 있는 통장을 개설하고 체크카드를 만들어 주었다. 이제 자랐으니 '돈'을 관리하는 법도 가르쳐야겠다는 생각이 들었다. 아버지는 체크카드를 넣을 지갑도 골랐다. 아버지가 아들을 위해 준비한 입학 선물이었다.

"현우야, 자전거 하나 새로 사 줄게. 학교까지 걸어가기엔 멀지 않아?"

현우는 아버지와 함께 자전거 대리점에 갔다. 현우는 이 자전거 저 자전거를 살폈다. 마음에 쏙 드는 게 있었지만 가격이 만만치 않았다. 하지만 아버지도 현우도 그게 마음에 들었다. 현우는 지갑을 꺼내려는 아버지를 말렸다.

"제가 낼래요."

현우는 아버지가 준 지갑을 들어 보였다. 네모 반듯 딱딱한 체크카드에 금박으로 현우 이름이 새겨져 있다.

점원이 현우에게 말했다.

"서명 부탁드립니다."

현우는 난생 처음, 카드를 긁었다. 제 이름 석 자를 쓰는데 짜릿한 기분이 들었다. 으쓱해지기도 하고 설레기도 하고. 새로운 고교 생활이, 현우 앞에 펼쳐질 모든 세상이 설레고 반가웠다.

학교 가는 길까지 이어지는 화정천은 개나리와 벚꽃 그늘이 아름다웠다. 현우는 눈부시게 빛나는 교복을 입고 자전거 페달을 밟았다. 고등학교는 새로운 걸 배우고 새 친구를 사귀는 세상이었다.

첫봄이 지나고 이듬해 봄이 되었다. 2학년이 되어서도 여전히 화정천의 봄꽃은 흐

드러지게 아름다웠다. 현우는 수학여행을 떠난다는 생각에 마음이 들떴다. 수학여행을 앞둔 일요일, 아버지를 만났다.

'수학여행 얘기 할까? 아냐. 또 내 용돈 준다고 하실 게 뻔해.'

현우는 아버지에게 철부지처럼 투정을 부리고 싶지는 않았다.

이런 현우의 속도 모르고 아버지는 자꾸 신발을 사 주겠다고 했다. 결국 전철을 타고 멀리 장안대학 근처의 할인 매장까지 가서 운동화를 골랐다. 멋진 운동화였다.

수학여행 가는 날, 현우는 한 구멍 한 구멍 꼼꼼하게 운동화 끈을 꿰었다. 현우 어머니는 행여 여행길에 새 신발을 잃어버리면 아까우니 일부러 끈을 매 주지 않았다.

현우는 하얀 끈을 매면서 아버지를 생각했다. 이 신발을 신고, 더 넓은 세상을 보길 원하시겠지. 현우는 운동화를 신고 끈을 단단히 조였다. 두 발에 딱 맞는 운동화가 가뿐하다.

"혜진아 오빠 간다. 엄마 아빠 다녀오겠습니다!"

# 태권 보이 조봉석

안산 단원고 2학년 8반 **조봉석**

1. 노적봉 폭포에서(엄마 앞에 앉은 아이가 봉석이).
2. 단원고 교복을 입고 찍은 독사진
3. 형과 옥상에서 태권도 시범.

# 태권 보이 조봉석

봉석이는 집이 보이자 3층 베란다부터 살폈다. 아니나 다를까 베란다 난간에서 엄마가 내다보고 있었다. 봉석이 한쪽 팔을 흔들어 보이고는 뛰었다. 등 뒤에 배낭이 무겁게 뒤뚱거렸다.

"봉석아, 천천히 와. 아직 형도 아빠도 안 왔어."

엄마 말에 상관없이 봉석은 한달음에 빌라 계단을 뛰어올랐다.

"숨차게 뭐하러 뛰어?"

어느새 엄마가 현관문을 열고 봉석을 나무랐다.

"엄마 빨리 보려고."

봉석이 책가방도 벗지 않은 채 엄마를 등 뒤에서 안았다.

"고2나 되는 녀석이 어리광은?"

"엄마가 좋은데 어떡해."

"누가 보면 흉보겠다. 책가방 벗고 씻어."

"에이, 엄마도 막내가 이렇게 안아 주는 거 좋으면서?"

봉석이 팔에 더욱 힘을 주며 말했다.

"내가 우리 막내 안 낳았으면 어쩔 뻔 했나 몰라."

"히히, 그러니까. 난 엄마가 일 번이야."

누가 보면 닭살 모자(母子)간이라고, 유치원생한테나 어울릴 모습이라고 입을 삐죽

일 것 같지만 봉석의 유별난 엄마 사랑은 숨길 수 없었다.

옷을 갈아입은 봉석이 엄마가 서 있던 베란다로 나와 원선이 형을 기다렸다. 고개를 쭉 빼고 형이 나타나기를 고대했다. 다른 친구들은 대개 두세 살 터울인 형이나 동생 때문에 스트레스를 받는다지만 봉석의 경우는 그야말로 남의 이야기였다.

\* \* \* \*

형과는 나이 차가 무려 일곱 살이니, 봉석이에게 형은 비 오는 날엔 우산이고, 더울 땐 그늘 같은 존재였다. 철들면서 형제간에 생기는 경쟁의식이나 부모님 사랑을 두고 시샘하는 일도 없었다. 봉석은 마냥 귀엽고 무조건 좋은 막내 동생일 뿐이었다. 그런 형이 대학을 졸업하고 회사원이 되고부터는 얼굴 보기가 어려웠다. 봉석은 형과 함께 하는 시간이 모자라서 은근히 불만이었다.

골목에 형의 쭉 뻗은 다리가 보였다. 조금 높은 데서 보니, 형이 한층 멋스러웠다. 봉석은 엄마처럼 아는 채를 안 하고 형을 가만히 지켜보았다.

대학 동창 모임에 빠지고 바로 왔다는 형한테, 봉석이 응석 섞인 불만을 터트렸다.

"취직하더니, 막내는 까맣게 잊은 거야?"

"인마, 너도 사회생활하면 형을 이해할 거야."

"중간고사나 기말시험도 없겠다, 훨씬 자유롭고 시간 많을 텐데? 우리 담임은 야자 빼먹은 애들한테 니들이 대학생이냐, 회사원이냐면서 혼내시는데?"

"하하, 요즘도 선생님들 레퍼토리는 여전하구나. 하하!"

형은 마냥 웃어대더니, 습관대로 두 손 뻗어 봉석의 볼을 만지려 했다. 봉석은 잽싸 게 몸을 돌려 피했다.

"어쭈, 태권도 실력을 보이시네?"

"내 땡땡한 볼이 형 만지라고 있는 게 아니란 말씀이지."

"그럼? 나 말고 누가 만져야 되냐?"

"엄마!"

봉석은 저도 모르게 나온 말에 좀 쑥스러웠다.

"윽! 너, 엄마 젖이 더 먹고 싶은 건 아니고?"

막상 형이 놀리니까 부끄러웠다. 계면쩍고 할 말이 궁해진 봉석이 이단 옆차기를 날리려는데, 어느새 형이 방어 품새를 취하고 말했다.

"이번 휴일에 형하고 제대로 대결 한번 하자. 발차기 실력이 그대론지 퇴보했는지?"

"정말이지? 형을 이기면 뭐 해 줄 거야?"

"네가 이기면 원하는 것 사 줄게."

"와! 약속했다."

봉석은 형한테 놀림당한 게 언제였나 싶게 기분이 좋았다. 형이 태권도 대결을 해 보자고 말해 주니 뜻밖이었다. 그렇잖아도 부모님한테는 말하기가 조금 뭣하고, 형과 나누고 싶은 얘기들이 쌓인 참이었다. 형하고 몸 풀기를 한 후에 둘이서 어디에 가면 좋을까. 머릿속이 분주해졌다.

\* \* \* \*

형과 함께 태권도 기합을 넣어 본 게 언제인지 까마득했다. 선부초등학교 6학년 때 벌써 태권도 3단을 딴 봉석은 같은 학년에서는 마땅한 대결 상대가 없었다. 늘 형이 학교에서 오기를 기다려 옥상에서 태권도 시합을 벌이곤 했었다. 봉석의 특기인 왼발 차기는 형도 쉽게 막아내지 못할 정도였다.

하지만 누구 발차기가 더 세고 누가 이기고는 상관이 없었다. 한목소리로 목청껏 기합 소리를 내지르며 부딪치고 나면 온몸에 기운이 솟았다. 둘의 기합 소리에 부모님 얼굴이 흐뭇해지는 것도 즐거운 일이었다.

가끔 딸만 키우는 이웃 아주머니는 "아들 없는 사람 부러워서 살 수가 있나"하며 엄마한테 시샘 섞인 농담을 했다. 그런 말을 들을 때면 엄마 표정이 더욱 뿌듯해졌다.

"두 녀석들이 뭔 작당을 하느라고 문밖에까지 이리 시끄럽냐?"

형제는 아빠가 들어오는 줄도 몰랐다.

"어, 아버지. 벌써 오세요?"

형이 일어서며 아빠를 맞았다.

"벌써는? 가족 식사 시간에 딱 맞췄지."

아빠는 다른 무엇보다 가족들의 저녁 시간을 중요하게 여겼다. 시간 약속을 안 지키는 것을 용납하지 않았다.

'형도 아빠한테 혼날까 봐 시간 맞춰 오느라 힘들었겠다.'

봉석은 슬쩍 형의 표정을 살폈다. 얼굴에 불만이라곤 눈곱만치도 안 보였다.

"우선 저녁부터 먹자. 엄마가 맛있는 요리 했나 보다."

아빠가 코를 킁킁하며 주방 쪽의 엄마를 향해 말했다.

엄마도 오늘 모처럼 밖에서 친구들 모임이 있었다는데, 남들보다 먼저 들어와 저녁 준비를 했을 게 분명했다.

\* \* \* \*

아버지의 철저한 시간 지키기 규칙에 식구들은 불편해하기도 했었다. 대학생이던 형은 물론이고, '단원고의 장동건'이란 별명이 붙은 봉석이도 친구들한테 핀잔을 꽤나 들었다.

특히 축구 시합에서 봉석이가 왼발 슛을 멋지게 날려 점수를 내고는 집에 갈 시간이라고, 후반전에 빠진다고 할 때면 팀원들은 김샜다고 아우성을 쳤다. 여세를 몰아서 이길 게 뻔한데, 봉석이 빠진다니 불만은 당연했다.

"너네 집에선 아직도 통금 시간이 있냐?"

"헐! 조선 시대도 아닌데, 가족들과 저녁 시간 지킨다고 다 이긴 축구를 관두고 가다니."

"너, 여친 생기면 바로 차이겠다."

머뭇대다가 뭔 소리를 들을지 몰라 봉석이 받아쳤다.

"야, 여친도 우리 집 규칙 좋아할 테니까, 걱정 붙들어 매셔."

봉석이 오히려 큰소리를 치고 집으로 가 버리자 남은 아이들은 허탈해지기도 했다. 그럼에도 봉석이가 왕따가 되지 않는 게 이상할 판이었다. 인기가 식지도 않았다. 어느 때부턴가는 봉석이 귀가 시간에 맞춰서 운동이나 게임을 하는 분위기로 흘러가게 되었다.

이제는 식구들 아무도 식사 시간 지키기에 불평하지 않았다. 뭣보다 아버지가 몸소 약속을 철저히 지키고 실천하셨다. 사실은 누구보다 아버지가 약속을 지키기 가장 힘든 상황이란 걸 식구들은 잘 알았다. 이제는 봉석이도 가정적인 아버지를 은근히 자랑스럽게 여겼다.

\* \* \* \*

어느 날 담임 선생님이 문득, 엄마하고 함께 시장에 가 본 사람이 있냐고 물었을 때였다. 모두들 눈이 동그래져서 갑자기 선생님이 뭔 뜬금없는 소린가 싶은 눈치였다. 남학생들이라 고등학생이 돼서도 엄마하고 다니는 걸 부끄럽다고 여기는지, 아니면 정말 안 다니는지 손을 드는 아이가 없었다.

봉석이 먼저 손을 번쩍 들었다. 그러자 앞자리에서 한 명이 미적거리며 손을 들 뿐이었다. 반 전체 아이들의 눈길이 두 사람에게 쏠렸다.

"하하, 봉석인 어머니와 사이가 좋은가 보구나."

선생님이 웃으며 말을 시켰다.

"전, 엄마가 일 번 친구거든요."

봉석이 말에 몇 명이 킥킥 웃어댔다.

그때, 옆자리 녀석이 웃음소리 끝에 뭐라고 한마디를 덧붙였다.

"조봉석은 늦둥이 막내라······."

봉석이 재빨리 손을 뻗어 옆자리 녀석 입을 막았다. 교실 안이 시끌시끌하던 터라 옆자리 말을 아무도 못 알아들어서 천만다행이었다. 잘못하다간 누군가의 입에서 조봉석은 다섯 살 때까지 엄마 젖을 먹었다는 말까지 나올까 봐 식은땀이 났다. 유치원 때부터 줄곧 친구인 (일명 기저귀 친구라는) 녀석들이 근처에 몇 있는 데다, 엄마들끼리는 가끔씩 그 얘기를 하니까 불쑥 그 말이 나올 가능성이 높았다.

중학교 때까지만 해도 그런 말이 나오면 와르르 웃고 말았는데, 요새는 친척들한테서 오랫동안 엄마 젖을 먹었단 말만 들어도 귓가가 붉어졌다. 하물며 형이 그 말을 해도 싫었다.

어쩌면 요사이 막 친해지기 시작한 여자 친구가 알게 될까 봐, 그래서 은근히 신경이 곤두서는 것인지도 몰랐다.


\* \* \* \*


"봉석이 너 좋아하는 갈비찜 내가 다 먹는다."

봉석이가 생각에 빠져 숟가락질이 느려진 틈에 형이 그릇을 당겨가며 말했다.

"학원 가려면 봉석이가 많이 먹어야 돼!"

봉석이보다 엄마가 나섰다.

"어머니, 봉석이한테 다섯 살까지나 젖을 먹이시고도 참!"

형은 실실 웃으며 봉석이를 봤다.

"형, 이거 다 먹어. 그 대신 오랫동안 젖 먹었단 말은 제발 그만 해."

"다 아는 얘긴데, 새삼스레 왜?"

형이 눈을 가늘게 뜨고 봉석이를 빤히 보았다.

"그냥······."

"그냥은 아닌 것 같은데? 핸드폰도 자주 보는 것 같고, 여친이라도······?"

"참! 수학여행 날짜가 잡혔어요."

봉석이는 큰 소리로 형의 말을 막았다. 마치 깜빡했다는 듯이.

"어, 그래. 언제니?"

"너, 생일은 지나고 가는 거야?"

엄마 아빠가 동시에 반응했다.

"네, 4월 15일이에요."

봉석은 형의 표정을 슬쩍 보고는 열심히 밥을 먹었다.

역시 형은 눈치가 빨랐다. 핸드폰 문자 확인을 자주 하는 것까지 알아채다니, 형도 경험이 있어서 그럴 것 같았다.

"할머니, 구순 생신도 지나고 가겠네."

아빠는 언제 어디서나 효자 티가 났다. 해마다 할머니 생신 때면 청주로 내려가서 온 동네 사람을 다 모시고 생일잔치를 했다.

"갔다 오면 중간고사가 기다리고 있어 걱정이지만요."

봉석은 괜히 설레발을 쳤다.

"내년엔 고3이라 그렇고, 봉석이 이번 생일은 식당에서 할래?"

봉석은 아빠 제안에 깜짝 놀랐다.

"정말요? 그렇잖아도 친구들한테 생일 파티 빚진 거 갚고 싶었는데."

봉석은 아버지가 어쩜 이렇게 제 속을 꿰고 있을까, 속으로 '역시 아빠 최고'라고 외쳤다.

"머리가 컸다고 집에서 차린 생일 밥보다 식당에서 하는 게 더 좋은 거야?"

엄마는 조금 서운한 말투였다. 다른 집 엄마들 같으면 편해서 좋다고 할 텐데.

"엄마, 요즘은 유치원생들도 식당에서 생일잔치 하는데요, 뭘. 엄마 힘들까 봐 아버지가 밖에서 하라는 것 같은데요?"

"아버지, 제 말이 맞죠?"

기분 좋은 봉석이가 북 치고 장구 치고 다 했다.

"막내가 아빠 속을 딱 알아맞히는구나."

"엄마! 아빠가 나보다 엄마를 더 생각하신다니까요."

봉석은 제 말솜씨가 언제 이렇게 늘었나 싶었다.

"그래그래, 엄마 힘들까 봐 밖에서 생일 하는 걸로 하자. 울 아들 정말 효자다. 친구들 많이 불러서 맘 놓고 생일 턱 내라."

"아빠가 카드도 줄게."

"와! 아빠, 나중에 뽀뽀해 드릴게요."

"녀석, 이젠 징그러워서 내가 사양한다. 설마, 아직도 뽀뽀해 주고 용돈 타 갈 속셈은 아니겠지?"

"아니, 아빠 나이에 아들한테 뽀뽀 받는 건 영광이죠. 다른 아빠들은 돈 내고 한 번 해 달라고 사정할 걸요?"

오늘따라 말문이 한 번 트이고 나니, 일사천리로 말이 술술 나왔다.

"엄마하고는 안 하면서."

"엄마는 매일 안아 드리잖아요."

"봉석아, 이제 그만! 듣는 형 생각도 좀 해라. 닭살 돋는다."

"크크, 하하, 호호."

한바탕 웃음소리가 주방을 감쌌다. 이렇게 웃음꽃이 필 때마다 마음이 배부르고, 보이진 않지만 사랑의 열매까지 주렁주렁 맺힐 것 같았다. 아빠가 가족들과 저녁밥 먹기를 고집하는 이유도 알 것 같았다.

\* \* \* \*

길가에 늘어 선 벚나무에 꽃봉오리들이 터지기 시작했다. 4월 5일 생일날, 집을 나서는 봉석의 발걸음은 봄바람처럼 가벼웠다.

모처럼 아빠한테서 카드까지 받아 거하게 생일 파티를 했다. 친구들 의견을 한껏 존중해서 고깃집으로 정한 건 정말 탁월한 선택이었다. 착한고기 뷔페는 말 그대로 고깃 값도 착했다. 시키면 남학생들만 초대한 게 아니라 여학생도 둘이나 와서 더욱 즐거웠 다. 2차로 간 노래방에서는 더욱 빛나는 시간이었다.

친구들이 합창으로 "사랑받기 위해 태어난 봉석~ 그 사랑받고 있지요." 축하곡을 불 러 준 뒤에 봉석이 답가를 부르기 위해 마이크를 잡고는 내리 몇 곡을 불렀다.

"와! 봉석이 노래 실력 대박이다."

"만능 스포츠맨이 노래까지 다 접수하면 우린 뭘 하냐?"

수인이와 은성이 두 손을 치켜들고 브이 자를 만들었다.

봉석은 스스로가 들어도 음정, 박자까지 착착 감기게 잘했다.

"여친 앞이라 없던 실력도 나오는 거 아냐?"

석우가 마이크를 뺏으며 말했다. 맞는 말일지도 몰랐다. 여학생들 앞에서 한껏 주가 를 높일 수 있는 기회였다.

오랜만에 잘 먹고 잘 놀았다며 삼삼오오 노래방을 나오니, 가로등 아래 벚꽃이 하얗 게 길을 밝히고 있었다. 어느새 여친이 봉석이 곁으로 와 나란히 걸었다.

"벚꽃이 무더기로 봉석이 생일 축하하는 거 같다, 그치?"

"해마다 내 생일 축하하기 위해 저렇게 핀다니까!"

봉석은 제 말에 제가 먼저 크하하 웃어 버렸다.

"내가 꽃다발을 못 사와서 미안했는데…… 벚꽃이 있어 다행이야."

그때 앞서 섰던 석우가 후나닥 옆의 벚나무를 흔들었다. 벚꽃이 하르르 봄눈처럼 봉 석이와 여친 어깨 위로 날아내렸다.

"심술꾸러기 아니랄까 봐."

"얘들이, 섭섭하게. 축하 이벤트도 몰라주냐? 빨랑 폰카로 사진이나 찍어."

봉석이 얼른 여친과 활짝 웃는 자세를 취했다.

"근데 봉석이 너, 경찰대 가지 말고 가수로 진로를 바꿔라."

은성이 봉석이 어깨에 팔을 두르며 말했다.

"맞아, 오디션 한번 받아 보는 게 어때?"

여친도 진지한 얼굴로 거들었다.

"정말이지? 그럼 학원 때려치우고 노래 연습 좀 해 볼까? 노래하는 경찰도 좋지."

봉석이 숯검댕이 눈썹을 찡긋거리고 맞장구쳤다.

"제주도 가서 더 멋지게 불러 줘."

"이번 수학여행에서 봉석이의 첫 무대를 기대하자. 어때?"

봉석은 그날 이후로 가끔 핸드폰으로 여자 친구와 통화하다가 노래를 한 소절씩 부르기도 했다. 형의 눈에 또 걸리면 여자 친구가 생겼다고 말할 생각이었다. 태권도 시합도 하기 전에 형은 수학여행 기념으로 티셔츠에 운동화까지 사 줬다. 봉석은 책상 위에 단정히 얹힌 선물을 흐뭇하게 보았다.

# 소울 푸드 요리사 조찬민

안산 단원고 2학년 8반 **조찬민**

1. 찬민. 형 정민과 함께.
2. 교복 입은 찬민.
3. 엄마와 공원에서.

## 소울 푸드 요리사 조찬민

찬민은 오늘도 일찍 일어났다. 봄기운이 완연한 아침 공기는 상쾌하면서 훈훈했다. 봄바람 속에는 중학교 때까지 한방에서 자며 맡았던 엄마 냄새가 섞여 있는 것 같았다. 찬민은 가슴이 꽉 차게 신선한 공기를 마셨다. 야근까지 하고 온 엄마가 조금이라도 더 자도록 찬민은 조심하며 부엌으로 나갔다. 엄마가 어젯밤에 사 온 반찬거리를 꺼내 다듬을 생각이었다.

"너, 또 벌써 일어 난 거야?"

찬민은 엄마 목소리에 깜짝 놀랐다. 엄마가 한발 먼저 부엌에 나와 있었다.

"나야, 뭐 늘 습관대로……"

"제발, 다른 애들처럼 늦잠 좀 자라. 응?"

찬민은 씨익 입가에 웃음을 머금었다. 일찍 일어났다고 야단치는 엄마가 있다는 사실에 너없이 행복했다. 늦잠 사시 않아서 혼이 나는 고등학생은 아마 안산뿐 아니라 우리나라 전체를 뒤져도 없을 것이다. 찬민은 엄마의 마음을 충분히 알고도 남기에 때로는 늦잠을 자려 해도 몸에 밴 습관이라 잘 되지 않았다.

찬민은 엄마와 헤어져 형과 함께 몇 년을 살아야 했었다. 어른들도 피할 방법이 없는, 받아들이고 겪을 수밖에 없는 일들이 있나 보다고 어린 찬민은 어렴풋이 짐작했다. 엄마와 떨어져서도 결석 한 번 없이 석호초등학교 6년을 보냈다. 가끔 학교 행사에 꼭 엄마가 있어야 하는 경우가 닥치면 참았던 눈물부터 왈칵 나왔다. 그러나 엄마가 아예 없는 아이들에 비하면, 언젠가는 엄마를 만날 수 있다는 희망이 찬민이 마음을 든든하게 받쳐 주었다. 그렇게 찬민은 그리움을 삭이며 일찍 철이 들었다. 아버지와 사는 생활에 적응하며 의젓하게 지냈다. 엄마는 그동안의 모정 공백기를 채워 주고 싶어 찬민 형제한테 정을 곱빼기로 쏟았다.

6학년이 되어서야 찬민의 소원대로 엄마와 한 지붕 아래서 잠들게 됐을 때, 밤이면 찬민이 정민이 형제는 뒤늦게 엄마 품을 차지하고 역시 곱빼기로 엄마의 사랑을 누렸다. 그러면서도 직장에 나가야 하는 엄마는 늘 시간이 없어 아들들과 더 많은 시간을 갖지 못해 안타까워했다. 엄마 역시 힘들고 고생스럽게 살면서 찬민이 형제 못지않게 한 지붕 아래서 살날을 애타게 기다렸다는 걸 알고도 남았다. 엄마는 하루도 빠트리지 않고 두 아들을 위해서 기도로 마음을 굳건히 다졌다고 말했다.

"잘 견뎌 줘서 고맙다. 우리 아들들!"

"잘 이겨내 줘서 고마워, 엄마!"

"엄마, 이제 헤어지지 말아요.

세 모자(母子)가 이 말을 주고받던 날을 찬민은 영원히 잊지 못할 것이다. 찬민은 곧 아버지도 한집에서 살게 될 것을 굳게 믿었다. '엄마가 우리와 함께 살기 위해 고생하신 거 잊지 않을게요.' 찬민은 이 말을 마음속으로 했다. 입 밖으로 꺼내면 울음이 터질 것 같아서였다. 살면서 잊지 못할 어느 순간들은 가슴에 새겨진다는 걸 깨달았다.

소중한 기억들은 돈으로 살 수 없는 보물이 된다는 것도 알게 되었다. 공부가 힘겨울 때도 그날의 기억을 떠올리면 가슴이 따뜻해지고 새로운 기운이 솟았다. 찬민은 앞으로 살아가면서 웬만한 고난쯤은 거뜬히 이겨낼 자신감도 생겼다.

찬민은 일찌감치 교문에 들어섰다. 집이 학교와 가까워 남들보다 느긋하게 등교할 수 있었다. 곧장 교실로 가는 오르막길 대신, 찬민은 운동장으로 가로질러 걸었다. 텅 빈 운동장은 마치 새로 펼쳐진 넓은 새 종이 같았다. 운동장에 발자국을 새로 찍으며 걷는 동안 찬민은 어제와는 다른 오늘을 기대했다. 그러자 막연히 좋은 일이 생길 것 같은 예감이 들었다. 전날 배운 수학 문제가 안 풀릴 때도, 왠지 기분이 꿀꿀할 때도 운동장을 한 바퀴 돌면 어느새 마음이 가벼워지곤 했다. 운동장 걷기는 찬민이 혼자만이 즐기는 하루 시작 방법이었다. 2층 교실로 올라간 찬민은 뒷문으로 성큼 들어가 맨 뒷자리에 앉았다. 잠시 후에 앞자리에도 몇 명이 들어왔다.

"찬민아, 넌 도대체 노인네도 아닌데, 그리 아침잠이 없냐?"

"오늘은 내가 일등 온 줄 알았더니……"

친구들이 걸핏하면 읊어 대는 지청구였다. 다들 아침에 눈뜨기가 바윗돌 들어 올리기보다 더 힘들다고 엄살이었다. 열일곱 나이에 제일 무서운 게 잠이고 잠을 이기는 장사가 없다는데, 찬민이는 남다른 존재로 보일 수밖에 없었다. 그렇다고 찬민이가 잠하고 거리가 먼 스타일은 아니었다. 예민하다든가 신경이 날카로워 보이는 구석은커녕, 푸근하고 넉넉한 소위 한 덩치 하는 고딩일 뿐이다.

키 175센티미터에 98킬로그램. 범을 만난다 해도 겁나지 않을 체격이다. 그런 겉모습과는 달리 아침잠이 없다는 것은 누가 봐도 신기했다. 그 덕분에 찬민이는 바로 한 살 터울의 형, 정민이와 초등학교 6년에 중학교 3년을 전부 개근할 수 있었다.

단원고에서의 3년도 당연히 개근으로 졸업해서 엄마를 기쁘게 할 생각이었다. 그러니 지각을 밥 먹듯 하는 또래들에게 찬민이는 애어른쯤으로 여겨졌다. 옆자리 짝 김선우도 오늘은 등교가 빨랐다. 찬민은 문득 고민해 오던 진로 문제를 슬쩍 꺼냈다.

"선우 넌, 컴퓨터로 진로 정했지?"

"응, 그래도 걱정이야. 원하는 대학에 가는 문제가 남았으니……"

공부를 좀 하는 친구나 그렇지 않은 친구나 나름대로 고민되는 건 마찬가지였다.

"난 아직 못 정했어."

어느 날인가 엄마는 진지하게 이야기를 꺼내며 찬민의 장래에 대해 기대감을 내비쳤다. 찬민이 아주 어릴 때였는데, 어떤 할머니가 우연히 들러서 물 한잔을 청했다고 했다. 물을 달게 마신 할머니가 찬민이를 보고는 큰 인물이 될 테니 잘 키우라고 당부를 했다는 것이었다. 엄마에게 그 말은 믿고 안 믿고를 떠나서, 사는 동안 힘이 되었

소울 푸드 요리사 조찬민

던 모양이다.

'큰 인물……'

찬민은 그냥 재미로만 들었던 이야기를 요사이 다시 생각해 보았다. 우리 사회에서 큰 인물은 과연 어떤 사람에 해당되는 말일까. 초등학생이라면 무조건 대통령이라거나 아니면 영웅적인 인물을 떠올리겠지만 고등학교 2학년한테는 그야말로 꿈일 뿐이다. 세상을 조금씩 알아 가고 있는, 외모는 거의 어른 수준인 열일곱 살은 한창 현실에 눈뜨는 중이었다. 이를테면 꿈과 현실의 괴리감을 알아차렸다고 할까? 아무래도 진로 결정은 부모님과 의논을 한 후에, 시간이 좀 더 필요할 것 같았다.

그때 앞자리 쪽에서 들리는 말이 찬민의 생각을 끊었다.

"야, 빨리 사야지. 수학여행 며칠 남았다고?"

애들 서넛이 핸드폰 화면을 보며 떠들었다.

"배송 기간도 있으니까."

"이 옷 입고 배에서…… 와! 생각만 해도 멋지다."

그러고 보니, 수학여행 날짜가 코앞으로 다가와 있었다. 언제 왔는지 박선균이 찬민의 옆구리를 찌르며 작게 물었다.

"당근, 여행 가는 거지?"

사실 찬민의 베프인 선균은 혹시 찬민이가 이번 여행에 빠질까 봐 은근히 마음을 졸이고 있었다. 찬민은 바로 대답이 나오지 않았다. 아직 수학여행비를 못 내고 있으니까. 찬민이네 형편에 수학여행비 30여만 원은 쉽지 않은 금액이었다. 엄마가 여행비를 마련하느라 애쓰고 있는 걸 잘 알기에 찬민은 더욱 마음이 무거웠다.

"수학여행 못 가면 학교 나와서 공부해야 되는데…… 으으 끔찍해."

찬민은 어깨까지 흔들며 선균이한테 농담을 했다.

마침 수업 시작 종이 울렸다. 아이들은 이미 수학여행을 떠난 마음을 급히 수습하느라 후다닥거리며 책상에 앉았다. 담임 선생님은 교실을 휘돌아보더니 역시 분위기를 읽고는 수학여행에 대해 말문을 열었다.

"너희들 마음은 벌써 수학여행 떠났구나. 마음 붙들어 매고, 공부 바짝 한 뒤에 더 즐겁게 떠나자. 알았지?"

"예~!"

힘찬 대답이 교실을 울렸다. 찬민이 목소리도 그 속에 섞였다.


"잠깐 교무실로 왔다가 밥 먹으렴."

점심시간에 담임 선생님이 교실 뒷문으로 나가면서 찬민이한테 일렀다. 찬민은 대답과 동시에 책상을 대강 정리하고 선생님 뒤를 따랐다.

"수학여행비 마감이 다 됐는데…… 어떻게, 어머니께 말씀드려 봤니?"

선생님이 조심스럽게 물었다.

"알고 계시는데, 더는 말하기가……"

"알았다. 그럼, 선생님이 전화 한번 드려 볼게."

찬민은 수학여행을 꼭 가고 싶었다. 배를 타는 것이며 제주도 구경도 한 적이 없었다. 친구들과 추억 만들기도 놓치기 싫었다. 찬민은 친구들과 점심을 먹으면서 마음이 자꾸 초조해졌다. 엄마한테 미안한 마음과 여행을 못 가면 어쩌나 하는 생각에 밥맛도 못 느꼈다. 그때 호주머니에서 전화기가 울렸다. 화면에 엄마가 떴다. 찬민은 전화기를 들고 식당 밖으로 나왔다. 엄마가 근무 시간에 웬일일까?

"찬민아, 엄마!"

엄마는 항상 엄마라고 덧붙이길 좋아했다.

"응, 엄마. 점심은 먹었어요?"

"지금, 여행비, 온라인으로 부쳤다."

엄마 목소리가 평소보다 컸다. 찬민이가 묻는 말은 들리지 않는 모양이었다.

"정말! 엄마 고마워요."

"아들, 엄마한테는 고맙다는 말 같은 건 안 하는 거야."

"그래도…… 정말 고마워요."

찬민이 목소리도 한층 커졌다.

근처에 있던 우제와 정수가 찬민이 목소리를 듣고 다가왔다.

"좋은 일 있냐?" "수학여행 확실히 가는 거지?"

둘이 한마디씩 물었다.

"응."

"너 빠지면 우리끼리 뭔 재미로, 싶었는데. 잘 됐다."

셋은 발걸음도 가볍게 나란히 교실로 향했다. 꽃샘바람이 한 줄기 몰아치자, 벚꽃 잎들이 하르르 떨어져 어디론가 몰려가고 있었다.

형과 함께 저녁을 먹고, 설거지를 하던 찬민은 야근하는 엄마 생각이 났다. 엄마를 돕는다고 시작한 주방 일이 이제는 즐거웠다. 설거지뿐 아니라 음식 만들기도 취미가 되었다. 자신이 만든 음식을 가족이 맛있게 먹을 때면 은근히 기뻤다. 특히 피곤에 지친 엄마가 그릇을 싹 비우고 엄지손가락을 치켜세워 주면 찬민은 가슴이 뿌듯했다.

'나, 요리에 소질 있는 거 아닐까?' 찬민은 차츰 자부심이 생겼다.

'하얀 모자를 높다랗게 쓴 요리사도 큰 인물?'

싱크대 앞에서 '요리사 조찬민'을 상상해 보던 찬민은 머쓱해서 얼른 냉장고를 열었다. 냉장고를 뒤져 참치 캔 하나와 양파 반쪽, 당근과 파까지 꺼냈다. 싱크대에서 밀가루도 찾아냈다. 찬민은 참치 살에다 야채를 다져서 섞었다. 요리할 때는 저절로 아이디어가 떠올랐다. 참치동그랑땡. 찬민이 손끝에 신바람이 났다.

요리책은 보지도 않았지만 다음 순서가 척척 진행 되었다. 반죽이 딱 알맞았고 간도 적당했다. 기름에 노릇노릇하게 굽자마자 형을 불러 동그랑땡 맛을 보였다. 정민이 형은 하나를 다 먹기도 전에 놀라는 표정을 지었다.

"와 죽인다. 아주 환상적인 맛이야!"

"형, 엄마도 식기 전에 먹으면 좋을 텐데. 맛 보일 방법이 없을까?"

찬민은 잘 구운 동그랑땡을 접시에 담았다. 예쁘게 세 개를 담고는 핸드폰 카메라로 사진을 찍었다. 여러 장을 찍었지만 김이 솔솔 오르는 모습과 고소한 냄새까지는 찍히

소울 푸드 요리사 조찬민

지 않아서 안타까웠다. 찬민은 그중 잘 찍힌 사진을 골라 엄마한테 전송했다.

「엄마, 내가 만든 동그랑땡! 보기만 해도 군침 돌지? 먹고 기운 내.^^」

잠시 후 엄마한테서 답장이 왔다.

「아니, 이걸 울 아들이 만들었다고? 평생 최고의 위로. 고마워!」

찬민은 '음식이 바로 사랑'이라는, 어디선가 들은 광고 문구가 기억났다. 작은 정성이 이렇게 엄마한테 큰 위로가 될 줄 몰랐다. 찬민은 몇 번이나 엄마가 보낸 문자를 읽었다. 야근을 마치고 돌아온 엄마가 동그랑땡을 입에 넣고는 큰 소리로 말했다.

"아직 장가도 안 간 녀석이 이렇게 요리를 잘해도 되는 거야? 응."

엄마는 목이 메어서, 눈물을 보일까 봐 찬민이는 보지 않은 채 목소리를 높였다.

"엄마 아빠가 늙었을 때 우리 집에 놀러 오면 맛있는 것 많이 해 주려고 실습하는 거예요." 찬민의 대답에 엄마는 기어이 눈물을 훔쳤다.


드디어 여행 가는 날 아침. 찬민은 엄마한테 고마우면서 미안했다. 엄마는 어느새 찬민의 용돈까지 마련해 주었다. 찬민은 첫 여행이라 누구보다 가슴이 설렜다. 그것도 3박 4일 동안이나 절친들과 사진으로만 봤던 제주도에서 지낼 생각을 하니 기분이 둥실 떴다. 찬민은 집에 있는 스포츠 가방에다 짐을 쌌다.

어떤 친구는 색깔까지 골라서 캐리어 가방을 주문한다, 제주도서 입을 옷을 산다, 난리를 피우며 여행을 준비했지만 찬민은 가는 것 그 자체만으로도 행복했다. 옷이며 준비물을 꼼꼼히 챙기던 찬민은 엄마가 안 보는 틈에 받은 용돈 10만 원 중에서 5만 원을 도로 책상 서랍에 넣어 뒀다. 전부 가져가면 아무래도 몽땅 쓰게 될 것 같았다.

"다들 입는 추리닝도 못 사 줘서 어째?"

출근 준비를 마친 엄마가 가방을 들춰 보며 아쉬운 표정을 지었다.

"체육복 있잖아요. 추리닝이나 체육복이나 마찬가진데요, 뭘."

찬민은 옷 몇 벌을 더 넣고, 게임기까지 가방에 챙겼다. 학교에서 수업을 마치고 바로 떠날 참이었다. "집에 안 들르고 바로 갈 거면, 엄마가 하는 말 꼭 지켜."

"뭐든 말만 해요. 무조건 엄마 말은 들을 테니까요."

교복을 입은 찬민은 엄마보다 한 뼘은 더 큰 키로 엄마를 내려다봤다.

"첫째, 네 친구들이랑 맘껏 떠들고 웃기. 둘째, 좀 까불기. 셋째, 꼭 인증 샷 찍어 오기다."

무슨 부탁인가 살짝 긴장됐던 찬민은 씨익 웃고 말았다.

엄마가 찬민을 껴안고 등을 툭툭 쳐 주고는 비닐봉지를 건네며 덧붙였다.

"그저, 여행 갈 땐 삶은 계란이지, 촌스러워도 이게 최고야."

"고마워, 엄마 잘 다녀올게."

찬민은 엄마를 껴안으며 야윈 얼굴을 보았다.

'엄마가 좋아하는 갈색 립스틱, 첫 여행 기념으로 사다 드릴게요.'

찬민은 제가 번 돈으로 선물할 계획을 바꿔서 이번에 사 올 결심을 했다. 학교로 걸어가며 봉지에서 계란을 꺼냈다. 여행 준비하느라 아침을 제대로 못 먹었던 것이다. 종이쪽지가 먼저 손에 잡혔다. 맛소금인가, 하고 펼쳤더니, 엄마가 쓴 편지였다.


찬민아!

네가 만들어 준 참치동그랑땡하고는 비교도 안 되는, 너무 손쉬운 삶은 계란밖에 못해 줘서 엄마가 미안해. 솔직하게 엄마는 바쁘단 핑계로 동그랑땡 한 번 만들어 본 적도 없구나. 너의 그 투박한 손으로 만들어 준 참치동그랑땡은 마음까지 위로해 주는 소울 푸드였어. 오래오래 엄마의 허기를 달래 줄 음식이야. 즐겁게 여행 잘 하고 와. (엄마의 세 가지 부탁 잘 수행하고 ㅋㅋ) 그동안 힘들었던 기억들은 모두 제주 앞바다에 던져 버리고. 알았지? 엄마는 네가 있어서 마냥 든든하고 행복해~

추신) 오는 11월 6일. 네 생일에는 엄마가 큰맘 먹고 아디다스에서 추리닝 사 줄게. 색깔은 네이비가 좋겠지? 사이즈는 110이면 딱 맞을 거야. 너, 속으로는 운동화도 사 줬으면…… 싶어도 말은 안 하겠지. 엄마가 쏘는 김에 운동화까지 약속한다. 꼭!

-아들 마음을 꼭 집어내는 엄마가


소울 푸드 요리사 조찬민

# 이 소년이 사랑한 것들

안산 단원고 2학년 8반 **지상준**

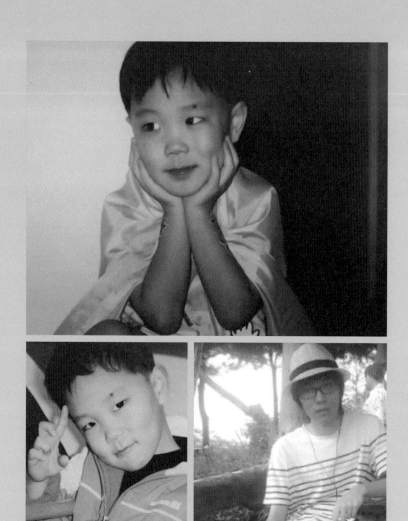

1. 카메라가 다가가자 자세를 취하는 상준.
2. 어린 시절의 상준은 장난기 있고 웃음이 많은 아이였다.
3. 독서와 음악 감상이 취미였던 상준. 사진 찍을 때에도 이어폰을 귀에서 빼지 않았다.

# 이 소년이 사랑한 것들

상준은 고려대학교 안산병원에서 태어났다. 신생아였던 상준의 무게는 2.7킬로그램에 불과했고, 호흡에도 약간의 문제가 있다는 진단이 내려졌기에, 그는 태어나자마자 어머니의 품을 떠나 인큐베이터에 있어야 했다. 상준이 아주 어리던 시절, 부모님은 맞벌이하고 있었고, 그로 인해 상준은 경북 상주의 친할머니 댁에서 잠시 지내기도 했다. 집 뒤편으로 남산이 자리 잡고 있던, 공기가 맑고 고즈넉한 풍경의 시골집이었다. 수개월 뒤 상준은 안산으로 돌아왔으나, 오래지 않아 어머니가 여동생 유영을 가지게 되었고, 부모님의 신경은 새로 태어난 딸아이에게로 분산될 수밖에 없었다.

어린 상준은 때로 외로움을 느꼈을 것이지만, 그것을 거의 내색하지 않았다. 갓난아기인 동생에게 투정을 부릴 법도 하지만, 도리어 상준은 여동생 유영을 잘 보살피는 듬직한 오빠였고, 실제로 자라고 나서도 유영과 다투거나 싸우는 법이 없었다. 어린 시절의 상준은 활동적인 소년이기도 했다. 아파트 같은 라인에 살던 또래 친구들과 놀이터에서 뛰어놀기를 좋아하고, 상준의 어머니가 그 모습을 사진으로 담으려 하면 해맑게 웃으며 카메라 렌즈 앞으로 달려오던 귀여운 소년이었다.

캠핑을 좋아했던 아버지의 영향으로, 가족은 주말에 틈을 내어 산과 바다로 나들이를 즐겼다. 친척 형제들 간 우애가 깊고 왕래 또한 잦았던 부모님 덕분에, 상준은 '가족'이라는 이름의 중요함에 대해 일찍부터 체득했고, 화목하고 구순한 날들을 보낼 수 있었다.

상준의 즐거웠던 어린 시절은, 온 가족이 대구로의 이사를 결정하게 되면서 한차례 변화를 맞이한다. 당시 상준의 부모님이 대구에 있는 지인의 식당을 인수하여 사업을 시작하게 되면서 내려진 결정이었다.

상준이 여덟 살, 갓 초등학교에 입학하던 때의 일이었다. 상준과 두 살 아래의 여동생 유영은 집에서 얼마 떨어지지 않은 거리의 식당을 오가며 부모님과 함께 생활했다. 이른 나이에 전학을 갔으므로 상준이 새로운 도시에 적응하는 데 약간의 시간이 걸렸다는 것을 제외하면, 그의 가족은 평범한 여느 가정의 모습과 다르지 않았다. 대구엔 상준의 외가 식구들이 살고 있었기에, 그는 자연스레 외사촌 형제들과 친분을 나누며 자랄 수 있었다. 여동생 유영도 오빠를 잘 따르며 의지했다. 식당 운영으로 부모님이 집을 비우는 시간이 많았기에, 유영에게는 원체 조숙했던 두 살 위의 오빠가 실제 나이보다 더 어른스럽고 든든하게 느껴졌을 것이다.

기실 상준의 성격에 변화가 찾아온 것은 이 무렵이었다. 안산에서 대구로 이사하며, 어린 시절의 동네 친구들과는 이별 아닌 이별을 맞이해야 했다. 아이에게, 환경의 변화와 그로 인해 새로운 사람들 틈에 적응해야 하는 일련의 노력들은 부담으로 작용될 수밖에 없다. 부모님이 운영하던 식당은 1주일에 한 번, 평일에 휴무가 있었다. 상준의 부모님은 예민한 시기의 상준을 보듬고자, 짧은 휴일에도 종종 학교에 체험 학습 신청서를 제출하고 아이들과 나들이에 나서곤 했다. 차멀미가 있었고, 환경의 변화나 냄새에도 민감했던 상준은, 먼 거리의 외출에 있어서도 점차 피로를 느끼기 시작했다.

그러나 동시에 상준만이 가진 예민한 성격은, 때로 예술가적인 기질로 발휘되기도 했다. 이동에 따른 스트레스에도 불구하고, 막상 여행지에 도착하고 나면 자연 속에서 맑은 바람을 쐬는 것이 좋았다. 겉으로 그것을 내색하는 성격은 아니었지만, 가족 중 제일 먼저 산에 오르고, 나무와 풀과 꽃잎의 냄새를 맡고, 사색하는 것이 좋았다. 어머니는 아들의 왕성한 호기심과 탐구심에 발을 맞추어, 박물관이나 미술관에 새로운 전시가 열리면, 가장 먼저 아들과 함께 그곳을 찾기도 했다. 고즈넉한 공간에서 좋아하는 것들에 빠져들 수 있는 그 시간을, 상준은 사랑했다.

상준과 유영이 조금씩 나이를 먹고 네 식구가 동시에 시간을 내기란 점점 어려워지기도 했지만, 그래도 가족은 틈날 때마다 함께하는 시간을 주저하지 않았다. 집 근처 용지봉으로 등산을 가기도 했고, 수성유원지나 우방랜드에 가서 자유 이용권을 끊어 놀이 기구를 타기도 했다. 자라나며 말수가 적어지고 사춘기에 접어든 또래의 남학생들이 그렇듯, 좋고 싫은 것에 대한 표현을 거의 하지 않는 상준이었지만, 그에게도 막상 부모님, 여동생과 함께하는 시간만큼은 소중했다.

집을 나서기까지는 다소 귀찮은 마음이 들기도 했지만, 엄마의 손을 잡고 교외로 나가 맑은 공기를 마시면, 마음속까지 탁 트이는 기분이 들어 좋았다. 산을 뒤덮은 꽃과 흙의 냄새, 나무 사이로 들어오는 밝은 햇살까지, 모든 것이 상준의 가슴을 시원하게 채웠다. 어느새 엄마와 여동생을 멀리 따돌리고 앞서 산을 오르는 자신의 모습을 발견할 때면, 이제 정말 어른이 되어 가는구나 하는 생각에 가슴이 벅차오를 때도 있었다.


부모님은, 상준의 내성적인 성격에 변화를 주기 위해 어려서부터 바둑, 태권도, 합기도, 수영, 검도 등 다양한 것들을 가르쳤다. 여러 명의 친구들과 어울려 시끌벅적하게 축구를 하거나 뛰어노는 활동 자체를 그리 좋아하지는 않았지만, 상준은 태권도나 검도, 바둑과 같은, 약간의 고독함과 자신과의 싸움을 필요로 하는 활동에 소질을 보였다. 그는 집중력이 뛰어난 소년이었다. 그러나 상준이 무엇보다 사랑한 취미 생활은 따로 있었는데, 바로 '독서'였다.

그것은 어린 시절부터 집안에서 지내는 시간이 많았던 상준에게 무척이나 중요한 취미였다. 초등학교 1학년, 낯선 도시로 이사를 떠나게 되며, 평소 어울리던 같은 아파트의 친구들과 헤어져야 했던 배경도 상준이 더욱 책을 사랑하게 되는 것에 한몫했다. 맞벌이하는 부모님이 자리를 비운 집안은, 상준이 책을 읽고 책 속의 인물들과 사건들에 집중하며 상상의 나래를 펼칠 수 있는 최적의 공간이었다.

그는 특히 《Why?》라는 지식 백과사전 시리즈와 삼국지를 좋아했다. 지식 백과사전 속에는 학교에서 가르쳐 주지 않는 방대한 정보들이 담겨 있었다. 국어, 영어, 수학이 알려 줄 수 없는 진짜 궁금한 것들 말이다. 남몰래 쌓아 온 지식의 양은 시간의 축적과 함께 방대하게 늘어났다. 상준의 어머니는 말수 적은 아들이 때로 티브이를 보거나 가족 간의 대화에서 간혹 던지는 정보 혹은 지식의 파편들에 감탄했다. 특히 과학 관련 분야의 책을 좋아했던 상준은, 조립도나 설명서 없이도 무언가를 만들어 내기를 잘했다. 독서를 통해 길러진 끈기 있는 성격 덕분에, 당시 유행하던 과학 상자나 레고와 같은 것들도 정해진 가이드 없이 자신만의 '작품'으로 완성시키길 즐겼다. 또래 아이들 대부분이 설명서에 표시된 대로 한두 번 만들어 보다가 싫증을 내곤 하는 것과는 대조적이었던 것이다.

이러한 어린 시절의 취미들은 호기심 많은 상준이 공상의 나래를 펼치기에 안성맞춤인 것들이었는데, 그가 삼국지를 여러 번 읽었던 것도 비슷한 이유에서였다. 남들이 다 아는 유비, 관우, 장비보다, 상준은 한 시절을 하얗게 불태우고 저물어간 조연들에게 더 많은 관심을 가졌다. 역사의 주인공이 아니었던 대다수 인물들에 대한 기록은 생략되어 있다. 그들이 살아갔을 과거의 중국 대륙에 자신만의 이야기를 덧대어 새로운 영웅담을 떠올렸다. 상준은 그러한 여백들에 애정을 느꼈고, 그것을 자신만의 것으로 만들 수 있었다. 광범위한 독서 습관과 학교 숙제로 매일같이 일기를 썼던 것의 영향을 받아, 상준은 자신만의 소설이나 에세이를 연습장에 기록하는 새로운 취미를 갖기에 이르렀다.


중학교에 들어가면서부터는, 학교에서 유행하던 컴퓨터 게임에도 빠져들었다. 사이버 세계의 친구들은 현실에서의 관계보다 훨씬 담백했다. 그저 묵묵히 내 할 일을 잘하는 것, 즉, 게임을 잘하면 되는 것이 전부였다. 인터넷을 매개로 한 팀플레이에서, 상준은 익명의 상대들과 동맹을 맺고 충실히 자신의 임무를 수행했다.

그 간단한 스킬을 발휘하여, 상준은 매일 저녁 영웅이 될 수 있었다. 상준의 게임 플레이에 감탄한 익명의 동료들은 상준에게 자신의 아이디와 이름을 밝히고 친구 요청을 해 왔다. 자연스레 자신과 같은 게임을 즐기는 학교 친구들과도 교분이 두터워졌다. 이렇듯 상준에게 게임이란, 단지 잠깐 동안의 즐거움을 위한 수단이 아니었다. 그곳은 곧 작은 사회나 다름없었다. 그 나이 또래 남자아이들의 알량한 세력 싸움이나 눈치 게임이 벌어지는 학교라는 곳은, 기실 10대의 평범한 소년들에게 긴장감으로 둘러싸인 공간이다. 전쟁터라는 것은, 뛰어난 컴퓨터 그래픽으로 구현된 가상 현실의 게임 세계가 아니라, 실제 그들이 매일을 싸워 나가야 하는 학교라는 곳인 셈이다. 더욱이 타지 사람인 상준에게 소년들의 치기 넘치는 다툼들은 한없이 부질없어 보였다. 그는 힘겨루기의 무의미함을 너무 일찍 깨달아 버렸고, 그것을 자기 나름의 수단을 찾아 다른 즐거움으로 대체했다.

그러던 중, 상준의 가족은 또 한 번의 이사를 하게 된다. 어느새 중학교 2학년이 되고, 학원에서 새로운 친구들을 사귀며 대구에서의 생활에 적응해 가고 있었는데, 다시 고향 안산으로 돌아오게 된 것이었다. 상준의 아버지가 안산에 위치한 중견 회사의 부장으로 일을 시작하게 되면서 결정된 이사였다.

부모님은 사춘기에 접어든 상준의 세심하고 예민한 성격을 잘 이해하고 있었으므로, 안산으로 터전을 옮긴 이후에도 종종 시간을 쪼개어 자녀들과 여행이나 나들이를 계획하곤 했다. 다정한 어머니는, 매일 저녁 아들의 자율 학습이나 학원 수업이 끝나는 시간에 맞추어 마중을 나갔다. 집으로 돌아오는 길은 자연스럽게 모자의 대화 시간이 되었다. 상준은 무난히 안산에서의 학교 생활에 적응해 나갔다. 외향적인 성격까지는 아니었지만, 말수 적고 제 할 일에 몰두하기를 좋아했던 집 안에서의 모습과 달리, 때로 친구들과 노래방에 가거나, 피시방에 가서 스트레스를 풀기도 했다.

상준의 어머니는 그가 좀 더 활동적인 남자로 자라기를 소망하기도 했지만, 이렇듯 일찍 철이 들고, 제 할 일을 알아서 해내는 아들이 일면 대견스러웠다. 물론 대구에서의 어린 시절처럼 운동을 하고 살도 조금 더 찌울 수 있다면 좋을 것이다. 평범한 중고등학생들이 학교와 학원을 오가며 운동이나 야외 활동까지 충분히 즐기기란 쉬운 일이 아니다. 상준의 어머니는, 아들의 복잡해진 일상만큼이나, 다시 시작된 회사 생

이 소년이 사랑한 것들

활로 바빠진 남편, 역시 사춘기에 접어든 딸 유영까지, 온 가족이 함께하는 시간이 점차 줄어들 수밖에 없는 현실적 상황에 안타까움을 느꼈다. 상준의 아버지 또한 아내의 생각에 동의했다. 어느 여름날, 가족은 모처럼 짬을 내어 3박 4일간의 제주도 여행을 계획했다.

머리부터 발끝까지 검정색 의상으로 멋을 낸 상준이 가족과 함께 제주도로 출발했다. 그가 열여섯, 중학교 3학년이던 해의 일이다. 간만의 휴식이건만 왜 제주도까지 날아가야 한단 말인가, 상준은 잠시 피곤을 느끼기도 했지만, 이내 모처럼 만의 가족여행에 대한 반가움이 그의 마음을 움직였다.

쑥스러운 마음에 최대한 티를 내려 하지 않으면서도, 상준은 가장 아끼는 모자와 신발까지 제 몸에 장착하고 나름대로 멋을 부렸다. 아버지, 어머니와 여동생 유영까지 온 가족이 함께하는 여행이었다. 들뜬 마음에 공항으로 향하는 길에도 상기된 표정을 감추지 않았던 유영을 보며, 상준은 어린 시절을 떠올렸다. 산으로, 강으로, 바다로, 도서관과 박물관으로. 그 시절엔 모든 곳에서 가족과 함께였다. 달리는 차창 유리를 통해, 어느새 어른이 되어 가고 있는 자신의 모습이 희미하게 반사되어 보였다. 상준은 묘한 설렘과 흥분을 느꼈다.

상준은 실제로 사춘기에 접어든 여동생과도 무척 다정한 사이였다. 둘은 상반된 성격을 지녔지만, 세심하고 양보에 능한 상준은 늘 여동생 유영을 배려하는 것에 익숙했다. 상준에 비해 적극적이고 발랄한 성격이었음에도, 유영은 차분한 성격의 오빠가 언제나 듬직하게 느껴졌다. 부지런한 저축 습관을 가졌던 상준은 가족 중 현금 부자이자 짠돌이로 통했다. 그런 그가 큰맘 먹고 용돈을 사용하는 날은, 항상 유영에게 간식거리나 작은 선물을 사 주는 날이었다.

아이들은 잦은 이사에 투정을 부릴 법도, 새로운 학교에 대한 적응에 어려움을 겪을 법도 하지만, 상준은 그 모든 불편에 대해 티를 내지 않았다. 묵묵히, 자기 스스로 이겨 나갈 뿐이었다. 무엇보다 상준은 바른 생활 사나이기도 했다. 어느 날 집에서 저녁 식사를 하던 아버지는, 상준에게 농담처럼 너, 평소에 술이나 담배는 하지 않니? 하고 물은 적이 있다. 그러자 상준은 차분한 목소리로 답한다. 아빠. 어차피 몇 년 지나면, 성인이 되면 다 합법적으로 할 수 있는 거잖아. 뭐가 급하다고 죄인처럼 숨어서 담배 피우고 술 마시고 그래야 돼요?

상준은 성인이 되어 돈을 넉넉히 벌고 나면 부모님에게 서울 강남 지역에 대형 평수의 아파트를 사 드리겠다고 입버릇처럼 말하기도 했다. 그 마음만으로도, 상준의 부모님은 아들을 바라보며 넉넉히 미소 지을 수 있었다.

상준에게 또렷한 장래 희망이 있었던 것은 아니지만, 그는 미래에 연구원이나 공무원과 같은 직종에서 일하는 것을 꿈꿨다. 어느 날 상준은 어머니에게 "튀지 않고, 뒤처지지도 않고 사는 것"이 자신의 인생 모토라고 말한 적이 있다. 그것은 그가 즐기던 취미 활동과도 무관하지 않았겠지만, 그가 가족을 바라보며 마음먹었을 어떤 다짐과도 연관이 있을 것이다.

아침에 출근하여 해가 지면 퇴근하고 집으로 돌아와, 가족과 마주 앉아 저녁 식사를 함께하고, 주말이면 근교로 나들이를, 혹은 자녀들과 외식을 함께하는 소박한 가정의 삶. 또한 그리 많은 돈을 벌지는 않더라도, 정시에 출퇴근하며 남은 시간 동안 책을 읽고, 게임을 하며 자신만의 여가를 충분히 누릴 수 있는 삶 역시 그는 꿈꿨을 것이다. 그리고 실제로 이러한 '평범하다'고 여겨지는 삶이, 우리 주위에 그리 많지 않다는 것 역시, 상준은 잘 알고 있었을 것이다.


고등학교 2학년, 학창 시절의 마지막 수학여행을 앞둔 아이들은 모두가 설렘으로 잠을 이루지 못한다. 특히 남녀 공학에 다니는 학생들이라면 더욱, 수학여행에서 벌어질 설렘 가득한 에피소드에 기대감이 부풀어 있기 마련이다. 그런데 도무지 상준에게서는 아무것도 읽어 낼 수 없었다. 들뜬 감정을 단지 표현하지 않는 것인지, 정말로 별다른 감흥이 없는 것인지, 상준을 가장 잘 알고 있는 그의 어머니도 단정할 수 없는 노

이 소년이 사랑한 것들

릇이었다. 제주도 가족 여행에서의 옷차림처럼, 상준은 검정색을 좋아했다. 모자부터 티셔츠, 바지, 운동화까지 올 블랙으로 갖춰 입는 것을 선호하던 그였다.

수학여행을 일주일 앞둔 어느 날, 어머니는 상준에게 새로운 스타일을 시도해 볼 것을 제안했다. 칙칙한 올 블랙이 아닌, 화창한 봄날과 어느새 쑥쑥 자라난 상준의 기다란 팔다리에 어울리는 밝은 스타일의 옷을 말이다.

그러나 웬일인지, 상준은 완고하게 검정색 스타일을 고집했다. 이런 일에 대해 고집부리지 않는 아들이었기에, 사실 패션이라는 것에 대해 거의 욕심이 없다시피 했던 아들이었기에, 어머니는 조금 이상한 마음이 들었다. 그렇지만 한편으로 모처럼 만에 발휘된 아들의 고집을 지켜 주고 싶은 것이 어머니의 마음이기도 했다. 다음 날 상점이 문을 열자마자, 상준의 어머니는 아들이 원하는 색상으로 옷을 교환하여 돌아왔다.


상준은 집 앞 가로수 길을 걸어가고 있었다. 어디선가 불어온 바람이 듬성듬성 자라난 벚나무의 꽃잎을 지상으로 떨어뜨렸다. 상준은 그것에 좋은 냄새가 있다고 생각했다. 벚나무는 장미과의 낙엽 교목이다. 사람들은 봄철마다 흩날리는 그 꽃잎만을 보고 벚나무가 아름답다 말하지만, 기실 벚나무의 목재는 고급 악기나 가구의 소재로도 사용된다. 예로부터 민간에서는 벚나무의 내피를 기침약으로도 사용했다고 한다.

상준은 자신이 알고 있는 벚나무에 대한 지식들을 떠올렸다. 왕성했던 상준의 호기심을 채워 주는 가장 좋은 친구가 바로 '책'이었다. 어머니가 사 주었던 《Why?》 시리즈나 어린이 도서관에서 빌려 보았던 백과사전 등은 그가 손에 닳도록 넘겨 보았던 책들이다. 지금도 상준은 서점으로 향하고 있었다. 기다리던 라이트노벨 《엑셀월드》의 후속편이 나왔다고 했기 때문이다.


다음 주면 제주도 수학여행인데, 이 책을 가져가서 오며 가는 차 안에서 읽을까? 아니다. 이 책은 아껴 둬야지. 포장된 채로 그대로 보관해 뒀다가 수학여행 다녀오고 나면 읽어야지.

상준은 지금 사게 될 책의 내용이 궁금하면서도, 다음 주 있을 수학여행에서 친구들과 과연 어떤 일들을 벌이게 될지 기대가 되기도 했다.

솔직히 여행을 간다는 게 딱히 설레는 것까지는 아니지만……
그런데 뭘 입고 가야 하지? 엄마가 검정색은 너무 칙칙하다고 했는데, 다른 애들 보기에도 그런가? 참, 왜 이렇게 귀찮은 것들까지 고민해야 하는 거야? 내가 좋으면 되는 것 아닌가? 좀 단순하게 생각하고 살면 안 되나.

이런저런 생각을 하며 걷다가, 상준은 자기도 모르게 웃음을 지었다. 어린 시절부터 먼 길을 이동해야 할 때면, 적어도 네다섯 권의 책과 함께 짐을 꾸려야 직성이 풀리는 상준이었다. 그 생각들은 즐겁기도, 다소 혼란스럽기도 했지만, 분명한 것은 홀로 길을 걸으며 여러 가지 상상에 잠기는 것이 이 조숙한 소년의 중요한 취미였다는 사실이다.

귀에 꽂은 상준의 이어폰에서는, 그가 태어나기도 전인 90년대 가수들의 노래가 흘러나오고 있었다. 햇살이 밝았고, 기분 좋게 따뜻한 4월의 오후였다. 날리던 벚꽃 잎이 상준의 검정색 모자로 다가와 부딪혀 떨어졌다.

이 소년이 사랑한 것들

# 미래를 연출하다

안산 단원고 2학년 8반 **최정수**

1. 동생은 내가 지킨다.
2. 친구들과 함께 만든 UCC에 출연.
3. 의젓하고 멋지게.

## 미래를 연출하다

집으로 돌아온 정수는 책상에 과제물을 펼쳤다.

종이 첫머리에는 이렇게 적혀 있었다. '나의 꿈, 나의 미래.'

정수는 글자를 한참이나 내려다봤다.

"미래라……"

미래를 생각해 보지 않은 적은 없다. 아니, 늘 미래를 생각했다. 아침에 학교에 가면서 그날 있을 수업을 생각했고, 점심 급식 메뉴를 생각했고, 친구들과 무엇을 하고 놀지 생각했고, 야자를 할지 말지 고민했고, 주말에 있을 연극부 연습도 생각했다. 그러니 언제 어디서나 미래를 생각하고 있는 셈이었다. 하지만 여기 적힌 미래는 소소한 일상의 미래를 말하는 게 아니었다. 정수는 의자에서 일어나 거울 앞에 섰다.

동글동글한 얼굴과 바가지 머리가 먼저 보였다. 작은 눈은 아빠를 닮았다. 코가 오뚝한 건 마음에 든다. 입술은 크지도 작지도 않고 적당했다. 목도 이만하면 긴 편이었다. 그리고 넓은 어깨. 정수의 어깨는 엄마의 자랑거리였다.

"어유, 듬직한 우리 아들."

엄마는 그렇게 말하며 흐뭇한 표정을 짓곤 했다.

정수는 가슴을 내밀며 씩 웃었다. 웃는 모습이 마음에 들었다. 미래에도 지금처럼 웃을 수 있으면 좋겠다는 생각이 들었다. 정수는 문득 궁금해졌다.

"나는 언제부터 이런 모습이었을까?"

과거가 쌓이고 쌓여 지금의 자신이 있었다. 그러니 미래는 결국 과거의 연속으로 이뤄지는 거였다. 정수는 내친 김에 어릴 적 앨범들을 꺼냈다. 중학교에 입학한 뒤로는 사진 찍는 것을 싫어해서 별로 없지만, 그 전에 찍은 거라면 얼마든지 있었다. 정수는 가장 오래된 앨범부터 펼쳤다. 낯설면서도 익숙한 아기가 배시시 웃는 사진이 보였다.

"나도 이렇게 작았구나."

신기하면서도 이상했다. 아주 작은 아기였는데 지금은 185센티미터에 80킬로그램이나 되었다. 발은 290밀리미터여서 신발은 주문을 해야 살 수 있었다. 정수는 사진 속의 아기를 손가락으로 톡톡 두드렸다.

"너도 몰랐지? 이렇게 클 줄은."

하지만 생각해 보면 어렸을 때부터 늘 큰 편에 속했다. 엄마 배 속에 있을 때부터 커서, 수술을 해서 낳아야 할 정도라고 했다. 앨범을 넘기자 돌잔치 사진이 나왔다. 우뚝 서서 한손에 떡을 들고 있는 아기가 보였다. 엄마가 그 사진을 보며 했던 말이 떠올랐다.

"너는 10개월이 되기도 전에 벽을 짚고 걸었어. 돌잔치에 오신 손님들이 아장아장 걸으며 제 손으로 떡을 돌리는 아기는 처음 봤다며 신기해했다니까."

정수는 체형은 외가 쪽을, 이목구비는 친가를 닮았다. 정수의 태몽을 꾼 건 아빠였다.

"시골에 밤나무가 있는데, 올라가서 흔들었더니 밤송이들이 투두둑 떨어지잖아. 그중에서 가장 크고 반짝이는 알밤송이를 주웠는데, 그게 바로 너였지."

정수의 덩치가 큰 건 어쩌면 아빠의 태몽 때문인지도 몰랐다.

아기 때 사진을 보니 엄마와 했다던 말놀이가 생각났다. 말놀이는 이렇게 시작했다.

"정수, 누구 새끼?" "엄마 새끼."

"어디서 나왔어?" "엄마 배 속."

"엄마 없으면 어떡해?" "못 살아."

그때와 달리, 이제 정수가 없으면 못 산다고 하는 건 엄마였다. 엄마는 정수가 수련회만 가도, "정수야, 빨리 와라. 엄마는 너 없으면 잠이 안 와" 했다.

"에이, 겨우 1박 2일인데요 뭘."

"농담 아니야. 엄마는 정말 너 없으면 못 잔다니까."

그때마다 정수는 이렇게 말했다.

"걱정 마세요. 제가 군대 갈 때 빼고는 엄마랑 헤어질 일은 없을 거예요."

정수는 엄마 아빠가 좋았다. 물론 동생 정호도 빼놓을 수는 없다. 정수는 동생 정호의 사진을 찾아 앨범을 뒤적였다. 정수는 정호가 태어나던 때가 또렷이 기억났다. 그 기억은 자신의 어렸을 때보다 더 선명했다.

정호는 정수가 5살 때 태어났다.

어느 날, 친구 집에 놀러 갔는데 장난감을 두고 다툰 적이 있다. 그러자 친구의 누나가 친구 편을 들면서 정수를 밀쳤다. 정수는 오래된 기억만으로도 그때의 서러움이 고스란히 떠오른다는 게 놀라웠다. 정수는 그날 집으로 돌아와서 엄마에게 말했다.

"엄마, 동생 낳아주세요. 여자 동생 말고 남자 동생으로요."

"남자 동생? 만약 엄마가 여자 동생을 낳으면 어떡해?"

"나는 오빠 할 수 있어요. 하지만 나는 형아가 되고 싶어요."

나중에 들은 얘기지만 엄마는 그때 아기를 낳기엔 몸이 약했다고 했다. 하지만 엄마는 정수의 부탁을 들어주기라도 하듯 남동생을 낳았다. 정수는 정호를 처음 보던 때가 생각났다. 분홍빛의 쭈글쭈글한 아기였다. 함께 아기를 보던 엄마가 걱정 말라는 듯 말했다.

"조금만 지나면 통통하니 귀여워질 거야."

정수는 아기를 보며 말했다.

"엄마, 이거 내 거야."

엄마가 피식 웃었다.

"응. 네 거야."

그래선가 보다. 정수는 지금도 정호를 "아이고, 내 새끼야"하고 부르곤 했다. 정수는 동생과 함께 있는 것이 좋았다. 어디든 데리고 다니고 싶을 정도였다. 바람이 통했는지 어쩐지 초등학교 때 엄마가 간호사 일을 다시 시작하면서 정호는 정수의 차지가 되었다.

학교가 끝나면 어린이집에서 돌아오는 정호를 기다렸다 데려왔다. 부모님이 퇴근해서 돌아올 때까지 함께 놀았고, 어쩔 때는 둘이서 밥도 챙겨 먹었다. 정수는 동생을 챙길 때마다 어른이 된 기분이었다. 정호가 학교에 입학하면서부터는 등하교도 같이 했다. 동생 손을 잡고 다니면 저절로 어깨에 힘이 들어갔고, 누구에게나 "나도 동생 있다"라며 자랑하고 싶었다. 정수는 정호의 사진을 살짝 어루만졌다. 정호는 정말 좋은 동생이었다. 앨범 속의 정호가 조금씩 커졌고, 그 모습을 따라 기억도 옮겨갔다.

정호가 6학년이 되었을 때 학부모 참관 수업이 있었다. 하지만 엄마는 직장에 나가느라 갈 수가 없었다. 그때 엄마는 정호를 앞혀 놓고 이렇게 말했다.

"그날은 엄마가 근무를 조정하기가 힘들어. 엄마가 못 가도, 엄마가 있다고 생각하고 이해해 줘."

정호는 말없이 고개를 끄덕였지만 풀이 죽은 게 분명했다. 정수는 그때 고등학생이었고, 중간고사 시험 기간이었다. 정수는 무심한 척 물었다.

"몇 교시야? 시험 끝나고 갈게."

정호가 고개를 들었다. 엄마는 놀란 얼굴로 말했다.

"안 가도 돼. 2학기 때 또 있을 거야. 그때 가면 돼."

"다른 집 부모님은 다 와서 보고 계시는데, 정호만 없으면 쪼그만 게 얼마나 기가 죽겠어요."

그렇게 정수는 정호의 참관 수업에 부모님을 대신해서 갔다. 교실에서 자신을 반기던 정호의 모습은 두고두고 생각날 정도다.

집에 있는 욕실에는 낮은 의자가 두 개 있다. 초록색 개구리 의자, 노란색 개구리 의자. 초록색은 정수의 것이고, 노란색은 정호의 것이다. 정호는 정수가 야간 자율 학습을 끝내고 들어올 때까지 기다렸다 같이 목욕을 했다. 둘이 의자에 마주 앉아 비누 거품이 묻은 머리칼을 뒤로 넘기기도 하고, 뿔을 만들기도 하면서 낄낄거렸다. 엄마는

미래를 연출하다

욕실에서 웃음소리가 터져 나올 때마다 이웃에 폐가 된다며 안절부절못했지만, 정수와 정호에게 그 시간은 무엇과도 바꿀 수 없을 만큼 소중했다.

얼마쯤 앨범을 넘기자 태권도 도복을 입은 자신의 모습이 보였다. 품새 자세를 하고 있는 앳된 모습이다. 초등학교 때부터 고등학교 1학년 때까지 다녔으니 오래 다닌 셈이다. 그러다 보니 단수도 4단이나 되었다. 정수는 한동안 태권도 관장님이 되고 싶다는 생각을 했다. 우렁찬 목소리로 기합을 넣는 관장님을 볼 때면 더 그랬다. 하지만 시간이 지날수록 그 꿈은 자신이 정말로 원하는 게 아니라는 생각이 들었다.

정수는 다시 앨범을 넘겼다. 어느새 사진 속 자신의 모습도 훌쩍 자라 있었다. 그중에는 집 안에서 찍은 것도 있다. 정수는 주말이 되면 종종 집에서 요리를 하곤 했다. 직장을 다니는 부모님을 위해 할 수 있는 일이었다. 정수가 "오늘은 최 셰프가 할게요"라고 하면 엄마는, "부탁해"라며 웃었다.

정수가 좋아하는 요리 재료는 김치다. 그중에서도 김치볶음밥과 김치찌개는 모두가 인정할 만큼 맛있다. 김치만 있으면 어떤 요리도 자신 있었다. 밤에 출출하면 볶은 김치에 두부를 으깨 넣어 야식으로 먹기도 했다. 그럴 때면 요리사가 되고 싶다는 생각이 들었다. 하지만 그것 역시 간절한 꿈은 아니었다.

뒤로 갈수록 앨범에서 뒤통수만 찍히거나 옆모습만 있는 사진들이 보였다. 이건 엄마가 찍은 게 분명했다. 정수는 이때가 중학교 2학년 때쯤일 거라고 생각했다. 그때는 사춘기인지 어쨌는지 엄마 아빠와 의견 충돌이 잦았다. 엄마의 사소한 잔소리도 듣기 싫고, 아빠의 기대도 부담스러웠다. 그냥 가만히 내버려 뒀으면 좋겠다는 생각을 하던 때다. 하지만 그때도 이제 과거의 한 부분일 뿐이다. 되돌아보면 사춘기를 잘 보낼 수 있었던 건 부모님의 도움이 컸다. 엄마는 말다툼이 길어지면 이렇게 말하곤 했다.

"정수야, 우리 잠깐 돌아앉아 있자."

그렇게 돌아앉아 있으면 사납던 마음이 조금씩 가라앉았다. 언젠가는 정수가 엄마에게 이렇게 말한 적도 있다.

"저 엄마한테 성질내기 싫어요."

엄마는 살짝 당황하는 듯했지만, 이내 고개를 끄덕여 주었다. 그런 엄마가 정수는 고마웠다.

정수는 앨범을 휙휙 넘겼다. 그러자 앨범 속에서 뭔가가 펄럭였다. 글짓기 대회에서 받은 상장이다.

"이게 여기에 있었네."

그러고 보면 글짓기 상장은 초등학교 때부터 꾸준히 받아 왔다. 정수는 글을 쓰는 게 좋았다. 글을 쓸 때면 집중도 잘됐고, 머릿속에만 있는 생각들이 연필 끝에서 글자로 만들어지는게 신기하고 좋았다. 그래서 진지하게 작가가 되면 좋겠다는 생각도 했다. 정수는 엄마에게 그 꿈에 대해 말한 적이 있다.

"엄마, 제가 작가가 되면 어떨 것 같아요?"

엄마는 가만히 바라보다 이렇게 말했다.

"너처럼 덩치 큰 애가 작가를 하면 곰 한 마리가 앉아 있는 느낌일 거 같아."

그 말에 정수도 엄마도 웃음이 터졌다.

정수는 새삼 자신이 많은 꿈을 꾸었다는 걸 깨달았다. 어쩌면 꿈이 이루어지기 위해선 확신을 갖는 게 중요한지도 몰랐다. 자신이 꼭 그렇게 될 거라는 믿음. 정수는 지금 자신의 믿음이 향하고 있는 곳이 어딜까 생각해봤다. 당연하다는 듯 연극부가 떠올랐다. 연극부는 단원고에 입학하면서 들어간 동아리다. 친구 2명과 함께 연극부 면접을 보러 갔던 때가 생각났다. 잔뜩 폼을 잡은 선배들이 지원자들을 매서운 눈으로 살폈다. 셋이 같이 갔는데, 연극부에 합격한 건 정수 하나다. 나중에 연극부 선배는 이렇게 말했다.

"묻는 말에 대답도 잘하고 믿음직스러워서 뽑았어."

믿음직이라는 말을 떠올리자 자연스럽게 예전 담임 선생님이 생각났다. 여자 선생님이셨는데, 어느 날 무거운 걸 들고 복도를 걸어가고 계셨다. 정수는 빠른 걸음으로 다가가 선생님 대신 짐을 들었다. 엄마와 시장에서 장을 볼 때도 무거운 걸 드는 건 언제나 정수 몫이었다. 정수는 그게 당연하다고 생각했다. 짐을 넘겨준 선생님이 정수를 올려다보며 말했다.

"정수야, 너 같은 아들 하나만 있으면 좋겠다. 너 나중에 선생님 사위 할래? 난 딸이 둘이나 있는데."

그때는 아무 말도 못했는데, 지금 다시 생각하니 선생님 딸이 예쁠까? 하는 궁금증이 들었다. 정수는 피식 웃으며 앨범들을 덮었다. 연극부에 대한 생각이 머릿속에 가득했다.

정수가 연극부에서 맡은 일은 연출이다. 다른 친구들이 연기할 때, 정수는 그 친구들이 연기를 잘할 수 있도록 무대를 꾸미고, 소품을 만들어 배치했다. 자신의 손으로 뭔가를 만들고, 그것들이 합쳐져 하나의 무대가 완성되는 일은 새로운 경험이었다. 그건 아무것도 없는 종이를 글자들로 채우는 것만큼이나 흥미로웠다. 다만 글을 쓰는 게 혼자 하는 일이라면, 연극은 모두가 함께하는 일이었다. 정수는 그 함께한다는 게 좋았다. 저마다 다른 생각을 가진 사람들이 모여 하나를 완성하는 것, 거기에 자신이 참여할 수 있다는 게 좋았다.

연극부를 위한 공간이 따로 없어 과학실과 음악실을 빌려 가며 모였지만, 그마저도 즐거웠다. 주말에는 아예 강사 선생님이 계신 동막골에서 모이기도 했다. 시골 풍경을 떠올리게 하는 동막골에서는 소품을 만들기 위한 톱질이나, 망치질도 실컷 할 수 있었다. 커다란 덩치 때문인지 무거운 걸 옮기거나 만드는 건 늘 정수 몫이었다. 정수는 처음 해 보는 일이 다 재밌다. 연극부 친구들과 동막골에 가는 걸 손꼽아 기다릴 정도였다. 연습이 끝나면 텃밭에서 깻잎과 상추를 따서 고기도 구워 먹었다. 연극을 보기 위해 다 같이 혜화동에 다녀온 적도 있다. 그럴 때면 벌써 대학생이 된 기분이었다.

정수는 피디나 영화감독이 되고 싶었다. 그래서 자신의 이름을 건 드라마나, 영화를 만들고 싶었다. 그건 생각만으로도 가슴 떨리는 일이다. 사람들이 자신이 만든 드라마나 영화를 보며 기뻐하고, 슬퍼하고, 즐거워한다면 그것만큼 행복한 일도 없을 거였다. 그리고 이왕에 될 거라면 인정받는 연출가가 되고 싶었다.

정수는 덮어 놓은 앨범들을 내려다봤다. 과거의 모습들을 훑어보니 스스로를 더 잘 안다는 생각이 들었다. 정수는 그동안 꾸었던 꿈들을 떠올렸다. 태권도 관장, 요리사, 작가. 그 꿈을 꾸었던 순간들이 소중하게 여겨졌다. 하지만 지금은 그 꿈들로 가슴이 설레지는 않았다. 정수는 지금 자신이 가장 하고 싶은 거, 잘할 수 있다고 생각되는 거, 꼭 해 보고 싶은 걸 생각했다. 그게 바로 연출이었다. 연기를 하는 건 쑥스럽지만, 배우들이 연기하는 걸 돕고, 전체 장면을 구상하고, 그 모든 것들을 하나의 작품으로 만들어 내는 역할을 하는 건 진짜 근사한 일이다.

정수는 책상에 앉았다. 그리고 펼쳐진 종이에 자신의 미래를 적어 나갔다.

· 20대 - 연출을 공부할 수 있는 대학 진학. 군대 다녀오기. PD나 영화감독 되기.
· 30대 - 결혼. 예쁜 딸 낳기. 식구들과 행복하게 살기.
· 40대 - 능력 있는 연출가로 인정받기.
· 50대 - 부모님과 함께 살기.

정수는 종이에 적은 미래를 머릿속에 그려 봤다. 어쩐지 바람대로 될 수 있으리라는 확신이 들었다. 그때 문밖에서 엄마 목소리가 들렸다.
"정수야, 밥 먹자."
"네."
정수는 과제를 마친 종이를 가방에 넣었다. 방문을 여니 김치찌개 냄새가 코끝에 날려들었다. 정수는 입이 벙글 벌어졌다.
'두 공기는 거뜬하겠다.'
가족들은 벌써 식탁에 앉아 있었다. 정수는 그 모습을 마음속에 사진으로 담았다. 앞으로 만들어 갈 자신의 미래도 함께 담았다. 결코 빛이 바래지 않을 꿈들이 마음속 앨범에 차곡차곡 쌓였다. 가족들의 환한 웃음과 함께.

## 경기도교육청 '약전발간위원회'

위원장 ˥ 유시춘
위원 ˥ 노항래 박수정 오시은 오현주 정화진


## 경기도교육청 약전작가단(139명)

강무홍 강정연 강한기 공진하 권현형 권호경 금해랑 김경은 김광수 김기정 김남중 김동균
김리라 김명화 김미혜 김민숙 김별아 김선희 김세라 김소연 김순천 김연수 김용란 김유석
김은의 김이정 김인숙 김지은 김하늘 김하은 김해원 김해자 김희진 남궁담 남다은 남지은
노항래 명숙 문양효숙 민구 박경희 박수정 박은정 박일환 박종대 박준 박채란 박현진
박형숙 박효미 박희정 배유안 배지영 서분숙 서성란 서화숙 선안나 손미 송기역 신연호
신이수 안미란 안상학 안재성 안희연 양경언 양지숙 양지안 오수연 오시은 오준호 오현주
유시춘 유은실 유하정 유해정 윤경희 윤동수 윤자명 윤혜숙 은이결 이경혜 이남희 이미지
이선옥 이성숙 이성아 이영애 이윤 이재표 이창숙 이풍 이해성 이현 이현수 임성준 임오정
임정아 임정은 임정자 임정환 임재영 정미 정세정 정영복 정주식 정지혜 진경남 정덕제
정란희 정미현 정세언 정윤영 정재은 정주연 정지아 정혜원 정화진 정희재 조재도 조지영
진형민 채인선 천경철 최경실 최나미 최아름 최예륜 최용탁 최은숙 최정화 최지용 하성란
한유주 한창훈 함순례 홍승희 홍은전 희정

416 단원고 약전
**짧은, 그리고 영원한 8권 (2학년 8반)**

# 우리 형은 열아홉 살

| | |
|---|---|
| 초판 1쇄 | 2016년 1월 12일 |
| 초판 3쇄 | 2018년 3월 20일 |

| | |
|---|---|
| 지은이 | 경기도교육청 약전작가단 |
| 엮은이 | 경기도교육청 |
| 펴낸이 | 이재교 |
| 책임감수 | 유시춘 |
| 책임교정 | 양순필 |
| 책임편집 | 박자영 |
| 그림 | 김병하 |
| 손글씨 | 이심 |
| 디자인 | 김상철 박자영 이정은 |
| 인쇄 | 신사고하이테크(주) |

| | |
|---|---|
| 펴낸곳 | 굿플러스커뮤니케이션즈(주) |
| 출판등록 | 2013년 5월 7일 제2013-000136호 |
| 주소 | 서울시 마포구 동교로17길 51 (서교동 458-20) 4, 5층 |
| 대표전화 | 02.6080.9858 |
| 팩스 | 0505.115.5245 |
| 이메일 | goodplusbook@gmail.com |
| 홈페이지 | www.goodpl.net |
| 페이스북 | www.facebook.com/pages/416book |

ISBN 979-11-85818-19-1 (04810)
ISBN 979-11-85818-11-5 (세트)

「이 도서의 국립중앙도서관 출판시도서목록(CIP)은
서지정보유통지원시스템 홈페이지(http://seoji.nl.go.kr)와
국가자료공동목록시스템(http://www.nl.go.kr/kolisnet)에서 이용하실 수 있습니다.
(CIP제어번호: 2015035195)」

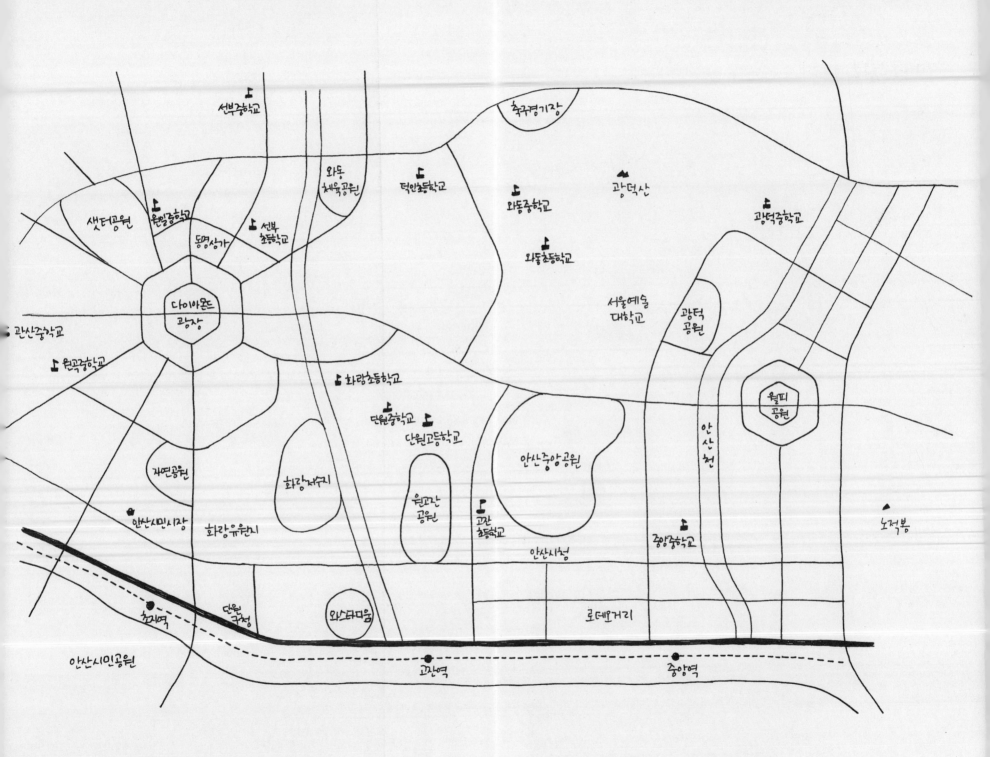

머물렀던 거리

←